WENDY WEBB

TRAFFICANTE DI SOGNI

Traduzione di
ROBERTA ZUPPET

LIBRERIA pienogiorno

Pubblicato per

LIBRERIA **pienogiorno**

da FullDay Srl

Per l'Uomo illustrato,
che ha riportato le risate nella mia vita.

Prologo

Tutti siamo ossessionati da qualcosa. Una strada non presa. Una ferita sepolta nel profondo. Parole dure che echeggiano a lungo dopo che il vento ha dissipato il loro veleno.

Alcuni di noi sono ossessionati in senso più letterale. Abbiamo visto, sentito e udito ciò che semplicemente non può essere, ma è. Un mugolio sommesso proveniente dall'angolo di una stanza buia. La visione fugace di una sagoma eterea. Un incontro tangibile con… qualcosa. Uno spirito di passaggio.

La mia ossessione è fatta così – strana, magica, inspiegabile –, ma allo stesso tempo è abbastanza reale da poterla toccare, sentire e avvolgervi intorno tutta me stessa. Abbastanza reale da abitare i miei sogni e posarsi sul mio cuore come un macigno mentre la porto con me giorno dopo giorno.

Nel ricordo, altre parti della mia vita – gli amori, i lutti, i banali dettagli dell'esistenza – mi appaiono con contorni indistinti, simili a quelli dei sogni. Ma quando mi soffermo su di lui, su colui che è la mia ossessione, le immagini si fanno nitidissime. Dopo tutti questi anni, ho ancora sulle labbra il sapore dei suoi baci e nelle orecchie il sussurro della sua voce di velluto che mi fa vibrare. Lo amo con ogni cellula del mio corpo, anche adesso.

Mentre me ne sto seduta da sola con i miei pensieri in questa casa vuota, al buio, con il fuoco che scoppietta nel camino e la neve che cade fuori, ogni cosa sta tornando a me. E io lascio che torni. Che il cielo mi aiuti, con tutta me stessa *voglio* che torni.

1

Guidando verso nord da Minneapolis, cercavo di non guardare nello specchietto retrovisore ciò che mi stavo lasciando alle spalle. *Concentrati su quello verso cui stai andando,* mi dicevo. Ero diretta a Wharton, una cittadina turistica sulle rive del lago Superiore. Sarebbe stata la mia casa per l'estate mentre resettavo la mia vita. Se avessi saputo a cosa andavo incontro, sarei tornata indietro? Mi faccio spesso questa domanda.

All'epoca, però, sapevo soltanto che avrei dedicato i tre mesi successivi a fare kayak fra le isole di uno splendido arcipelago, lasciando che la grande distesa d'acqua mi trasmettesse il tipo di pace che solo lei riesce a darmi. Le popolazioni native di questa zona consideravano il lago una divinità e, a mio parere, non avevano tutti i torti. Il lago Superiore aveva il potere di calmarmi mentre ascoltavo le onde lambire senza sosta la sponda rocciosa. Ne avevo bisogno, dopo i tre anni da incubo che avevo appena passato. Fui attraversata da un brivido, ma scacciai quei pensieri e mi focalizzai su quanto mi si presentò davanti quando girai l'angolo e iniziai a scendere verso la città.

A Wharton, a parte i discreti cartelli del wi-fi nella maggior parte dei locali pubblici, nulla indicava che la città fosse entrata nell'era moderna. Al contrario, ti imbattevi in un isolato dopo l'altro di dimore vittoriane con balconi e piattaforme di osservazione affacciati sul più capriccioso dei

Grandi Laghi, il cui umore poteva passare in un istante da calmo a micidiale. Niente grandi magazzini o catene alberghiere, niente fast-food, niente edifici alti più di tre piani, niente vita notturna. Solo minimarket a conduzione familiare, ristoranti gestiti da residenti, piccole banche, negozi con esposte opere di artigiani locali, boutique di abbigliamento e farmacie. Quella era Wharton. Era come tornare indietro nella storia, ma con tutte le comodità moderne. Le persone affluivano laggiù, soprattutto in estate e in autunno, solo per farsi un'idea di cosa significasse viaggiare nel tempo.

Ero là su pressante richiesta della mia amica Kate, la cui famiglia viveva a Wharton da generazioni. La loro casa era uno degli alberghi più belli della città, Harrison's House, uno splendido capolavoro vittoriano situato sulla collina che dominava il lago.

Avevo intenzione di passare del tempo con lei durante il mio soggiorno, ma non avrei alloggiato in quella stupenda dimora che gestiva insieme al cugino Simon e a suo marito Jonathan. Nonostante lo sconto che erano disposti a concedermi, sistemarmi da loro per tutta l'estate andava comunque oltre le mie possibilità economiche. E, d'altra parte, non volevo privarli dei guadagni dell'alta stagione che stava per cominciare. Così mi avevano trovato un posto al LuAnn's, un ristorante centenario che in passato era stato una pensione, con camere al piano di sopra che venivano affittate a settimana, al mese o per tutta l'estate, a prezzi che parevano risalire a un'epoca più modesta.

Erano questi i pensieri che mi frullavano per la testa mentre scendevo la collina, osservando la città e il lago che si stendevano davanti a me. Le barche con le vele spiegate costellavano l'acqua, e i traghetti entravano e uscivano dal porto, diretti verso le isole che punteggiavano quella zona del lago. Solo una di loro, l'Ile de Colette, era abitata; le altre erano selvagge. Vedevo le persone che lavoravano sulle imbarcazioni ormeggiate ai pontili, per prepararle all'imminente stagione. Era la settimana prima del Memorial Day, perciò i turisti non erano ancora arrivati in massa, ma alcuni passeggiavano lungo le strade e si avventuravano nei negozi e nei ristoranti, che erano tutti aperti. Superai Harrison's House e mi ripromisi di chiamare Kate quando mi fossi sistemata, poi mi diressi verso il LuAnn's.

Era una costruzione a tre piani con un rivestimento di legno rosso intenso e finestre a quattro vetri che parevano vecchie come il mondo. Sopra la porta d'ingresso era appesa un'insegna al neon con la scritta APERTO. Entrai nel parcheggio.

Una donna che doveva essere LuAnn uscì ad accogliermi, con tanto di leggings leopardati, occhiali oversize, collane vistose e tutto il resto. Poteva avere settantacinque anni circa, forse di più.

«Tu devi essere Brynn». Mi guardò strizzando gli occhi mentre scendevo dall'auto.

«Sì. Tu sei LuAnn?»

Sfoderò un gran sorriso. «La sola e unica. Benvenuta, tesoro». Mi prese sotto braccio. «Ti faccio fare un giro. Alle valigie penseremo dopo».

Varcammo la soglia e fui assalita da una strana sensazione. L'edificio aveva un'aria molto più antica, come se al suo interno gli avvenimenti del secolo precedente fossero ancora sospesi nell'aria. Eppure mi ritrovai in quello che assomigliava a un ristorante degli anni Cinquanta.

Diversi sgabelli rotondi di similpelle rossa erano capovolti su un lungo bancone dal ripiano di linoleum, con dietro quello che chiaramente era un distributore di bibite riconvertito per servire birre alla spina. In un angolo c'era un jukebox. Tavoli circondati da sedie spaiate erano sparsi in due stanze rivestite di pannelli di quercia. Anche i tavoli erano un'accozzaglia caotica: legno, linoleum, piastrelle, rotondi, quadrati e così via.

Le pareti erano tappezzate da ritagli di giornale incorniciati con titoli cubitali sullo sbarco in Normandia, sul primo allunaggio, l'assassinio di Kennedy, il Watergate, l'elezione di Barack Obama e altri eventi che hanno segnato la storia del Paese, raccontando un secolo di vita americana. Esaminai meglio una delle immagini, la foto di un bel giovane davanti alla porta d'ingresso del LuAnn's.

«Quello è John F. Kennedy junior?», chiesi.

«Un ragazzo adorabile. Era venuto con un gruppo di amici per fare kayak intorno alle isole. Che sfortuna quello che è successo».

Già, una vera sfortuna.

«Questo posto è stato costruito nell'Ottocento e inizialmente era una pensione». Fece un gesto che abbracciò tutta la stanza. «Da allora è stato ristrutturato più volte, ovviamente. Siamo aperti tutto il giorno. Colazione, pranzo e cena. Il soggiorno comprende un pasto al giorno e, se scegli di consumare qui anche gli altri, hai diritto a uno sconto del cinquanta per cento. Gli alcolici sono esclusi, ma puoi aprire un conto e pagarli alla fine del mese insieme all'affitto».

Annuii, guardandomi intorno.

«L'happy hour è alle tre, tutti i giorni tranne nel fine settimana», proseguì. «È un buon modo per conoscere persone in città, se è questo che vuoi. Vengono tutti qui».

«Okay», dissi, memorizzando le informazioni.

Sporgendosi oltre il bancone, staccò un vecchio passe-partout da un gancio. «Andiamo di sopra. Ti mostro la camera. Ti piacerà. È una delle mie preferite».

La seguii attraverso la sala da pranzo verso una porta angusta che, una volta aperta, rivelò una scala lunga e stretta. Salimmo i gradini sconnessi e imboccammo un corridoio con nicchie su entrambi i lati. Non c'erano molte stanze. La mia era in fondo, nell'angolo, accanto a un'enorme portafinestra che dava su una terrazza comune.

Mentre percorrevamo il corridoio, rabbrividii.

LuAnn spinse la porta, mostrandomi una camera spaziosa con pareti giallo chiaro e grandi finestre a ghigliottina su due lati, ciascuna con tende bianche trasparenti che si gonfiavano nella brezza. L'antichità della stanza mi pervase fin nelle ossa. Un secolo di anime che abitano un luogo lascia un'impronta tenace anche molto tempo dopo la loro scomparsa, e là dentro aleggiava ancora. Non in modo negativo, però. Si respirava un'atmosfera serena.

Addossato a una parete c'era un letto matrimoniale con un piumino bianco e la testiera di legno. Il comò, con tanto di specchio curvo e sgabello, sembrava risalire allo stesso periodo. Intravidi il mio riflesso e mi domandai quante donne, in quante epoche, avessero fatto la stessa cosa. Una sedia a dondolo con un largo sedile di cuoio era appollaiata vicino a una finestra, mentre due comode poltrone erano collocate ai lati di un tavolino su cui era posata una lampada d'antiquariato con un paralume di vetro satinato rosa.

Fuori dal bagno c'era un piccolo frigorifero e accanto una graziosa credenza d'epoca, dove una caffettiera a stantuffo aspettava il mattino successivo insieme a due tazze. Il televisore a schermo piatto appeso alla parete riportava la camera nel presente.

«Non ti conviene mangiare sempre fuori», riprese LuAnn. «Ti costerebbe un occhio della testa. C'è un negozio di alimentari a un isolato da qui, lungo la collina. La maggior parte degli ospiti fa scorta di cose come yogurt, formaggio e frutta. Non farti problemi a prendere dalla cucina piatti, posate, bicchieri e tutto il necessario. Basta che tu li restituisca quando hai finito. Vedrai i cestelli dove mettiamo i piatti sporchi del ristorante prima di caricarli nella lavastoviglie. Se ne occupano Gary o Aaron».

«Buono a sapersi».

Sbirciai nel bagno. Solo un water e un lavabo.

«Qui ci sono due docce e una vasca da bagno». Mi guidò lungo il corridoio e aprì prima una porta e poi un'altra, rivelando due bagni piastrellati dotati di docce. Un terzo ospitava una profonda vasca con piedini a zampa di leone.

«Le condividerai solo con un altro residente estivo. Ci sono sei camere in totale e la suite dispone di un bagno completo, quindi la coppia che la occupa per tutta l'estate è indipendente. Restano due stanze per i turisti di passaggio».

Annuii.

«Scoprirai che le persone sono molto educate», continuò. «Nessuno fa docce lunghe. Shampoo, balsamo e docciaschiuma sono disponibili nei contenitori appesi alla parete di ogni doccia. I bagni sono un'altra storia. Le persone amano stare a mollo, cosa vuoi farci? Ho notato che la vasca non viene usata troppo spesso, perciò se ti piace fare il bagno, portati un bicchiere di vino e un buon libro e non preoccuparti della fila».

«Capito». Sicuramente avrei seguito il consiglio.

«Abbiamo anche gli asciugamani, ma non c'è garanzia di trovarne uno quando serve, perciò Mickey's, in fondo all'isolato, ha tutto l'occorrente: teli, morbidi accappatoi, infradito, piumini. Se preferisci usare prodotti e altri accessori da bagno tuoi, puoi trovare lì anche quelli. La maggior parte è di produzione locale».

Passammo davanti a un'altra scala che saliva verso il terzo livello della casa. «Puoi andare lassù, se vuoi». LuAnn agitò il braccio in quella direzione. «È la nostra camera a castello. Un tempo era una sala da ballo. Ogni tanto il personale si ferma a bere qualche drink dopo l'orario di chiusura. Certe volte più di qualcuno. Lassù ho cinque letti a castello, dove possono dormire per evitare di mettersi al volante ubriachi. La sicurezza prima di tutto, senza essere giudicati dalla sottoscritta».

D'un tratto qualcosa non quadrava. «Aspetta». Feci i conti. «Hai detto che condivido le docce con un altro residente estivo e che la coppia ha un bagno privato. Sono tre camere. Più due per i turisti di passaggio, fanno cinque. Credevo che fossero sei».

Si fece seria. «Esatto. Per ora ne ho fatta chiudere una».

Stavo per chiedere perché, ma non ne ebbi l'occasione. Qualcuno la chiamò dal ristorante e lei si scusò e si allontanò.

Pensando che fosse un buon momento per disfare le valigie, tornai alla macchina, portai i bagagli al piano di sopra e cominciai a mettere in ordine le mie cose.

Una volta finito… *E adesso?*, mi domandai. Sprofondai in una poltrona e guardai fuori dalla finestra. Era passato così tanto tempo dall'ultima volta in cui e non avevo avuto nulla di cui occuparmi, niente commissioni da sbrigare, niente telefonate da fare, nessuno che dipendesse da me per qualunque cosa, che non sapevo come comportarmi.

Un vago senso di colpa mi fece formicolare la pelle mentre guardavo fuori, verso la strada. Avevo dimenticato qualcosa? Un compito importante da portare a termine? Ragionai freneticamente per un attimo, ma poi me ne resi conto. No. Era davvero finita. Avrei voluto con tutta l'anima che non fosse così, ma lo era.

Presi un fazzoletto dalla scatola sul comodino, mi tamponai gli occhi e mi alzai. Recuperai la borsa, ricordando di prendere il vecchio passe-partout che LuAnn aveva posato sul comò, e uscii chiudendo la porta.

2

Non andai lontano. Mentre camminavo lungo il corridoio, notai che la camera all'estremità opposta della mia era aperta. Dentro, a un tavolo di legno grezzo di fronte alla porta, era seduto un bell'uomo sulla sessantina. Incrociai i suoi occhi.

Fece un sorriso malizioso, passandosi una mano tra i folti capelli bianchi. «Ciao!», esclamò. Il suo sorriso era così contagioso che non potei fare a meno di ricambiarlo.

«Io sono Brynn Wilder», mi presentai. «Sei l'altro residente estivo?»

«Uno dei tanti». Saltò su e uscì a salutarmi, tendendo la mano. «Jason Lord», disse, emanando energia positiva. «Io e mio marito Gil veniamo qui ogni estate da... oh, vediamo». Distolse lo sguardo per un momento. «Almeno cinque anni. Forse sei».

«Sono nell'ultima camera vicino alla terrazza». Indicai lungo il corridoio.

«Ah, la Yellow Lady. È una stanza deliziosa. LuAnn ci aveva detto che saresti arrivata oggi. Non vedevamo l'ora di conoscerti».

Lanciai un'occhiata alle sue spalle. «Wow. Questa è la suite?»

Mi fece segno di entrare. «Vieni pure! Guardati intorno».

La camera su due livelli era enorme rispetto alla mia singola, e le vibrazioni erano completamente diverse. Era come se la mia camera e quella suite esistessero in due momenti temporali differenti. In un certo senso, mi dava la stessa sensazione della sala da pranzo: sembrava una stanza prelevata da un altro periodo e trasportata in quella pensione apparentemente senza tempo.

La mia camera era in stile vittoriano, ma la suite era più simile a una baita nei North Woods. Le pareti erano rivestite di caldi pannelli di legno. Il soffitto si apriva sul corridoio del secondo piano, con una ringhiera di ferro battuto nero. Un camino in pietra si allungava fino al tetto. Sul focolare, che ricordava un tronco d'albero tagliato a metà e lucidato affinché il legno brillasse, c'era un televisore a schermo piatto. Era rivolto verso un divanetto e un sofà di cuoio al centro della stanza. In un angolo era nascosta una piccola cucina con frigorifero, fornelli, lavello e armadietti di ciliegio, con un'isola centrale rivestita di marmo che la separava dal salotto. In fondo, una portafinestra si apriva su una terrazza privata.

«Abbiamo due camere e due bagni», spiegò Jason. «È davvero perfetta per noi. Molto più accogliente che alloggiare in hotel per tutta l'estate e, inoltre, ci piace avere la camera in più. I nostri familiari vengono sempre a trovarci, e così possiamo offrire loro un posto dove stare senza la scocciatura di affittare una casa».

Rimanemmo in silenzio per un momento, sorridendoci a vicenda. «Ehi, sono le cinque da qualche parte», osservò. «Che ne dici di un bicchiere di vino?»

Avevo deciso di andare a fare la spesa, ma potevo rinviare. «Molto volentieri».

«È una splendida giornata». Aprì il frigorifero e prese una bottiglia. «Perché non facciamo due chiacchiere in terrazza?» Indicò la portafinestra. «Mettiti comoda, io arrivo subito».

Fuori, mi accomodai su una sdraio e ammirai la vista di negozi, ristoranti e alberghi distribuiti sulla china piuttosto ripida che saliva dal lago. Jason comparve di lì a un momento con due bicchieri di vino bianco e me ne porse uno.

«Dunque, la domanda che noi residenti estivi ci sentiamo fare continuamente è: "Oh, ti fermi per *tutta* l'estate?"» Si lasciò cadere sull'altra sdraio. «Preparati, perché te lo chiederanno tutti. Vogliono sapere se sei in pensione, se ti stai prendendo una pausa o altro. Siamo dei gran ficcanaso qui a Wharton».

Riuscii a ridacchiare, ma i ficcanaso erano l'ultima cosa con cui volevo avere a che fare.

«Non sei tenuta a dire nulla, o almeno non sei tenuta a dire la verità», aggiunse come se mi avesse letto nel pensiero. «Ma ti conviene avere una risposta pronta, soprattutto se oggi vieni all'happy hour».

«Ne ho sentito parlare». Sorseggiai il vino, temporeggiando. «LuAnn dice che attira molta gente. Vogliono sapere tutto di tutti, eh?»

Rise. «Questa è una piccola città».

Dato che mi avrebbero chiesto di giustificare in qualche modo la mia presenza là, pensai che tanto valeva esercitarmi con la mia storiella. «Una vecchia amica del college vive qui», cominciai. «Mi ha suggerito di venire per l'estate dopo alcuni anni piuttosto...» La mia voce sfumò in un sospiro, «...piuttosto difficili».

«Capisco. Vuoi staccare la spina dal resto del mondo?»

«Più o meno». Sentii le lacrime che mi bruciavano in fondo agli occhi. «Faccio la professoressa e l'anno scorso mi sono presa un periodo sabbatico. Mi sto preparando per tornare al lavoro in autunno e volevo approfittare dell'estate per ricaricare le batterie».

Allungò la mano e mi strinse il braccio. «Questo è un ottimo posto per farlo», disse in tono incredibilmente gentile.

Appoggiai la testa sullo schienale della sedia e gli lanciai un'occhiata obliqua. «Grazie».

«Chi è la tua amica?», domandò. «Quella che vive a Wharton?»

«Kate Granger. Ora si chiama Stone, credo. Si è sposata l'anno scorso».

«Oh! La conosciamo! È merito di suo cugino Simon se abbiamo iniziato a venire qui anni fa. Lui e Gil si conoscono da una vita. Andavano a scuola insieme».

Com'è piccolo il mondo. Coincidenze come quella sembravano capitarmi regolarmente. Qualcuno potrebbe obiettare che non erano affatto coincidenze. Non ero stata molto in contatto con Kate negli ultimi anni – anche qualcuno in più –, ma sapevo che aveva affrontato un divorzio e un cambiamento radicale nella sua vita. Ero stata troppo impegnata con i miei problemi per preoccuparmi dei suoi, una cosa di cui mi pentivo. Il fatto che mi avesse contattato quando aveva saputo che avevo bisogno di aiuto mi faceva sentire ancora più in colpa.

«Veniamo alla nostra storia». Jason si schiarì la gola e cominciò. «Dopo aver fatto l'agente immobiliare per anni, ora ho diverse proprietà in affitto, e Gil è un insegnante delle superiori. Posso gestire i miei affari ovunque mi trovi. Ho un tuttofare che si occupa della manutenzione quando necessario. Gil ha le estati libere, naturalmente, perciò ne approfittiamo per staccare la spina dal mondo e venire qui. È la nostra versione della filosofia "la vita è troppo breve". La nostra barca è attraccata al molo e ci piace gironzolare da un'isola all'altra – prima o poi dovrai accompagnarci – e siamo anche grandi appassionati di kayak. Siamo entrambi attratti da questo lago da quando abbiamo memoria».

«Sembra fantastico. Che bel modo di vivere».

Sospirando, si passò le dita tra i capelli. Fui percorsa da un brivido, ma non capii il perché.

«Quest'estate, però, c'è qualcosa di diverso, qualcosa di cui dovresti essere informata, dato che vivrai qui», disse.

Ma non ebbe la possibilità di continuare, perché un tipo che doveva essere Gil spuntò dalla portafinestra.

«Oh!» Mi guardò, prima con stupore, poi con un sorriso. «Ciao».

«Sei tornato!», esclamò Jason. «Tesoro, questa è Brynn. Quest'estate alloggerà nella Yellow Lady. Brynn, mio marito, Gil Tanaka».

L'altro mi tese la mano. «Benvenuta». Mi puntò addosso gli occhi castano scuro. «Avevo sentito dire che avremmo avuto un altro residente estivo. Hai scoperto il segreto meglio custodito di Wharton. Non alloggerei mai da nessun'altra parte». Si rivolse a Jason. «Non voglio essere scortese con la nuova vicina, ma abbiamo una teleconferenza tra qualche minuto. Ricordi?»

Jason controllò l'orologio. «È già ora?» Emise un gemito teatrale e si tirò su. «Brynn, ti prego di scusarci. È una cosa urgente». Mi allungò la mano per aiutarmi ad alzarmi.

«Certo», risposi. Tornammo nella stanza principale, verso la porta, bevendo entrambi gli ultimi sorsi di vino.

«È stato un vero piacere conoscerti», disse Jason. «Ci vediamo all'happy hour?»

«D'accordo».

Mentre Jason chiudeva la porta alle mie spalle, colsi un'espressione preoccupata sul volto di Gil mentre i due uomini si scambiavano un'occhiata. Con la pelle d'oca, mi domandai cosa stesse succedendo e se la teleconferenza riguardasse quel «qualcosa di diverso» a cui aveva accennato Jason. Ma poi scacciai quei pensieri dalla mente. Non avevo intenzione di diventare uno dei ficcanaso di Wharton. Erano affari loro. Non miei.

Dopo aver fatto la spesa, messo le cose fredde nel frigorifero e allineato ordinatamente il resto sul ripiano, mi stavo chiedendo cosa fare quando mi squillò il telefono.

«Così ce l'hai fatta». Riconobbi la voce di Kate all'altro capo della linea. «Ti stai ambientando?»

Annuii, come se potesse vedermi. «È fantastico. Questo posto ha tutto quello che mi serve».

«LuAnn è uno sballo! L'hai conosciuta?»

«Sì, con i leggings leopardati e tutto il resto. Sembra davvero simpatica. E oggi ho conosciuto anche due degli altri residenti estivi».

«Jason e Gil? Ti piaceranno molto. Sono amici di vecchia data di Simon». Tacque per un attimo, poi continuò. «Come stai?»

Sapevo che me l'avrebbe chiesto, ma mi irrigidii di colpo. «Tiro avanti».

«Bene», mormorò. «Sono molto contenta che tu abbia accettato di venire. È proprio quello che ti serve. Un'estate da dedicare tutta a te stessa. Per rimetterti in piedi. La pace di questo posto smusserà gli angoli e rimetterà la vita nella giusta prospettiva. Parlo per esperienza».

Si era trasferita da suo cugino a Wharton quando anche la sua vita era andata in pezzi – un divorzio turbolento e la perdita del lavoro – e là aveva trovato l'amore e ricominciato da zero. Non sapevo se ero pronta per tutto questo, ma il fatto che Kate si fosse rimessa in sesto a Wharton mi dava la speranza di riuscirci a mia volta.

«Volevo lasciarti il tempo di sistemarti e poi raggiungerti per l'happy hour», proseguì. «Ma ho un appuntamento con una sposa... e sua madre, che Dio mi aiuti! Le nozze si terranno nella nostra sala da ballo in autunno, e sono venute a scegliere il menù, assaggiare qualche torta e discutere i dettagli».

Strascicò la parola *dettagli* come se avesse diverse sillabe in più. Il suo tono lamentoso mi fece ridere.

«Ne deduco che gli incontri con le spose sono la tua parte preferita del lavoro», scherzai.

Rise. «Non puoi immaginare. La madre di una di loro ci ha chiesto se potevamo rimuovere i pannelli dalla sala da ballo e dipingere le pareti di verde per abbinarle alla loro combinazione di colori».

«No!»

«Te lo giuro! Simon e Jonathan sono stati così premurosi da rifilarmi l'organizzazione dei ricevimenti nuziali perché, dopo alcune spose isteriche e madri impazzite, non ce la facevano più nemmeno loro». Ridacchiò. «Comunque, probabilmente oggi non riuscirò a venire, a meno che...»

La interruppi. «Non precipitarti qui solo per me. Non c'è problema. Come hai detto, mi sto ambientando e sono molto stanca dopo il viaggio e... tutto quanto».

«Okay. Pranziamo insieme domani o dopo per raccontarci le ultime novità».

«Ottimo». *Mi farà bene stare da sola stasera,* pensai.

Dopo aver riattaccato, controllai l'orologio e vidi che mancava ancora molto tempo al tanto sbandierato happy hour. Quanto bastava per rinfrescarmi e lavarmi i capelli.

Sentii un leggero nodo allo stomaco. Avevo organizzato la partenza in quattro e quattr'otto e non avevo immaginato che avrei condiviso la doccia con degli estranei. Non lo facevo dai tempi dell'università ma, dopo averci riflettuto per un secondo, avevo ricordato la procedura. Avevo comprato un morbido accappatoio di ciniglia, qualche asciugamano e un paio di infradito in un negozio poco lontano. Mi spogliai, mi strinsi nell'accappatoio, presi un grande telo di spugna e mi affrettai lungo il corridoio, sperando che non ci fosse nessuno.

Vidi che un bagno era occupato, ma l'altro era libero, così mi infilai rapidamente dentro e chiusi la porta a chiave. Le piastrelle bianche erano immacolate. E alla parete, come promesso da LuAnn, c'erano i contenitori con i prodotti necessari. Appesi l'accappatoio e l'asciugamano a uno dei ganci sul retro della porta e aprii i rubinetti, aspettando che l'acqua si riscaldasse.

Entrai e rivolsi il viso verso il getto, lasciando che l'acqua mi scorresse addosso. Chiusi gli occhi e poi, come sempre, arrivarono le lacrime. Ormai da qualche tempo la doccia era il luogo in cui piangevo. Cercai di non emettere alcun suono, non sapendo fino a che punto le pareti fossero spesse. Immaginai che l'acqua lavasse via tutta la tristezza che affiorava in superficie quando ero vulnerabile e indifesa, e mi chiesi quanto tempo ci sarebbe voluto prima di riuscire a fare la doccia senza piangere.

Poi udii una serie di forti colpi. Aprii gli occhi di scatto. Allontanai il viso dal getto e rimasi in ascolto. C'era qualcuno alla porta? No, che stupidaggine. Non potevano aver bussato. Forse un tubo dell'acqua calda che faceva le bizze? Mi lavai i capelli, li sciacquai e applicai il balsamo. Rieccoli. Altri colpi. Bang, bang, bang. Solo che non venivano dalla porta, ma dalla parete che separava la doccia da un'altra camera.

Un brivido mi attraversò. Il rumore continuò mentre mi affrettavo a sciacquarmi i capelli, a chiudere l'acqua, ad asciugarmi e a rimettermi l'accappatoio. Il rumore cessò solo quando mi avvolsi un asciugamano intorno alla testa a mo' di turbante. Iniziai a irritarmi. L'unica spiegazione era che un altro ospite avesse deliberatamente percosso la parete con il pugno. Perché avrebbe dovuto farlo? Che maleducazione. Avrei dovuto parlarne con LuAnn.

Aprii la porta proprio mentre l'occupante dell'altro bagno faceva la stessa cosa. Al vederlo, per poco non mi si bloccò il respiro.

Era alto circa un metro e ottanta, con un accappatoio scuro chiuso sul petto massiccio e i piedi infilati in un paio di pantofole. Dalla fessura tra i due lembi di spugna, facevano capolino alcuni tatuaggi, così come sui polsi e sulle gambe. Strani simboli religiosi, animali, forme mistiche. Non mi soffermai troppo a lungo. Non potevo.

«Hai sentito?» Aveva un leggero accento del sud che trasformava le sue parole in musica. La sua voce era la più bassa, profonda e suadente che avessi mai udito. «Quei colpi?»

Lo fissai a bocca aperta. Quanti anni avevo, tredici? Riuscii ad annuire.

«Sembra che tu abbia visto un fantasma». Fece un sorriso da star del cinema. La sua bocca era perfetta: labbra piene, denti di un bianco sorprendente. Non riuscivo a staccare gli occhi dal suo volto, né tantomeno a rispondere. Ero ipnotizzata, come la vittima di un cobra.

«Non preoccuparti», mi rassicurò in tono divertito. «È solo qualcuno che vuole farci uno scherzo, dato quello che si dice di questo posto».

«Cosa si dice?» domandai con voce stridula, desiderando che continuasse a parlare.

Rise. «Non lo sai? È infestato dai fantasmi».

Non ricordo come lo piantai in asso o come tornai in camera mia. So soltanto che in qualche modo riuscii a mantenere la calma, a vestirmi e ad asciugarmi i capelli. Scesi al piano di sotto per l'happy hour, decisa a scoprire chi fosse quell'uomo e se avesse detto la verità.

3

Il bar era affollato. Risate e conversazioni riempivano l'aria, e il mio ingresso fece girare più di una testa. Ero la nuova ragazza in città, e lo sapevano già tutti. Individuai Jason e Gil, che alzarono entrambi la mano in segno di saluto. Sorrisi a un mare di facce curiose, anche se amichevoli, mentre mi spostavo nella loro direzione.

Jason prese un bicchiere di vino bianco dal barista e me lo porse. «Questo è Gary». Accennò all'uomo. «È il punto di riferimento per tutto quello che succede qui. Gare, ti presento Brynn. È a Wharton per l'estate».

Gary era un sessantenne brizzolato, con il viso solcato da profonde rughe che testimoniavano una vita dura.

«Benvenuta». Fece un sorriso caloroso. «Di qualunque cosa tu abbia bisogno, rivolgiti pure a me. Sono sempre qui, anche troppo!» Si lasciò sfuggire una risata gutturale, intrisa di whiskey. «Scherzi a parte, qualsiasi cosa ti serva, puoi contare su di me».

«Grazie».

Mi fissò più a lungo di quanto sarebbe stato normale. Stava cercando di dirmi qualcosa?

Sorseggiai il vino e mi voltai verso Jason e Gil, che mi condussero qualche passo più in là.

«Allora, ti stai sistemando?», chiese Gil.

«Ho disfatto le valigie e mi è successa una cosa molto interessante...»

Stavo per raccontare del mio incontro con l'uomo tatuato, ma in quel momento LuAnn mi passò davanti con un vassoio di salumi e formaggi.

«Ciao, tesoro. Vedo che hai conosciuto questi due mascalzoni». Accennò a Jason e Gil, facendo loro l'occhiolino. «Tutti quelli che si trovano qui in questo momento li chiamo "i soliti sospetti". Proprietari o dipendenti di alberghi locali, titolari di ristoranti, gente che ha la seconda casa qui».

Mi guardai intorno. C'era una ventina di persone.

«Non preoccuparti, col tempo conoscerai volti e nomi». Brandì il vassoio. «Ora prendete qualcosa, tutti quanti, prima che arrivino gli avvoltoi».

Una donna castana che mi dava le spalle si girò verso LuAnn. «A chi stai dando dell'avvoltoio?» Prese delle fettine di formaggio e salame e se le infilò in bocca.

«Brynn, ti presento Beth St. John», disse LuAnn. «È la proprietaria della libreria in fondo alla strada».

Beth era una cinquantenne dal viso rotondo e gentile e dai grandi occhi scuri.

«Sono contenta che a Wharton ci sia una libreria. Ultimamente non ho avuto molto tempo per leggere, ma quest'estate spero di rimediare».

«Ho sentito che ti fermi per tutta la stagione. Cosa ti porta qui?»

Jason incrociò il mio sguardo. «Voglio solo ricaricare le batterie», risposi, ripetendo la frase di prima.

«Allora sei nel posto giusto». La donna mi lanciò un'occhiata indecifrabile.

«Beth è una vera whartoniana doc», spiegò LuAnn. «La maggior parte di noi viene da altri luoghi, ma lei è cresciuta in fondo alla via».

«Davvero?», chiesi.

«Nella riserva appena fuori città». Beth bevve un sorso del suo drink. «Ho provato a trasferirmi altrove, ma il lago Superiore continuava a chiamarmi».

«Posso capirlo. È bellissimo qui».

«E anche tranquillo. Vieni in libreria quando vuoi. Anche solo per allontanarti un attimo da questa vecchia bisbetica».

LuAnn lanciò un gridolino. «Bisbetica, un corno», rise. «Se invece vuoi chiamarmi *cougar*, fa' pure». Ridusse la voce a un sussurro cospiratorio e inarcò le sopracciglia. «Soprattutto con il nuovo arrivato in città».

Beth finse di accigliarsi. «Credo vada contro a qualche specie di legge degli albergatori provarci con ospiti che hanno la metà dei tuoi anni».

«È il miglior vantaggio di questo lavoro!», disse LuAnn ridacchiando e suscitando una risata generale. Poi si allontanò con il vassoio e Beth si congedò, ma non prima di avermi stretto il braccio e dato di nuovo il benvenuto in città, lasciandomi sola con Jason e Gil.

«Credo di averlo conosciuto oggi», dissi. «L'uomo di cui parlavano LuAnn e Beth».

«Veramente?» Jason pareva incuriosito.

«Siamo usciti dalla doccia nello stesso momento».

Si scambiarono un'occhiata. «L'Uomo illustrato?», domandò Jason. «Racconta!»

Non potei fare a meno di sorridere. «Perché lo chiami così?»

«Non te ne sei accorta?» Poi, bisbigliando: «È coperto di tatuaggi!»

Mi sentii arrossire. «L'ho notato, ma non ho visto un granché. Non volevo fare la figura dell'impicciona».

Gil si lasciò sfuggire una risata. «Ti capisco! Vorresti decifrare esattamente i simboli, ma non vuoi fissarli come se fossi pazza».

Ridemmo tutti e tre.

«Allora, qual è la sua storia? Chi è?»

Jason si sporse, bevendo un sorso di vino. «In realtà non lo sappiamo. LuAnn ha mantenuto un insolito riserbo al riguardo. È arrivato una settimana fa o poco più. Non lo conosciamo bene. Va e viene a tutte le ore. Sappiamo soltanto che è incredibilmente bello».

«Ha un sorriso favoloso», aggiunse Gil.

«Altroché!» Avvampai. «Mi ha sorriso ed è stato come se fossi paralizzata. Mi sembrava di essere tornata alle scuole medie».

Entrambi si misero a ridere.

«Non socializza mai», riprese Gil. «Non è mai venuto all'happy hour da quando è arrivato. Non so se ha mai conosciuto…» Ma il suo ingresso lo interruppe.

Indossava una maglietta nera a maniche lunghe, abbastanza attillata da evidenziare il fisico muscoloso, e jeans scoloriti con stivali neri. Ci zittimmo mentre attraversava la stanza nella nostra direzione. Notai che anche gli altri lo guardavano. Trattenemmo tutti il respiro mentre si avvicinava, e mi resi conto che veniva verso di me.

«Prima non abbiamo avuto modo di presentarci come si deve», esordì con una luce divertita negli occhi.

Avevo mai visto qualcosa di simile prima? Quello era un vero luccichio? Eppure è così che mi sembrò in quel momento. Prendendo la sua mano tesa, fui attraversata da una scossa di elettricità quando la pelle incontrò la pelle.

«Brynn Wilder» balbettai, contenta di ricordare almeno il mio nome. «Passerò l'estate qui. Sono appena arrivata».

«Ciao, Brynn Wilder», disse l'Uomo iIllustrato mentre Gil scoccava un'occhiata a Jason. «Anch'io passerò l'estate qui, circostanze permettendo. Sono Dominic James».

Rimasi lì per un momento, stringendo la sua mano grande e forte e fissando il suo splendido viso. Non sapevo cosa rispondere. Grazie al cielo, Jason venne in mio soccorso.

«Jason Lord». Allungò la mano verso Dominic, che strinse la mia e mi strizzò l'occhio prima di prendere quella di Jason. «Noi residenti estivi dovremmo conoscerci tutti. Questo è mio marito Gil».

«Ciao!» Gil sorrise, poi cominciò a parlare come una macchinetta. «Ti abbiamo visto andare e venire di tanto in tanto, ma non abbiamo mai avuto l'occasione di incontrarci. Siamo nella suite in fondo al corridoio».

Dominic annuì. «Oh, sì. LuAnn mi ha parlato di voi. Sono contento di conoscervi finalmente. Dovevo sistemare alcune questioni in sospeso prima che l'estate iniziasse sul serio, e non sono stato molto socievole. Mi dispiace».

Gli altri due esplosero in un coro di «Figurati!» e «Non preoccuparti!» prima che lui li interrompesse.

«Sembra che io sia l'unico senza qualcosa da bere». Rivolse a Gary uno di quei suoi sorrisi ipnotici.

Jason mi fece una smorfia alle spalle di Dominic e iniziammo a ridacchiare in silenzio come bambini in chiesa.

Gil diede un pizzicotto al braccio di suo marito e gli lanciò una finta occhiataccia, zittendoci prima che lui tornasse a girarsi verso di noi, con una birra in mano. La sollevò leggermente nella nostra direzione.

«All'inizio dell'estate», disse con voce così bassa e profonda da sembrare velluto. Brindai chiedendomi cosa avessero in serbo per me i tre mesi successivi.

4

Quando l'happy hour terminò e le persone si diressero verso i rispettivi negozi, ristoranti e alloggi, Dominic si allontanò per fare una telefonata. Io, Jason e Gil ci ritrovammo da soli al bar a finire gli antipasti.

«Molto interessante». Jason inarcò le sopracciglia. «È stato davvero gentile, non trovi?»

«Chi?» Gil spazzolò via una lanugine inesistente dalla spalla.

Jason gli lanciò una fettina di salame. «Chi».

Scoppiammo tutti e tre a ridere.

«Non vorrei dire un'ovvietà, ma quello sì che è un bell'uomo», commentai.

«Non me ne parlare», disse Gil. «È inquietante».

Bevvi un sorso di vino. «Qualcuno gli ha fatto la domanda fatidica?»

«"Perché ti fermi a Wharton per tutta l'estate?"», chiese Jason. «No. È la prima volta che gli parliamo».

Gary uscì dalla cucina e si versò da bere. Quindi si mise in bocca un pezzettino di formaggio. «Sono pronto per la ressa della cena, ma non credo che avremo il pienone stasera. La stagione non è ancora iniziata davvero».

Jason lo guardò stringendo le palpebre. «Tu e LuAnn sapete perché Dominic è a Wharton?»

Gary sorrise. «Mi appello al quinto emendamento. Ascoltate, la mia politica è che gli affari di un ospite sono affari suoi. Io non mi intrometto».

«Non l'avevo mai visto prima, perciò presumo che sia nuovo a Wharton», incalzò Jason.

«Quinto emendamento». Gary sorseggiò il drink con calma.

«Qualcuno deve avergli detto del LuAnn's. Non è esattamente sulla mappa».

«*Q-U-I-N-T-O E-M-E-N-D-A-M-E-N-T-O*».

Jason bevve, guardando Gary. «Ricordami di usarti se mai avessi bisogno di un alibi».

Anche se avrei voluto saperne di più su Dominic, apprezzai la discrezione di Gary. Chiaramente era inutile fare altre domande.

Gil controllò l'orologio, vi picchiettò sopra e lanciò un'occhiata a Jason.

«Oh!» L'altro scivolò giù dallo sgabello. «Abbiamo un impegno per cena». Si chinò per darmi un bacetto sulla guancia. «Brynn, sei adorabile. Sono molto contento di averti qui per tutta l'estate. Ci vediamo domani?»

«Sarò nei paraggi», dissi mentre si affrettavano a uscire.

Per la seconda volta in un giorno, non sapevo cosa fare. Tornare in camera mia? Vagare per la città? Nessuna delle due opzioni era allettante.

«Vuoi cenare, bambola?», domandò Gary.

Bambola. Nessuno mi aveva mai chiamato così. Era una frase così anni Cinquanta che mi strappò un sorriso. Mi piaceva.

«Cosa proponi?»

Si piegò sul bancone. «Qui tutto quello che c'è nel menù è buono, perché lo cucino con le mie mani quando non ci sono quei ragazzini che si definiscono i miei cuochi. Ma la specialità di stasera è spalla di maiale arrostita per tutto il giorno e insaporita con spezie messicane. Ha un profumo paradisiaco. Ci starebbe benissimo in un burrito, se è di questo che hai voglia».

«Mi stai facendo venire l'acquolina in bocca».

«LuAnn va matta per un miscuglio che chiama "insalata di tacos con burritos"», proseguì. «Praticamente è un'insalata di tacos, con carne di maiale, lattuga condita con salsa di chipotle, pomodori e cipolle, insieme a fagioli rifritti e formaggio fuso, il tutto avvolto in una tortilla. Con contorno di panna acida, guacamole e salsa piccante».

Non avevo bisogno di sapere altro. «Sì, grazie». Non ricordavo l'ultima volta che avevo commesso un simile peccato di gola.

«Siediti a quel tavolo da quattro vicino alle finestre, e te lo preparo in un baleno». Scomparve in cucina.

Obbedii. Seduta lì da sola, senza nessuno con cui parlare, nessuno di cui prendermi cura e niente di cui preoccuparmi, guardai fuori dalla finestra e mi godetti semplicemente il momento. Ero in una splendida cittadina per l'estate. La pensione era piena di simpatici estranei che, approfondendo la conoscenza reciproca, sarebbero potuti diventare amici. Espirai, rendendomi conto di essere serena per la prima volta dopo molto tempo.

Gary uscì dalla cucina con un piatto e me lo posò davanti.

«Questo burrito è grande quanto la mia testa», osservai.

Scoppiò a ridere. «È così che li facciamo qui. Buon appetito, bambola».

Notai che stavano entrando altri clienti. Stava per arrivare la ressa della cena e Gary doveva tornare in servizio.

Mi tuffai sull'enorme e deliziosa leccornia che avevo nel piatto e, mentre mangiavo, tornai a osservare la strada, con le persone che andavano e venivano lungo l'isolato, ridendo e divertendosi. Regnava un'atmosfera positiva. Ero contenta di farne parte.

In seguito, dopo quella cena abbondante, pensai di fare una passeggiata, ma alla fine tornai in camera mia, mi accoccolai sul letto e accesi la tv. Mi ripromisi di fare un salto in libreria l'indomani. Leggere per puro piacere, senza niente di più importante da fare. Che idea invitante.

Il primo giorno della mia estate a Wharton stava per finire. *Posso farcela,* mi dissi, espirando. *Posso farcela.*

Svegliandomi, trovai la camera immersa nella luce della luna. Non avevo tirato le tende quando avevo spento il televisore e mi ero coricata, preferendo rimanere sdraiata a guardare il cielo stellato fuori dalla finestra. Mi alzai a sedere, bevvi un sorso d'acqua dal bicchiere sul comodino e mi rimisi sotto le coperte.

«*Ehilààà?*»

Era una voce sottile come carta velina. Tirandomi su di scatto, mi guardai intorno. Il chiarore argenteo entrava dalle finestre: c'erano il comò, l'armadio, la porta (chiusa con il chiavistello, come potevo vedere dalla mia posizione). Scrollai il capo, per niente sicura di aver udito qualcosa. Forse era il residuo di un sogno.

«Ehilà? C'è qualcuno?» Rieccola, graffiante e sottile, come se provenisse da un'altra epoca.

Sgusciai fuori dal letto e presi la vestaglia da un gancio nell'armadio. Stringendomela intorno, mi avvicinai alla porta senza far rumore. Il pomello girò e tremò, prima con esitazione, lentamente. Qualcuno stava provando ad aprire.

«Mi fai entrare?», disse la voce cantilenante. «Per favore, non vuoi farmi entrare?»

L'avrei fatta entrare? Neanche per sogno! Raggelata, fissai la porta. Era questo ciò di cui Dominic mi aveva parlato prima, quando l'avevo incontrato fuori dal bagno? Era questa l'entità che infestava la casa? Guardai il pomello che ruotava avanti e indietro, avanti e indietro. Clic, cloc, clic, cloc.

Qualcuno stava cercando di entrare in camera mia.

Poi uno scalpiccio nel corridoio. Voci urgenti, sussurri. Jason? Non potevo essere sicura di chi fosse, e certamente non avrei aperto la porta per scoprirlo. Rimasi in ascolto mentre le voci parevano allontanarsi lungo il corridoio, affievolendosi fino a svanire.

Rimasi lì a lungo, con l'orecchio premuto contro il battente. Era sceso il silenzio. Buttai fuori un respiro che non mi ero nemmeno resa conto di aver trattenuto.

Ebbi l'impulso di aprire la porta per assicurarmi che il corridoio fosse davvero vuoto, ma poi cambiai idea. Era così che si comportavano i mostri, i fantasmi, i morti viventi: aspettavano quieti finché non decidevi di controllare se se ne fossero andati. Avevo visto abbastanza film per saperlo. Ridacchiai a quel pensiero sciocco e mi infilai di nuovo sotto le coperte, con la vestaglia ancora ben stretta intorno a me.

Ma anche distesa, continuavo ad avere gli occhi spalancati e il battito impazzito. Passò un po' di tempo prima che il respiro rallentasse e le palpebre tornassero a essere pesanti.

Mentre scivolavo nell'oblio, prima di sprofondare nel sonno, un sogno emerse dal mondo onirico. Era uno di quei sogni lucidi – ne faccio spesso – in cui commentavo, quasi come se fossi la narratrice, ciò che accadeva nella visione.

Una sconosciuta, una stupenda signora bionda, magra come un chiodo, con indosso pantaloni sportivi color crema e un twin set, era davanti alla casa in cui sono cresciuta, una costruzione su due livelli degli anni Cinquanta, su un terreno alberato non lontano da un ruscello serpeggiante nei sobborghi di Minneapolis. Mi sorrideva, facendomi cenno di avvicinarmi.

«Ciao», disse. «Ho una cosa da mostrarti». Indicò la porta. «Entra pure».

Varcai la soglia. L'atrio era esattamente come lo ricordavo: una corta rampa di scale sulla destra, il salotto sulla sinistra, la cucina davanti a me. Feci qualche passo verso il salotto: il tappeto color ruggine pareva nuovo, così come il divano e la poltrona con grandi fiori dello stesso colore del tappeto che mia madre aveva comprato quando ero bambina. Non ci pensavo da anni.

Mi affacciai alla finestra e vidi i miei amici del quartiere, i bambini che erano stati decenni prima, intenti a giocare. Alcuni correvano nei cortili, altri percorrevano cerchi oziosi in bicicletta sulla strada. Lanciai un'occhiata al tappeto e al divano, poi di nuovo ai bambini. Eravamo verso la fine degli anni Settanta.

Sul ponte che attraversava il torrente c'erano due bambine. Le osservai mentre lasciavano cadere dei bastoncini su un lato e si precipitavano dall'altra parte, scrutando l'acqua. Pooh Sticks, li chiamavamo. Vinceva chi lanciava il bastoncino più veloce.

Le bambine guardarono nella mia direzione e, vedendo che le spiavo dalla finestra, mi fecero ciao. Fu allora che lo vidi. Una di loro era Jane, la mia migliore amica, che viveva dall'altra parte della via. Aveva i capelli tagliati in un caschetto corto che la faceva sembrare un folletto, ne aveva persino l'aspetto: bionda, con gli occhi azzurri e bellissima. L'altra ero io. Ricordavo i pantaloni che indossava la mia piccola versione onirica. Jeans bianchi con ricami di fiori variopinti. Ne avevo un paio come quelli quando ero in quarta elementare. *Guarda un po'*, mi dissi. *Era da decenni che non pensavo a quei pantaloni.*

Le bambine corsero via dal ponte e scesero lungo l'argine verso l'acqua – un comportamento severamente proibito dai nostri genitori – e io sapevo che avrebbero giocato ad attraversare il torrente sotto il ponte su una trave che copriva tutta la larghezza del fiume, magari vedendo qualche gambero o pesce gatto. L'idea era arrivare sull'altro lato senza scivolare e cadere in acqua. Mi affrettai verso la porta e sporsi la testa fuori.

«Attente alla tartaruga!», urlai.

Quando ero piccola, tutti i bambini del quartiere trattenevano il fiato quando l'enorme e antica tartaruga azzannatrice che viveva da qualche parte sotto quel ponte decideva di attraversare la strada. Era un promemoria vivente delle insidie di ogni tipo che si nascondevano in quell'acqua scura.

Lanciai un'occhiata dall'altra parte della via, verso la casa sull'angolo opposto rispetto alla nostra, e vidi che la porta del garage era aperta e che diversi genitori del quartiere, giovani coppie che ora avevano circa la mia età ma che all'epoca mi sembravano vecchissime, erano riuniti là davanti. Tutti avevano un drink in mano. Molti stavano fumando.

Uno degli uomini stava girando hamburger su una griglia nel vialetto mentre gli altri supervisionavano attentamente. C'era mio padre, che teneva banco come sempre, raccontando storie che facevano ridere a crepapelle gli altri uomini. Appariva giovane e bello, elegante con la camicia a maniche corte a righe bianche e rosse. Lo osservai mentre puntava lo sguardo sul gruppo di donne vicino al bar improvvisato e, quando incrociò lo sguardo di mia madre, sorrise. Lei sollevò il bicchiere, ricambiando il sorriso. Lui la imitò. Un brindisi privato tra la folla di una festa. Tipico di loro.

Mia madre. Aveva un vestito senza maniche dalle tinte vivaci, stampato con grandi fiori psichedelici. Calzava un paio di ballerine – cosa insolita, dato che portava i tacchi alti tutti i giorni – e aveva il viso incorniciato da ricci castani. Teneva una sigaretta in una mano, un drink nell'altra e rideva.

Pensavo spesso che avesse un'aria alla Jackie Kennedy: sofisticata, sempre in ghingheri. Comprò il suo primo paio di jeans quando aveva più di ottant'anni, poi si scatenò e prese anche un giubbotto, ricamato con fiori simili a quelli dei miei pantaloni bianchi. Ma in quel giorno, e per la maggior parte della mia infanzia, era Jackie O.

Guardò dall'altra parte della strada e mi sorprese a osservarla. Sorrise. «Mamma», sussurrai.

«Vuoi tornare indietro, ma non puoi».

Girai la testa di scatto. Là, seduta sul divano di fronte alla finestra, c'era la nonna. Aveva vissuto con noi durante la mia infanzia. Raramente accompagnava i miei genitori quando socializzavano con i vicini, preferendo restare a casa con me e i miei fratelli.

Era morta a novantun anni, dopo aver subìto una serie di leggeri ictus. Ero andata con lei in ospedale quando aveva avuto il primo. Un attacco ischemico transitorio, l'avevano chiamato. Era seduta sul divano del salotto, nello stesso punto in cui era accomodata ora nel mio sogno, e mi stava raccontando una storia, ma poi le sue parole erano rimaste sospese nell'aria. La sua espressione divertita aveva ceduto il passo alla confusione e persino alla paura. Aveva sostenuto il mio sguardo per un terribile momento in cui mi era parso che il tempo si fermasse. Era come se fosse paralizzata.

«Nonna?», avevo detto. «Stai bene?»

Mi aveva fissato, senza sbattere le palpebre, ma avevo capito che i suoi occhi mi stavano implorando di fare qualcosa.

«Bisogna chiamare un'ambulanza», avevo detto a mio fratello, alla mamma e a chiunque fosse a portata d'orecchio. «Subito».

Quando eravamo arrivati in ospedale, ormai era tornata in sé e scherzava e rideva con le infermiere. Una di loro, con un portablocco in mano, le aveva domandato quali farmaci prendesse.

«Nessuno», aveva risposto la nonna.

L'infermiera si era girata verso di me e, con un sussurro udibile, aveva chiesto: «Quali farmaci prende?»

La nonna mi aveva fatto l'occhiolino e io avevo sorriso. «Nessuno», avevo detto. «Non va dal medico da quando è nata mia madre. Sessantacinque anni fa».

L'infermiera mi aveva guardato a bocca aperta, poi era uscita dalla camera. L'avevo sentita parlare con le sue colleghe. «Ho un'ottantottenne che non prende nessun farmaco!»

La nonna era fatta così. Una finlandese esuberante e simpatica, figlia di immigrati. Non prendeva mai medicine, a eccezione di una mentina bianca e gessosa quando aveva lo stomaco sottosopra e di un brandy caldo con il miele quando aveva il raffreddore.

Mi dispiace che molte persone della mia cultura non facciano l'esperienza di vivere con i nonni. Lei ha aggiunto molte risate alla mia vita. Quando ero un'adolescente testarda e i miei genitori imponevano delle regole, la nonna era la mia confidente, la mia consigliera e, spesso, la mia complice. Quando ero una studentessa universitaria squattrinata, mi infilava sempre in mano una banconota da venti dollari piegata, strizzandomi l'occhio. «Divertiti», diceva.

Ed eccola là, nel mio sogno. Non la vedevo da moltissimo tempo.

«Nonna», sussurrai. Ma quando raggiunsi il divano, era sparita.

Poi la casa si sgretolò intorno a me. La scena dall'altra parte della strada, i giochi sul torrente, i genitori e le risate, scomparve ogni cosa. Mi ritrovai sopra un mucchio di cenere.

Alzai le palpebre di scatto e mi misi a sedere sul letto, con il cuore che batteva all'impazzata e le guance rigate di lacrime. Non mi ero nemmeno accorta di aver pianto.

Mi soffiai il naso e bevvi un sorso d'acqua, controllando l'orologio. Solo simboli rossi sfocati. Socchiusi gli occhi. Le due? Le tre? Gli occhiali erano sul comodino, ma non aveva importanza che ore fossero. Era buio, e volevo rifugiarmi di nuovo nei miei sogni, nel mio passato, un mondo che era svanito da tempo, ma che nella visione mi era sembrato così tangibile e reale. Tornai a sdraiarmi e mi tirai le coperte fino al collo, raggomitolandomi. Avevo freddo dentro.

5

Dovevo essermi riaddormentata, perché mi svegliai l'indomani mattina, con il sole che filtrava dalla finestra. Mi stiracchiai e poi ricordai ogni cosa. La voce nel corridoio. Il sogno sulla mia infanzia. Scossi la testa, cercando di dissipare i pensieri.

Mi guardai intorno, ma non vidi nulla di insolito. C'erano il comò, il minifrigo, il televisore. La porta del bagno era socchiusa, come l'avevo lasciata. Gli occhiali erano sul comodino. Scivolai giù dal letto. Era il secondo giorno della mia nuova vita.

Ingoiai le pillole con un lungo sorso d'acqua. I medici sostenevano che mi avrebbero aiutato. Io non ne ero così sicura, ma le prendevo puntualmente, solo perché nessuno potesse dire che ero parte del problema. O tutto il problema.

La notte era ancora sospesa nell'aria intorno a me, come una nebbia. Un caffè era decisamente d'obbligo. Mi spazzolai i capelli, indossai jeans e maglietta e inforcai gli occhiali, con l'intenzione di scendere al ristorante.

Ma mentre mi chiudevo la porta alle spalle, notai Dominic sulla terrazza in fondo al corridoio, con una caffettiera a stantuffo piena sul tavolino accanto. Girò la testa per guardarmi, come se avesse percepito la mia presenza.

«Buongiorno!», urlò. La sua espressione era aperta e invitante, così lo raggiunsi, con il cuore che batteva forte.

Il lago scintillava. Lungo la strada che conduceva al porto scorsi alcune barche già ormeggiate ai pontili. Una di loro passò galleggiando pigramente, con la vela multicolore spiegata e il traghetto che ogni venti minuti partiva in direzione delle isole stava attraversando la baia.

Wharton era il punto di partenza per i viaggiatori che volevano esplorare le Redemption Islands, un arcipelago boscoso e incredibilmente bello, perlopiù disabitato (a parte uno o due fari), che attirava campeggiatori, escursionisti e kayakisti da tutto il mondo.

Solo una delle isole, l'Ile de Colette, aveva una comunità stabile di residenti e anche di proprietari di baite estive. Non ci andavo da molto tempo, ma mi ripromisi di prendere presto il traghetto per dare un'occhiata in giro.

«Che splendida mattinata», osservai, continuando a fissare l'acqua.

«Gradisci un caffè?» Dominic sollevò il bricco. «È troppo per una persona sola».

«Vado a prendere la tazza». Mi affrettai verso la mia camera, dove la recuperai e aprii il piccolo frigorifero, prendendo la confezione di panna. Quando tornai sulla terrazza, Dominic mi versò il caffè e io guardai il vapore che si alzava nell'aria fredda. Era una bella sensazione, il freddo pungente sul viso. Mi accomodai sulla sdraio accanto alla sua e, dopo aver aggiunto la panna, bevvi un sorso. «Grazie». Sollevai la tazza. «Non riesco a iniziare la giornata senza caffè. Soprattutto questa mattina».

«Concordo. Nottata lunga?»

Appoggiai la testa allo schienale, sospirando. «La prima notte in un posto nuovo, credo. Non ho dormito molto».

«Ti capisco. Nuovo ambiente, nuovi rumori notturni. Scricchiolii e gemiti sconosciuti. Ci vuole un po' di tempo per abituarsi».

Nuovi rumori, appunto. Non avevo intenzione di toccare l'argomento, ma mi venne naturale.

«Hai sentito qualcosa in corridoio la notte scorsa?», chiesi.

«No. Avrei dovuto?»

Bevvi un altro sorso di caffè. «Be', hai detto che la casa è infestata dai fantasmi».

Scoppiò a ridere, una risata profonda che mi riscaldò dentro. «È quello che dice LuAnn. Dovresti parlarne con lei. O con Gary. Lui conosce molte storie. Hai sentito qualcosa di spettrale? Un tintinnio di catene, magari?»

«No, solo uno o due gemiti di morti viventi». Ammiccai. Sorridemmo entrambi, ma poi mi schiarii la gola. «A parte gli scherzi, ho sentito qualcuno. Una donna».

Mi studiò per un lungo momento. «Cos'ha detto?»

Trasalii. «Ha domandato se c'era qualcuno e di farla entrare».

Sbarrò gli occhi. «Farla entrare? Cosa? Cavolo, no!»

Proruppi in una risata per la sua espressione inorridita. «È esattamente quello che ho pensato anch'io».

«Dunque non le hai aperto?»

«Una voce incorporea che mi chiede di farla entrare in camera mia nel cuore della notte? Dico sempre di no. È una delle mie regole di vita».

Rise. «Molto prudente».

«Ci sono altri ospiti? Pensavo che ci fossimo soltanto io, te, Gil e Jason, ma potrebbe esserci un'altra camera affittata».

«Non ho sentito parlare di nessun nuovo arrivo, ma ieri sera sono andato a letto abbastanza presto».

«Anch'io».

A quel punto espirammo entrambi. Fissammo l'acqua per un po', poi Dominic ruppe il silenzio.

«Ora che la tua giornata è iniziata, che programmi hai?»

Finii il caffè. «Ho pensato di fare un giro in città questa mattina per riprendere confidenza con il posto. È da un po' che non vengo qui».

«Cosa ti ha spinto a tornare?»

La domanda inevitabile. «Avevo solo bisogno di una pausa. Faccio la professoressa. L'anno scorso mi sono presa un periodo sabbatico e mi sto preparando per tornare al lavoro in autunno. Anche se non sono sicura di averne voglia, a dire il vero».

Rabbrividii al solo pensiero. Non l'avevo ammesso ad alta voce con nessuno, ma non ero certa di averne la forza. Non appena uno studente, o peggio ancora sua madre, si fosse lamentato di un voto, mi avrebbe distrutto.

«Una professoressa, eh? Cosa professi?»

Sorrisi a quella battuta. «Letteratura americana moderna».

«Davvero? Perché proprio letteratura?»

Aggrottai la fronte. «In che senso, perché?»

«Perché passi la vita a concentrarti su questo? Perché ti sta a cuore?»

Era come se i suoi occhi pieni di curiosità mi scrutassero dentro. Non ricordavo che qualcuno mi avesse mai fatto quella domanda.

«Amo leggere fin da quando ero bambina. Ma ho notato che al college non leggevo molto. Non per piacere, almeno. Soltanto i libri che mi assegnavano per i corsi. Erano anni che non leggevo nulla di moderno. Così, quando ho deciso di dedicarmi all'insegnamento – mi attirava l'idea di trascorrere la vita in un campus universitario –, mi è parso logico seguire la mia passione. Sta di fatto che mi piace molto il pensiero di offrire agli studenti l'opportunità di leggere opere di narrativa attuali, divertenti e interessanti, in contrapposizione a tutti i loro compiti scolastici. Amo pensare che sto dando loro una tregua dallo studio».

«Non parli come una che non vuole tornare a insegnare».

Avevo detto quelle parole e ne ero convinta, ma non riuscivo a immaginare di tornare alla normalità. Settembre sarebbe arrivato. Gli studenti sarebbero entrati in aula. Ce l'avrei fatta, in un modo o nell'altro. O almeno così dicevano i medici.

Dominic bevve un altro sorso di caffè e notai la sua mascella perfettamente cesellata.

«Hai scritto il grande romanzo americano durante il tuo anno sabbatico?» Mi guardò da sopra l'orlo della tazza. «Non è quello che fanno i professori di letteratura?»

Feci una smorfia. «Non proprio».

L'immagine di mia madre mi fluttuò nella mente.

«Sarà molto difficile per te», aveva detto, guardandomi con gli occhi infossati dal letto dove stava per morire. Erano state le ultime parole che mi aveva rivolto, ma non le ultime parole che aveva pronunciato.

Avevo trasformato la camera degli ospiti in un hospice, procurandomi un letto da ospedale e assumendo infermiere ventiquattr'ore su ventiquattro. Volevano trasferirla in un vero hospice, ma non ne avevo voluto sapere. All'epoca ero io a prendere le decisioni; mio padre era troppo soffocato dal dolore e dal terrore per fare qualunque cosa a parte tenerle la mano e dirle quanto la amava. Avevano iniziato la loro vita in quella casetta nella stessa cittadina in cui entrambi erano cresciuti e, finché dipendeva da me, era là che mia madre avrebbe finito la sua, non in una sterile camera d'ospedale, collegata a Dio solo sa quali macchinari.

I miei si erano conosciuti quando mio padre era tornato a casa dopo aver combattuto nella Seconda guerra mondiale. Si stava facendo largo tra la folla sulla via principale della cittadina per trovare un buon posto da cui guardare la parata del 4 luglio in onore dei veterani. La strada era invasa da persone che sventolavano bandierine, vestite di rosso, bianco e blu.

«Wilder!» Era George, il suo migliore amico, con un gruppetto di altri ragazzi, i soliti sospetti con cui aveva trascorso la giovinezza. «Il vecchio Stinson dice che possiamo salire sul tetto della Croce Bianca».

Erano entrati tutti nella farmacia della Croce Bianca e avevano salito le scale posteriori che conducevano sul tetto, appena in tempo per vedere la banda del liceo che avanzava lungo la via suonando *In the Mood*. A capo della banda c'era una majorette, che lanciava la mazza in aria e la faceva roteare prima di riprenderla al volo.

Mio padre aveva una gomitata a George. «Chi è quella?»

L'altro l'aveva guardato sbigottito. «Come sarebbe a dire, chi è quella? È Claudia Cummings, scemo! Tutti i ragazzi della città le sbavano dietro. Mettiti in fila, amico».

Mio padre non si era messo in fila. L'aveva saltata a piè pari. Al primo appuntamento, aveva portato mia madre in un ristorante che non poteva permettersi, con la musica dal vivo, e avevano ballato tutta la notte. Di lì a poco si erano fidanzati e lui aveva passato l'anno successivo a cercare di convincere il padre e il nonno della mamma che era degno di quella ragazza straordinaria.

Si erano sposati un anno dopo e si erano trasferiti in una casetta di un piano e mezzo che avevano costruito con le loro mani, non diversa dalle altre case del dopoguerra in quella zona. Si diceva che avessero comprato il primo televisore della città e che amici e vicini godessero di quella nuova forma d'intrattenimento nel loro salotto.

Negli anni successivi, papà era stato trasferito diverse volte per il suo lavoro nel campo delle vendite, ed era finito a Minneapolis, dove sono nata io, nella casa vicino al torrente con la tartaruga azzannatrice.

Ma avvicinandosi all'età della pensione, i loro pensieri erano tornati alla cittadina. Il caso aveva voluto che il loro piccolo bungalow in stile postbellico fosse in vendita, così mio padre l'aveva acquistato per fare una sorpresa alla mamma, e si erano apprestati a trascorrere l'ultimo capitolo della loro storia d'amore nella casa dove avevano vissuto il primo.

Mia madre era stata felice di scoprire che, dopo tutti quegli anni, il lampadario art déco che aveva scelto per la camera quando era una giovane sposa era ancora al suo posto.

Era stata l'ultima cosa che aveva visto prima che la trasferissimo nella stanza da hospice che avevamo allestito per lei.

Alla parete era appesa una foto incorniciata di loro due poco dopo le nozze, che mi aveva sempre trasmesso una sensazione inquietante riguardo al passare del tempo. Eccoli là in quell'immagine, giovani e belli, lei con un morbido vestito verde e lui, elegante come sempre, in completo e papillon. Quasi settant'anni dopo, mia madre stava per spegnersi in quella stessa casa.

Diceva spesso che gli anni erano volati via rapidamente, in un istante. Una vita intera fatta di casa, figli, amore, lutti, successi professionali, e poi la pensione, gli anni d'oro, passati a spassarsela con amici e parenti finché lei non aveva più potuto divertirsi.

Un attimo prima era una giovane sposa, quello dopo una potente donna in carriera – mi ripeteva sempre di essere Wonder Woman sotto mentite spoglie, e io le credevo, e le credo tuttora – e quello dopo ancora stava morendo. Fragile come un uccellino. Indebolita non solo dal cancro, ma anche dal trattamento destinato a tenerlo a bada.

«*Sarà molto difficile per te*».

Era successo tutto molto in fretta.

L'ultimo giorno erano arrivati con un letto da ospedale per provare a farla stare più comoda, ma poi c'era stato il problema di spostarla. Ormai era completamente immobile: non aveva più muscoli, al punto di non riuscire nemmeno ad alzare la testa. Sosteneva di pesare quarantacinque chili, ma io non ci credevo. Trentacinque? Quaranta? Era la definizione vivente di *pelle e ossa*. Ecco come l'aveva ridotta il cancro.

Per trasferirla nel letto da ospedale nella camera degli ospiti, io e mio fratello l'avevamo presa in braccio e portata fin là, tenendo l'uno le braccia dell'altra per creare una sorta di sedia, con lei al centro.

«Mi sembra di essere Cleopatra!» La mamma aveva fatto un sorriso a trentadue denti.

Il prete era già venuto a darle l'estrema unzione. Aveva chiesto a tutti noi – a me, mio padre e mio fratello – di tenerci per mano intorno al letto mentre pronunciava alcune parole che non avevo sentito né compreso. Io le stringevo una mano, papà l'altra. A un certo punto avevo incrociato lo sguardo di mia madre, che mi aveva fatto un sorrisetto. Troppo trambusto per lei.

Qualche ora prima era venuto anche il medico. Durante il funerale, mio padre avrebbe sottolineato più volte che il dottore era famoso perché non faceva visite a domicilio, eppure eccolo là. Era venuto per mia madre.

«Mi hai insegnato a vivere la vita fino in fondo», le aveva detto, prendendole la mano. «È stato un onore conoscerti».

Avevo guardato dalla soglia mentre le posava il palmo sulla guancia. «Sei una donna straordinaria. Hai vissuto una vita straordinaria. Hai cresciuto una famiglia meravigliosa insieme all'uomo che è tuo marito da decenni. Che matrimonio avete avuto! Siamo tutti invidiosi. Avete moltissime cose di cui andare fieri. A cui ripensare. Continuerete a vivere nei vostri figli e anche nei loro, se mai si daranno da fare e andranno avanti con la loro vita. Non vi dimenticheremo».

Mia madre aveva fatto un sorriso e un cenno di assenso.

«Va' in pace, meravigliosa creatura», aveva continuato il dottore. «Lascerai questa terra migliore di come l'hai trovata. È il massimo a cui possiamo aspirare».

Non l'avevo mai visto: un addio sul letto di morte. Dunque era così che si faceva. Io non l'avevo fatto. Non ci ero riuscita. Quel giorno non le avevo detto quasi nulla.

Mia madre aveva guardato il medico sorridendo. «Si prenda cura di lui», aveva detto, e io avevo intuito che si riferiva a mio padre. «Avrà bisogno di tutto l'aiuto possibile quando non ci sarò più», aveva aggiunto con un filo di voce.

Si erano scambiati uno sguardo solenne. «Come se fosse mio padre». Il dottore le aveva asciugato una lacrima dagli occhi.

In seguito, dopo che mia madre aveva chiuso gli occhi, l'infermiera dell'hospice mi aveva preso in disparte. «Sta soffrendo molto. Di solito in questa fase somministriamo la morfina per alleviare il dolore».

Avevo annuito, con l'angoscia che mi soffocava parole, riducendole al silenzio.

«Mi autorizzi a...» Aveva sostenuto il mio sguardo. «Sono sicura che non vuole che soffra».

Mentre la guardavo negli occhi, capii quello che mi stava dicendo. Non pesava quasi niente ed era in preda a dolori atroci. Aveva ricevuto l'estrema unzione e la sua famiglia era riunita. Era la fine.

Stava già scivolando in un altro mondo, con le ciglia che si alzavano e si abbassavano tremolando. In quel momento mi chiesi se la nonna, che era morta dieci anni prima, e Randy, l'altro mio fratello, stroncato da un infarto poco dopo, fossero al suo fianco.

«Per favore, fa' il possibile per alleviare la sua sofferenza. Non vogliamo che stia male».

Sapevo che era la fine. Ero stata assalita da una sensazione di panico assoluto. Una dose di morfina, e la persona che mi aveva amata per prima e più intensamente, la mia roccia incrollabile durante ogni decisione folle e sconsiderata che avevo preso, la mia pietra di paragone che mi faceva ridere nei momenti belli e piangeva con me e mi sosteneva in quelli brutti, la donna la cui arguzia e saggezza erano affilate come rasoi, non avrebbe più aperto gli occhi e, di lì a poco, non sarebbe più stata di questo mondo.

Com'era possibile? Cosa avrei fatto dopo?

Ero sempre stata al suo fianco, dal giorno in cui eravamo andate nello studio dell'oncologo e avevamo ricevuto la diagnosi di cancro al quarto stadio e nel corso di tre anni di chemioterapia a settimane alterne che alla fine le aveva tolto i capelli e rubato venticinque chili alla sua corporatura già esile.

Non le importava nulla dei capelli. Il giorno in cui si era messa la parrucca, mi aveva mandato un messaggio: «Dimostro dieci anni in meno! Perché non l'ho fatto prima?»

Inviare sms. Era una novità per lei. Quell'anno, per Natale, le avevo regalato un iPad per sostituire il preistorico computer fisso che usava da anni.

«Ehi, guarda chi ti sta scrivendo», aveva scritto nel suo primissimo messaggio. Lei e il papà erano partiti per un fine settimana a Wharton dopo un ciclo di chemio. Come sempre, mi aveva contattato per informarmi che erano arrivati sani e salvi. «Ci fermiamo un paio di notti. Perché no? Il tempo è splendido. Viviamo la vita giorno per giorno. Fin qui, tutto bene! Con affetto, mamma e papà».

Tutto questo mi tornò in mente mentre ero seduta sulla terrazza con Dominic quel mattino a Wharton.

«Non ho scritto il grande romanzo americano», dissi alla fine. «Mi sono presa cura di mia madre. Cancro».

Le parole mi bruciavano sulla lingua. Avevo paura di guardarlo negli occhi, di mostrargli le mie lacrime.

«È morta». Non era una domanda, ma un'affermazione.

Feci sì con la testa. Le lacrime presero a scorrere.

Allungò il braccio e mi prese la mano. «Ti direi che mi dispiace, ma non basta. Non quando si perde la propria madre, il tipo di madre che credo tu abbia avuto». Il suo viso esprimeva un'incredibile gentilezza.

«Era la migliore», dissi con voce strozzata.

«Spero che un giorno mi parlerai di lei. Quando te la sentirai».

Nell'ultimo anno di vita della mamma sapevo che sarebbe morta di lì a poco, ma ero del tutto impreparata al grande vuoto che avrebbe lasciato.

Io e Dominic ci fissammo e non riuscii a distogliere lo sguardo. Il dolore mi aveva gettato in mare ancora una volta e cercai una scialuppa di salvataggio nei suoi occhi.

Non tardò ad arrivare. «Ti va di fare una passeggiata fino al lago?», propose.

«Molto volentieri». Mi alzai. «Ci vediamo di sotto tra cinque minuti».

Mi affrettai a raggiungere la mia camera e chiusi la porta dietro di me. Mi soffiai il naso e mi spruzzai un po' d'acqua sul viso prima di inumidire un asciugamano e premermelo sugli occhi. Quel semplice gesto mi ha sempre confortato quando ero bambina, e funzionò anche in quel momento, arrestando il fiume di lacrime che viveva così vicino alla superficie. Studiai il mio riflesso nello specchio. *Ricomponiti.* Feci un respiro profondo e mi guardai. *È tutto sotto controllo.*

Di lì a qualche minuto, uscimmo nell'aria fresca. Era l'inizio della stagione, ma Wharton era stranamente temperata anche nei mesi più caldi dell'anno, come anche nei più freddi.

Scendemmo dalla collina verso l'acqua, superando negozi e ristoranti che stavano aprendo i battenti. I negozianti ci guardavano e sorridevano, alzando la mano in segno di saluto. Mentre passavamo davanti alla libreria Just Read It, Beth fece capolino dalla porta.

«Ciao! Brynn, giusto?»

«Esatto», confermai amichevolmente. «Questo è Dominic, uno degli altri residenti estivi».

Beth si precipitò sul marciapiede, mi abbracciò e strinse rapidamente il braccio del mio accompagnatore. «Ti avevo visto. Sono lieta di conoscerti, finalmente».

«Anch'io». Sorridendo, lui le mise la mano sul braccio. «Stiamo andando al lago per goderci questo tempo splendido. Ti va di venire con noi?»

«Sto aprendo il negozio, ma grazie per l'invito. Prima o poi ti prenderò in parola». Beth mi strinse le dita. «Buona giornata, tesoro».

Scendemmo la collina, poi ci sedemmo su una panchina in un piccolo parco sul lungolago, vicino al molo. La dozzina di pontili era piena di barche, la maggior parte delle quali abbastanza grandi da sfidare le onde oceaniche che il Superiore avrebbe potuto sollevare, se solo avesse voluto. Restammo così per un po', ascoltando lo sciabordio dell'acqua sulla sponda rocciosa.

Non volevo parlare di mia madre. Avevo sigillato ermeticamente quel ricordo, come al solito. Però c'era qualcos'altro che mi incuriosiva.

«LuAnn mi ha detto che ha chiuso una camera per l'estate. Sai il perché? Per ristrutturarla, forse?» Ebbi una visione di operai, martellate e rumori.

«No, niente ristrutturazioni. Quest'anno non se l'è sentita di affittarla. Per rispetto. O almeno è così che mi ha detto».

Fui pervasa da una sensazione di terrore, ma non riuscii a capire il motivo. Mi girai per guardarlo in faccia. «Cos'è successo?»

Si schiarì la gola. «Non sono sicuro che spetti a me raccontarti la storia ma, siccome c'è un'indagine di polizia in corso, credo che ormai sia di dominio pubblico».

«Un'indagine di polizia?»

«Sì». Si strofinò il mento. «Sai che LuAnn chiude per qualche mese durante l'inverno, vero?»

Non lo sapevo. Avevo preso accordi per il soggiorno via e-mail e non mi era passato nemmeno per l'anticamera del cervello che lei potesse essere altrove.

«Va alle Hawaii». Un sorriso gli curvò le labbra. «Mi ha detto che le piacciono le corone di fiori!»

Non potei fare a meno di ridere. «È incorreggibile!»

«Unica nel suo genere, sicuramente. È una gran signora. Comunque, quando ha riaperto a marzo, ha scoperto che una donna aveva vissuto nell'albergo durante l'inverno. E, mi dispiace dirlo, ma la sconosciuta era morta in una delle camere. La numero 5, mi sembra. Perciò ora l'ha chiusa».

Sussultai. «Oh no».

«Sì, è stato terribile per LuAnn tornare e trovare un cadavere».

Altroché. Sentii un nodo allo stomaco. «Chi era?»

«Non si sa. La polizia non ha indizi».

«Una senzatetto, forse? O un'occupante abusiva?»

«LuAnn non ne ha idea. La cosa più strana è che nessuno in città aveva visto una persona andare o venire durante l'inverno. O almeno così mi ha detto lei. Niente luci accese. Niente impronte sulla neve. Niente che indicasse la presenza di qualcuno. A giudicare dalle condizioni della camera, però, la donna era lì da un po'».

Fui percorsa da un brivido. Rimanemmo in silenzio, ciascuno assorto nei propri pensieri. Mi domandai quali circostanze avrebbero potuto spingere una donna a introdursi in un albergo vuoto e a vivere là al buio.

«Non c'è da stupirsi che LuAnn non voglia affittare la camera», mormorai, ripromettendomi di parlare con Nick Stone, marito di Kate e capo della polizia di Wharton. Forse sapeva qualcosa.

Dominic si alzò dalla panchina e si stiracchiò. Non potei fare a meno di fissargli le braccia e il petto muscolosi.

«Devo iniziare la mia giornata. Per davvero, questa volta». Abbozzò un sorriso. «Sembra che anche tu sia pronta per iniziare la tua».

Un'ondata di calore mi attraversò quando capii che l'aveva fatto apposta. Mi aveva dato qualcosa a cui pensare che non fosse la perdita di mia madre. «Grazie. È stata una bella mattinata».

«La prima di tante, spero».

Mentre risaliva la collina verso il LuAnn's, io rimasi accanto al lago. *Pace,* sembrava dirmi l'acqua. *Pace.*

Quando stavo rientrando in camera mia, notai che la porta di Jason e Gil era aperta. Nella suite, c'era una donna sulla trentina seduta al tavolo. Stava leggendo alcuni giornali ma, quando passai, alzò lo sguardo e sorrise.

«Tu devi essere Brynn». Li raccolse in una pila ordinata e spinse indietro la sedia. «Io sono Rebecca. La figlia di Jason».

«Oh! Ciao!»

«Mio padre mi ha detto che alloggerai nella camera in fondo al corridoio per tutta l'estate».

«Sì. Ho conosciuto lui e Gil ieri, subito dopo essere arrivata. Sono fantastici».

Sorrise mestamente.

«Dato che vivete a stretto contatto, volevo assicurarmi che sapessi cosa sta succedendo. Insomma, gli ospiti vanno e vengono, ma tu e un'altra persona rimarrete tutta l'estate, giusto?»

Aggrottai la fronte e strinsi le palpebre. «Giusto», dissi strascicando le sillabe. «Cosa intendi dire?»

Sospirò. «Okay, dunque non te l'hanno detto».

Feci no con la testa. «Detto cosa?»

«Hai un minuto?» Aveva gli occhi pieni di lacrime. «Magari due?»

Era un'estranea, ma in quel momento sembrava così fragile e vulnerabile, come se stesse per rompersi in mille pezzi, che avrei voluto abbracciarla. Mi avvicinai e le presi le mani. «Ma certo. Di cosa si tratta?»

Le lacrime cominciarono a scendere, ma Rebecca parlò come se il suo viso non fosse umido e le sue spalle non tremassero.

Pronunciò le parole in un lungo flusso rapido. «Mi sono presa cura di lei finché ho potuto, ma ho tre figli, tutti sotto i dieci anni. Insomma, all'inizio andava bene. Era addirittura meraviglioso averla lì. Ma ha iniziato a... be', tende ad allontanarsi. Mi volto un attimo, ed è sparita. È già in fondo all'isolato».

Fece un respiro profondo. «Le voglio bene, ma non ce la faccio più». Mi fissò cercando... cosa? Comprensione? Perdono? Ma perché? Perché cercare il perdono di un'estranea?

Ci guardammo per un istante. «Di chi stiamo parlando?», chiesi alla fine.

«Di mia madre. Le hanno diagnosticato l'Alzheimer cinque anni fa».

Trasalii. «Mi dispiace molto». Ero sull'orlo delle lacrime. Non riuscivo a immaginare quanto fosse devastante e terrificante vedere tua madre scivolare via mentalmente, come se la sua essenza si stesse prosciugando, goccia a goccia. Forse, a lungo andare, impedendole persino di riconoscerti.

«Era ora di iniziare a cercare una casa di cura», riprese Rebecca. «Così abbiamo cominciato a prenderne in considerazione alcune, ma papà non...» Si asciugò le lacrime. «Non sopporta l'idea di metterla lì dentro. Non vuole saperne».

«Certo, lo capisco». Mi chiesi di nuovo cosa stesse cercando di dirmi esattamente.

«Perciò si trasferirà qui».

La mia reazione doveva averla stupita, perché sorrise. «Sì, lo so. Ma papà si è offerto di accudirla. Non avrebbe accettato altre soluzioni, e Gil lo appoggia totalmente».

La mia mente volò in tutte le direzioni allo stesso tempo. «Ospiteranno tua madre». Era insieme una domanda e un'affermazione. Ecco cosa Jason e Gil avevano cercato di dirmi.

«È già arrivata. Ha dormito qui la notte scorsa».

La voce nel corridoio, ricordai. Non era un fantasma, dopotutto. Sbirciai alle spalle di Rebecca. «È qui adesso?»

Scrollò il capo. «Non è stata una nottata tranquilla. Anch'io ho dormito qui. Non sapeva dove fosse, e questo l'ha turbata. Così oggi l'hanno portata in barca. L'acqua la rilassa sempre».

Fece un sospiro stanco e profondo. Conoscevo quel suono.

«Sto per uscire», disse. «Credo sia meglio che me ne vada prima che tornino. Potrebbe pensare che sta per tornare a casa con me».

La sua espressione mi straziò il cuore.

«Sei una brava figlia», osservai con voce dolce e bassa. «L'hai accudita e hai fatto tutto il possibile, finché hai potuto». Forse stavo parlando a me stessa.

Mi afferrò le mani e mi guardò, e nei suoi occhi vidi riflesso il mio dolore degli ultimi tre anni.

«Non vedo l'ora di conoscerla», riuscii a dire.

Qualche ora dopo fui accontentata.

Non dimenticherò mai il momento in cui conobbi Alice. Stavo chiacchierando con Gary al bar prima dell'happy hour.

Jason varcò la soglia con una donna sotto braccio, una bella signora sulla sessantina con i capelli biondi tagliati in un caschetto elegante. Snella, indossava pantaloni cachi e un maglione a fiori, con un foulard vivace intorno al collo. Pareva appena uscita da una rivista di moda.

Dietro quella bellezza, tuttavia, intravidi qualcos'altro. Fragilità. Persino paura. Come se tremasse nel profondo.

I suoi enormi occhi azzurri scrutavano la stanza, senza soffermarsi su nulla in particolare.

Trasalii. Poteva essere? Era la donna del mio sogno della notte precedente? Un brivido sembrò serpeggiare sulla mia pelle mentre guardavo i suoi occhi spaventati e indagatori.

6

Non poteva essere la donna che avevo sognato. Doveva essere una coincidenza. Non l'avevo mai vista prima. Cercai di riportare la mente all'inizio del sogno, ma il ricordo fluttuava già in una nebbia acquosa, sul punto di dissolversi nell'etere. Non avrei saputo dire con certezza se avessi sognato Alice oppure no.

«Brynn!» urlò Jason un po' troppo allegramente. Poi guardò Alice. «Tesoro, vieni a conoscere Brynn».

Lei alzò lo sguardo e sorrise. «Certo», disse.

Mi alzai mentre lui la conduceva verso di me.

«Questa è Brynn. Alloggerà in fondo al corridoio per tutta l'estate. Nella Yellow Lady. Siamo vicini!»

Lei mi lanciò un'occhiata. «La Yellow Lady».

«Brynn, questa è Alice».

«Brynn. Probabilmente dimenticherò il tuo nome». Rise. «Ultimamente la mia memoria fa i capricci. Ma ricorderò il tuo viso. Sono fisionomista».

Il mio cuore si gonfiò, e mi rimproverai per essermi sentita a disagio. Molte persone si sentivano come mi ero sentita io in presenza di chi soffriva di quella terribile malattia, come se fosse contagiosa. Decisi subito di non essere una di loro.

«Non importa se non ricordi il mio nome. Io mi ricorderò il tuo».

Sfilò il braccio da quello di Jason e mi prese le mani. «Affare fatto. Ho la sensazione che diventeremo amiche».

«Lo credo anch'io». Strinsi le sue piccole mani, facendo attenzione a non metterci troppa energia.

«È stata una giornata divertente», intervenne Jason. «Ho mostrato ad Alice la città e abbiamo fatto un giro in barca».

«Mi piace il lago», ribadì lei. «E la città è piena di bei negozi, no?»

«Non ho ancora avuto il tempo di andare a curiosare», replicai.

«Facciamolo insieme qualche volta».

«Alice, è l'ora del tuo sonnellino, ricordi?» Jason le mise una mano sul braccio.

La donna lo guardò con un'espressione di finto rimprovero e si illuminò in viso. «È proprio un omone premuroso».

«A dopo», mi congedai.

Jason la guidò verso la porta e mi guardò da sopra la spalla. «Torno subito», sussurrò.

Mi risedetti sullo sgabello. Gary comparve e mi posò davanti un bicchiere di vino.

«Oh, come sono intricate le reti che le persone tessono nella vita», borbottò prima di sparire di nuovo in cucina.

Jason tornò poco dopo. «Gil è di sopra a pagare alcune bollette mentre Alice fa un pisolino, perciò sono fuori servizio per un minuto». Accettò il bicchiere di vino che Gary gli offrì una volta tornato e mi rivolse quello che mi sembrava un sorriso timido. «Ah, la vita. È complicata, eh?»

Parole semplici ma dal significato profondo. «Ho conosciuto tua figlia. Mi ha spiegato la situazione».

«In realtà abbiamo due figlie, Bec e Jane». Jason, inspirò ed espirò. «So che può sembrare un po' strano e, in effetti, lo è».

«La vita è sempre strana».

«Sono stato sposato con Alice per trent'anni. Eravamo fidanzatini al liceo. Abbiamo frequentato la stessa università e ci siamo sposati prima ancora di laurearci. Abbiamo avuto una vita meravigliosa insieme, dico davvero, crescendo le ragazze, avviando e consolidando le nostre carriere. È stato fantastico. Lei era fantastica. Ma…»

Incrociò il mio sguardo e notai il luccichio delle lacrime mentre si passava una mano tra i folti capelli bianchi.

«Quando le ragazze sono diventate grandi…» Sospirò.

«Hai dovuto essere quello che eri».

«Quando eravamo ragazzi, l'omosessualità non era… be', lo sai… Non era accettata. Non ho ingannato Alice, non proprio. La amavo. Più di quanto tu possa immaginare. La amo ancora. Volevo una vita con lei. Volevo che mettessimo su famiglia. Che avessimo dei figli. Eravamo veramente felici. Ma l'ho sempre saputo. E quando i tempi sono cambiati…» Sospirò. «Avevo cinquantacinque anni e ho pensato: "Se voglio essere chi sono davvero, devo farlo ora"».

«Deve essere stato molto difficile».

«Dirglielo mi ha ucciso. E ha ucciso anche Alice. Ma ha detto che una parte di lei lo sapeva già».

Il dolore sul suo volto mi spezzò il cuore.

«Per qualche anno siamo rimasti in buoni rapporti, anche se un po' distanti», riprese. «Parlavamo dei figli e dei nipoti. Passavamo le vacanze insieme come una famiglia. Quando ho conosciuto Gil, però, è cambiato tutto. Non ci vedevamo più così spesso».

Bevve un lungo sorso di vino. «Alice mi ha chiamato quando le hanno diagnosticato la malattia. È stata una notizia devastante».

Si asciugò gli occhi con il tovagliolino, facendo un lungo singhiozzo.

«Ci ho messo un po' di tempo per rassegnarmi al fatto che Alice non sarebbe più stata Alice. Che sarebbe diminuita, a poco a poco, fino a scomparire. Non riuscivo a concepirlo. Pensavo a lei, alle ragazze. A ciò che avremmo perso tutti quanti».

Allungai il braccio per prendergli la mano. «Mi sentivo in colpa. Come se in qualche modo la causa fossi io».

«È terribile».

«Credo di aver attraversato le cinque fasi del dolore in un pomeriggio», riuscì a scherzare.

«L'ho portata nel nostro luogo di villeggiatura preferito, St. Thomas – con la benedizione di Gil –, e abbiamo trascorso una settimana ridendo e piangendo, godendoci la spiaggia, l'acqua e il cibo. Abbiamo parlato delle ragazze e delle persone meravigliose che erano diventate. Abbiamo parlato del nostro passato, del futuro dei nostri nipoti, di noi».

Si fermò per un attimo, facendo un respiro profondo, come se persino le parole fossero pesanti.

«Già allora vedevo i segni della malattia affiorare in superficie. Le ragazze mi dicevano da qualche anno che qualcosa non andava in lei, ma io negavo. Un rifiuto totale. Ho messo la testa sotto la sabbia, dicendo loro che non era niente, solo la smemoratezza dovuta all'età».

Conoscevo bene la negazione. Quando a mia madre era stato diagnosticato il cancro, ero fermamente convinta che l'avrebbe sconfitto. Non riuscivo a concepire la possibilità che la malattia potesse vincere, non contro una roccia come lei.

Il terrore assoluto di sapere che la persona a cui tenevi di più al mondo aveva una condanna a morte che le pendeva sopra la testa era una forte motivazione per rifugiarsi nella negazione.

«Lo capisco perfettamente», replicai. «Devi vederlo con i tuoi occhi. Deve diventare innegabile prima che tu ti conceda di crederci».

Annuì, asciugandosi le lacrime.

«Com'è stata Alice durante quella settimana? Hai detto che passare del tempo con lei ti ha convinto che la diagnosi fosse giusta».

«Non c'è stata una cosa particolare che abbia detto o fatto, anche se ci sono stati alcuni incidenti. Era lo sguardo nei suoi occhi. Spaventato. Smarrito. Come se stesse precipitando da un dirupo e cercasse di aggrapparsi a qualcosa, pur sapendo che alla fine sarebbe caduta».

«Ora ha lo stesso sguardo. L'ho notato».

Fece sì con la testa. «Continuava a cercare di pagare le cose con la chiave elettronica della stanza. Se succede una volta, non è niente di che. Insomma, quelle schede sembrano carte di credito. Ma quando capita continuamente?»

«Come recita quel vecchio detto sulla demenza? Se dimentichi dove hai messo le chiavi, va tutto bene. Se dimentichi a cosa servono…»

«Esatto. Trascorrere quella settimana con lei mi ha fatto capire che era vero. Aveva l'Alzheimer. Oddio, per me è difficile anche solo pronunciare questa parola. Volevo solo che avesse una vita felice dopo la separazione. Magari che trovasse qualcuno. Che viaggiasse. Che facesse le cose che avevamo programmato di fare quando fossimo andati in pensione. Invece la aspettava questa malattia, più crudele di una condanna a morte. Dannazione. È atroce».

Rimanemmo in silenzio per un momento. Aveva ragione. Era atroce.

Poi, fece un respiro profondo. «Quando siamo rientrati, si è trasferita da Bec ed è rimasta da lei per cinque anni circa. Ma per lei è diventato troppo faticoso, sai, con i bambini. E ora eccoci qui».

«Tua figlia ha accennato a una casa di cura».

Rispose con una smorfia. «Ho fatto dei sopralluoghi con Bec e Jane. Ci sono delle belle strutture. Alloggi stupendi. Infermiere premurose. Ma… tutti lì dentro sono così…»

«Vecchi?»

«Sì. Vecchi. Vent'anni più vecchi di Alice. Alcuni anche di più. E tutti vivono nel loro piccolo mondo, se devo essere sincero. Non sopporterei di portarla in un posto del genere. Si spaventerebbe a morte».

Gli occhi mi si riempirono di lacrime. «E Gil?»

«Amo quell'uomo più di ogni altra cosa al mondo». Bevve un altro sorso di vino. «Una sera, quando sono crollato dopo aver visitato l'ennesima casa di cura, mi ha suggerito di farla venire da noi. Non potevo crederci».

«Molto generoso da parte sua», sussurrai.

«I genitori di Gil erano immigrati dal Giappone. Nella sua famiglia, nessuno è mai andato in una casa di riposo. Lui e la sorella si sono presi cura dei genitori fino alla loro morte, proprio come i suoi genitori si erano presi cura dei loro. Nella sua famiglia si fa così».

«Perciò non si trattava di un'idea fuori dal comune per lui», commentai.

«Neanche un po'. Certe volte la vita è un vero rompicapo. Ho lasciato Alice per essere fedele a me stesso e ho trovato l'amore della mia vita. La separazione le ha distrutto il cuore e lo spirito. Il fatto che io abbia trovato l'amore l'ha devastata ancora di più. Poi ha ricevuto la diagnosi che nessuno vorrebbe sentire. Ed è stato quell'amore, l'amore della mia vita, a volerla accogliere, evitando che passasse i suoi ultimi anni in una casa di cura».

Forse era una domanda inopportuna, ma dovevo chiederglielo. «Cosa ne pensa Alice? Di questo accordo, intendo. Sa che tu e Gil siete sposati?»

«Non sa bene chi sia o cosa ci faccia qui. Ma è così affettuoso e divertente che non può non adorarlo. Quanto a dirle che siamo sposati, lo sa. O meglio, lo sapeva. Quando ci siamo sposati, mi ha spedito un magnifico biglietto e un regalo, dicendo quanto fosse felice per me». Sorrise, con gli occhi che si riempivano di lacrime. «Alice è fatta così. È questo il tipo di donna che era. Che è».

«Quando le bambine erano piccole e io tornavo dal lavoro, spesso davamo feste da ballo in salotto». Si asciugò le guance. «Penserai che dovrei aver smesso di piangere da un pezzo».

«No. Quello che le sta succedendo è uno schifo. Io piangerei ogni minuto della giornata».

Si voltò a guardarmi. «È proprio così», ripeté in tono rabbioso. «Io e Gil le faremo passare una bellissima estate. Gite in barca, cene fuori. Vino sulla spiaggia mentre guardiamo il tramonto. Balli. Merita ogni momento di felicità che riusciremo a darle».

Gary comparve con un vassoio di snack e ce lo posò davanti. «*Bon appétit*, ragazzi».

Sorridendo, mi infilai in bocca una fettina di salame, e mi accorsi che le tre erano passate da un bel po'.

«Dove sono tutti?», chiesi. «Niente happy hour oggi?»

Gary pulì distrattamente il bancone con uno straccio. «LuAnn ha pensato che sarebbe stato meglio se stasera ci fossero stati soltanto gli ospiti». Spostò lo sguardo da me a Jason e viceversa. «Per aiutare la nuova signora ad ambientarsi».

«Alice non ama molto la folla», spiegò Jason. «Volevo che si ambientasse gradualmente. LuAnn è stata così gentile da annullare l'evento di oggi. I gemiti di disappunto si sono sentiti fino a Main Street».

Poi ricominciammo a chiacchierare. Io gli domandai delle sue figlie e dei suoi nipoti, lui di mia madre.

«E tuo padre?», chiese. «È ancora vivo?»

Non sapevo bene come rispondere. I miei genitori erano sposati da più di sessant'anni quando mia madre era morta. Erano anime gemelle. Erano così spassosi insieme, sempre intenti a ridere di qualcosa, facendosi da spalla a vicenda come in un numero di varietà. Quando lei era morta, era morta anche gran parte di lui. La sua forza vitale si esauriva sempre di più ogni giorno che passava su questa terra senza sua moglie. Viveva ancora da solo, ma avevo il presentimento che le cose stessero per cambiare. Non volevo pensarci.

«Quest'estate è in Inghilterra», dissi alla fine. «In Cornovaglia. Mio fratello l'ha portato laggiù per seguire le tracce di alcuni antenati. È appassionato di queste cose, vuole ricostruire il nostro retaggio familiare e ha trovato rami del nostro albero genealogico che risalgono al XIV secolo».

«Wow. Questo sì che è interessante! Una bella distrazione anche per tuo padre».

Era proprio così, e gli ero grata per quel gesto. Mi aveva permesso di sfruttare l'estate per riprendermi senza preoccuparmi anche del suo dolore.

In quel momento entrò Dominic con Alice sotto braccio. In confronto a lei sembrava enorme.

«Questa signora ti stava cercando» disse a Jason, con la voce vellutata che mi accarezzava le orecchie.

Alice sorrise, ma notai che tremava, seppure impercettibilmente. «Jason! Eccoti qui».

«Sono qui, tesoro». Lui fece un sorriso raggiante. «Qui facciamo l'happy hour tutti i giorni. Oggi ci siamo solo noi, ma domani verrà tutta la città».

«Tutta la città?»

«Oh, sono soltanto alcune persone». Agitai la mano. «E tutti sono molto gentili. Anch'io sono nuova in città, perciò possiamo essere nuove insieme».

Alice si concentrò su di me. «Brynn». Aveva un'espressione trionfante. «La Yellow Lady».

«Ti sei ricordata!»

«Non credo che potrei dimenticarti». Mi fissò intensamente, come se mi guardasse dentro.

«Vuoi un po' di vino?» Jason le porse un bicchiere di bianco.

Alice strinse le palpebre. «Devo accettare? Rebecca non mi permetteva mai di bere».

Jason sorrise. «Be', ora non c'è. Dunque, perché no?»

7

Mi girai e rigirai per tutta la notte. Benché il mio corpo e il mio spirito fossero esausti, il sonno non arrivava. Mille pensieri mi turbinavano nella mente. La tragedia della diagnosi di Alzheimer precoce di Alice e il dolore che questo aveva causato alla sua famiglia contrapposta all'amore che aveva fatto emergere in tutte le persone coinvolte, non mi dava pace. Mi chiedevo se sarei mai riuscita ad amare così tanto qualcuno, o se qualcuno avrebbe mai amato me fino a quel punto.

Poi l'uomo misterioso dall'altra parte del corridoio fece breccia tra i miei pensieri. Dominic era un estraneo, eppure aveva un'aria in qualche modo familiare.

Ripercorsi mentalmente vari periodi della mia vita – la scuola pubblica, il college, i primi lavori, persino i viaggi con le amiche durante le vacanze di primavera – cercando di individuare un legame tra noi, un luogo in cui le nostre strade potessero essersi incrociate. Al parco giochi da bambina? In un bar a Cancún? Era seduto accanto a me durante il corso di fisica? Lavorava nei paraggi e l'avevo visto una mattina sull'autobus quando facevo la pendolare? Oppure assisteva qualcuno nella sala chemio attigua mentre io ero seduta accanto a mia madre durante la terapia? Era inutile. Non c'era niente.

Stavo per addormentarmi quando udii il mio nome. «Brynn». La voce era un sussurro flebile. «Bryyynn».

Trattenni il respiro. Da dove veniva? Da dentro la camera? La luna entrava dalla finestra, un fascio di luce che illuminava l'oscurità. Le tende bianche si gonfiavano nella brezza.

«Esci nel corridoio», bisbigliò la voce. «Sono qui».

Riflettei un istante – dovevo rispondere? –, ma alla fine sgusciai fuori dal letto. Doveva essere Alice, come la notte precedente. Indossai la vestaglia e appoggiai l'orecchio alla porta. Niente. Tolsi il chiavistello e ruotai la maniglia, sperando di raggiungerla prima che uscisse sulla terrazza o che scendesse al piano di sotto. Socchiusi la porta e sporsi fuori la testa.

«Alice?»

Non c'era. Il corridoio era vuoto. I raggi della luna filtravano dai vetri, illuminandolo completamente. Notai che il chiavistello della portafinestra era tirato, ma mi avvicinai e sbirciai fuori ugualmente, per assicurarmi che la donna non fosse uscita in qualche modo. Non c'era. La terrazza e la strada sottostante erano deserti.

Mi guardai indietro. Regnava il silenzio.

La casa stava dormendo.

Devo aver sognato, mi dissi. Nessuno aveva chiamato il mio nome. Mi diressi verso la porta della mia camera quando un fascio luminoso brillò lungo il corridoio. Non era il chiarore della luna, bensì una luce elettrica.

Cosa diavolo è? Una sensazione di terrore mi si annidò nella bocca dello stomaco, stringendola nella sua morsa.

La luce tremolava dalla nicchia vicino alle docce. Qualcuno era sveglio. Un ospite che si sarebbe fermato per la notte? La voce che avevo sentito era forse la sua? Ma come poteva conoscere il mio nome? E perché aveva acceso le luci proprio mentre ero nel corridoio? Non aveva alcun senso.

Mi diressi di soppiatto verso il fascio luminoso, fermandomi quando raggiunsi la nicchia. Spinsi la testa dietro l'angolo. Lei era là in camicia da notte.

«Alice?», sussurrai. «Cosa ci fai fuori dal letto?»

«È importante» annunciò, con gli occhi limpidi e la voce forte. In quell'istante non c'era in lei la minima traccia di fragilità. «In questa camera c'è una cosa che devi vedere».

«Torniamo nella tua. Dovresti essere a letto. Jason sarà preoccupato».

«Non darti pensiero per questo». Sorrise, con il viso illuminato da una luce calda. «Tornerò a letto tra un attimo. Non sentivi i richiami, così ho dovuto svegliarti per mostrartelo. Entra nella camera, Brynn».

Così dicendo, Alice tremolò e svanì, come se fosse evaporata nella notte.

La porta nella nicchia era aperta. Dentro c'era una luce accesa. «È permesso?», chiesi a bassa voce, non volendo disturbare gli altri ospiti.

Mi avvicinai lentamente. «È permesso?», ripetei.

Sapevo che non sarei dovuta andare là dentro. Non era affar mio il perché l'occupante avesse lasciato la porta aperta e la luce accesa a quell'ora. Sarei dovuta semplicemente tornare in camera mia e rinfilarmi nel letto. Ma non riuscii a trattenermi. Era come se qualcosa mi spingesse ad avanzare e mi chiamasse, come prima aveva chiamato il mio nome.

Il mio cuore accelerava sempre di più a ogni passo. Quando raggiunsi la soglia, mi aggrappai allo stipite con una mano e misi dentro la testa.

Come la Yellow Lady e la suite di Gil e Jason, anche quella stanza pareva appartenere a un'epoca diversa. Sarebbe stata benissimo in una dimora vittoriana.

Il letto mi lasciò senza fiato. L'enorme testata e la pediera di legno lucido erano intagliate con un intricato motivo di foglie. Una trapunta floreale rosa e un accogliente nido di cuscini erano i complementi perfetti.

Sul comodino di legno intagliato era posata una lampada che sembrava avere un secolo o più, con due delicati globi di vetro verde chiaro dipinti con fiori blu e viola. Entrambi emanavano una luce soffusa. Mi tornò in mente la lampada a olio che la nonna teneva in camera sua nella casa della mia infanzia.

Ogni volta che volevo sentire una storia dei tempi andati, la accendevo e ci rannicchiavamo insieme sul letto, parlando di sua nonna e della sua bisnonna e di com'era stata la sua vita quando era bambina. Il suo compito, mentre cresceva con una nidiata di fratelli e sorelle, era assicurarsi ogni sera che tutte le lampade e le candele fossero spente prima di andare a letto. L'incarico più importante della casa, diceva spesso.

Ma non era stata la luce della lampada a catturare la mia attenzione quando ero in corridoio. Il fuoco ardeva nel camino, il cui focolare di pietra si allungava per una trentina di centimetri all'interno della camera e la cui parte anteriore, realizzata con lo stesso materiale, si inarcava sopra l'apertura. *Pietra del lago Superiore*, pensai.

Guardai le fiamme danzare e ondeggiare, e solo allora notai la sedia a dondolo là davanti. Era sempre stata là? Non avrei saputo dirlo, ma ora mi accorsi che dondolava leggermente avanti e indietro.

«Brynn».

Mi voltai di scatto – c'era qualcuno dietro di me? – ma, non vedendo nessuno, mi girai di nuovo verso il camino. Sulla sedia era accomodata una signora anziana e sorridente.

Indossava una camicia da notte a fiori con un maglione sulle spalle. Gli occhiali di tartaruga – era impossibile non notarli –, le incorniciavano i limpidi occhi marroni e scintillanti. Il viso era segnato dall'età, ma aveva un'espressione bonaria. In qualche modo mi era familiare. Sulle sue ginocchia era posato un libro, un volumetto con la copertina rigida.

Non riuscii a muovermi. Rimasi lì a fissarla. Perché mi sembrava di conoscere tutti in quella casa? Forse era una zia o una cugina.

«Mi hai chiamato?», domandai. «Cosa vuoi?»

Sorridendo, prese il libro e me lo porse. Mi avvicinai quel tanto che bastava per prenderlo. Quando vidi come si intitolava, lo mollai di colpo, come se scottasse.

L'uomo illustrato.

8

Mi svegliai intrappolata in un groviglio di lenzuola umide. Il piumino era sul pavimento, i cuscini sparpagliati ovunque. La luce del bagno era accesa e lo sportello del frigorifero socchiuso.

Cosa diavolo è successo? Mi ero forse alzata per cercare qualcosa da mangiare nel cuore della notte?

Mi misi gli occhiali e controllai l'orologio. Quasi le nove e mezza. Mi stiracchiai mentre ascoltavo i suoni della vita, il trambusto fuori dalla finestra: Wharton era in piena attività e i turisti erano arrivati. Di solito non dormivo fino a tardi ma, considerando la notte agitata che avevo passato, non mi sorpresi troppo. Scivolai giù dal letto e chiusi il frigorifero mentre andavo in bagno a spruzzarmi un po' d'acqua sul viso. Il liquido fresco era allo stesso tempo confortante e fastidioso.

Il mio stomaco gorgogliò. Mi vestii rapidamente e mi spazzolai i capelli. Non ricordavo fino a che ora Gary servisse la colazione, ma speravo di trovare ancora delle uova. Nel giro di qualche minuto ero fuori dalla porta e stavo per scendere le scale verso la cucina, quando deviai verso la nicchia. La notte precedente doveva essere stata un sogno, ma volevo ugualmente dare un'occhiata.

Il senso di terrore ormai familiare mi pervase mentre mi avvicinavo alla porta e provavo il pomello. Niente. Era chiusa a chiave.

Quando vidi il numero della camera, il 5, sentii un nodo allo stomaco e mi affrettai a scendere le scale. All'improvviso avevo un gran voglia di avere qualcuno intorno, chiunque.

Alcuni clienti occupavano i tavoli qua e là, così presi posto al bancone. Gary comparve con una caffettiera a stantuffo. Girò la tazza che era posata a faccia in giù sulla mia tovaglietta e la riempì. Aggiunsi un po' di panna da un piccolo bricco d'argento e bevvi il primo sorso con le mani tremanti.

Mi guardò aggrottando le sopracciglia. «Nottata difficile?»

«Altroché». Ne presi un altro sorso. «O ho fatto dei sogni strani o...» Lasciai la frase a metà. Mi sembrava troppo ridicola per dirla ad alta voce.

«O?»

Misi giù la tazza. «Gary, questo posto è davvero infestato dai fantasmi come si dice?»

«Potrei raccontarti alcune storie».

Trasalii. «Brutte?»

«Perché?» Si appoggiò al bancone. «È successo qualcosa?»

«Non sono sicura». Avvolsi le dita intorno alla tazza, apprezzando il calore che emanava.

«Ascolta». Tirò fuori un bloc-notes e una penna. «Prima prendo la tua ordinazione, poi mi siedo un po' con te e facciamo due chiacchiere».

Avevo in programma di pranzare di lì a qualche ora, perciò ordinai solo un uovo strapazzato e una fetta di pane tostato. Gary rimase inorridito, il che mi fece ridere, stemperando in parte il terrore di quella notte. Uscì dalla cucina con il piatto e me lo posò davanti prima di pulirsi le mani sul grembiule. Gli altri clienti se n'erano andati ed eravamo soli. Prese lo sgabello accanto al mio e si versò una tazza di caffè. «Okay, anzitutto devo precisare che questo edificio ha centocinquant'anni», disse. «Forse anche di più».

«Sul serio?»

«Ascolta, questa casa esiste da molto tempo. Sai che in passato era una pensione, vero?»

«Sì, me l'ha detto LuAnn».

«Questo edificio è stato teatro di tante vite e diverse morti, alcune delle quali non molto piacevoli. Quando è stato costruito, correvano tempi duri. Gli occupanti, perlopiù immigrati scandinavi che cercavano di sbarcare il lunario con la pesca, l'abbattimento degli alberi e l'attività mineraria, entravano spesso in contrasto – per usare un eufemismo – con i nativi americani che vivevano qui da sempre».

Feci sì con la testa.

«Quello che voglio dire, è che questo posto ha un'atmosfera irrequieta. È sempre stato così. La tensione, quei tempi traumatici e difficili, sono ancora sospesi nell'aria. Un centinaio di persone, forse di più, hanno chiamato questo posto casa. E a volte tornano. Transitano».

Lo guardai negli occhi. «Transitano?»

Assentì con un'espressione solenne. «Può essere spaventoso. È questo che ti è successo? Hai visto qualcosa?»

Gli raccontai dei colpi sulla parete mentre facevo la doccia il primo giorno, precisando che anche Dominic li aveva sentiti.

«Sì, è abbastanza frequente. Soprattutto quando arriva qualcuno di nuovo».

Mi domandai se fosse il caso di riferirgli cosa era successo la sera prima. Stavo fissando la mia tazza, cercando di ricordare, quando mi mise la mano sulla spalla.

«Non è tutto qui. Vero?»

«No, ho anche fatto dei sogni strani. O forse non sono sogni. Non lo so».

«Continua. Non ti giudicherò, Brynn».

«Ho sentito qualcuno che mi chiamava fuori dalla porta. Allora mi sono alzata e sono uscita nel corridoio per controllare. Ho notato una luce accesa in un'altra camera. Ho visto...»

Non riuscivo nemmeno a pronunciare le parole. E sicuramente non gli avrei detto di Alice.

«Quale camera?» Fece una faccia seria, grave.

«La 5. Ho sentito parlare della... signora. Della donna che LuAnn ha trovato quando ha aperto per la stagione. Credo di averla vista».

Si passò le dita tra i capelli. «Deve essere stato un sogno. Non sto dicendo che non ti credo – a queste cose ci credo eccome –, ma la 5 è chiusa a chiave. Non c'è nessuno lì dentro e non ci sarà per tutta l'estate. LuAnn è superstiziosa. Non ha intenzione di aprirla finché non scopriranno chi era la signora e cosa ci faceva qui. Per lei è una questione di rispetto».

Annuii, poco convinta. «Okay». Diedi un ultimo morso al pane tostato. Guardai l'orologio. Erano appena passate le dieci. A mezzogiorno avrei incontrato Kate al molo del traghetto per andare a pranzo sull'isola. «Grazie, Gary. È stata una chiacchierata molto utile». Lasciai cadere il tovagliolino sul piatto e saltai giù dallo sgabello.

«Quando vuoi». Mi fece l'occhiolino. «E per quello che vale, sono state le tue prime notti in un posto nuovo. Farai sogni assurdi. È normale. Non preoccuparti».

Non ci avrei messo la mano sul fuoco. Speravo soltanto che smettessero di perseguitarmi.

Dopo essermi lavata e cambiata, mi diressi al molo dei traghetti con un po' di anticipo perché volevo fare una commissione veloce lungo la strada.

Quando aprii la porta della libreria, un campanello tintinnò e Beth spuntò dal retro.

«Buongiorno!», mi salutò. «È un'altra giornata perfetta a Wharton!»

«Ehi», risposi, riscaldata dal suo sorriso.

«Niente happy hour ieri? La città si è praticamente fermata».

«Lo so! LuAnn voleva dare un po' di respiro alla nuova residente estiva perché cominciasse ad ambientarsi». Non sapevo bene fino a che punto inoltrarmi nella spiegazione. Non toccava a me raccontare quella storia.

«Jase è stato qui ieri pomeriggio con Alice. Ormai tutti sanno cosa sta succedendo. Anzi, mi ha chiesto di spargere la voce. Vuole evitare che le persone parlino quando si presenta da qualche parte con lei».

«È una donna dolcissima».

«Un vero peccato».

Seguì un silenzio pieno di empatia, angoscia e dolore.

Fu Beth ad alleggerire l'atmosfera. «Sei passata solo per un saluto, o posso aiutarti a trovare qualcosa?»

«Hai una copia de *L'Uomo illustrato*?»

«Ray Bradbury, eh? Fammi controllare». Cliccò sul computer e fece una rapida ricerca. «Ce l'abbiamo!» Poi mi condusse nel reparto di fantascienza e tirò fuori dallo scaffale un sottile volume tascabile. «È uno dei miei libri preferiti. Ricordo di averlo letto al college e mi è sempre rimasto impresso».

Quando lo presi dalle sue dita, le mie iniziarono a formicolare.

«Grazie». Fissai la copertina, che raffigurava un uomo a torso nudo, seduto di spalle, con la schiena completamente coperta di tatuaggi. «Non l'ho mai letto. Mi vergogno ad ammetterlo perché insegno letteratura...»

«Oh!», mi interruppe. «Sei un'insegnante?»

«Sì. All'Università di Minneapolis. Ho sentito parlare di questo libro, ma non so. Non sono molto appassionata di fantascienza, credo, perciò non era sulla mia lista di testi da leggere. Di recente», incespicai nelle parole, «qualcuno me l'ha consigliato, e ho pensato che potesse essere una lettura divertente».

«È una raccolta di racconti». Tornò alla cassa e batté lo scontrino. «Conosci la premessa?»

«No».

«È stato scritto, credo, alla fine degli anni Quaranta o all'inizio dei Cinquanta, e si apre con un prologo in cui un senzatetto – a quei tempi li chiamavano *hobos* – sta consumando la sua cena a base di maiale e fagioli davanti a un fuoco quando arriva un altro uomo. Il narratore lo trova strano perché è una calda notte d'estate e lo sconosciuto indossa una camicia di lana a maniche lunghe, abbottonata fino al collo. Non importa, pensa. L'uomo chiede di passare la notte accanto al fuoco con il narratore, che gli dà il benvenuto. Preparandosi per andare a dormire, lo sconosciuto si toglie la camicia, mostrando un corpo coperto di tatuaggi. Bellissime illustrazioni, colorate e misteriose».

Sussultai. Non c'era da stupirsi che Jason e Gil avessero dato a Dominic quel soprannome.

«L'uomo racconta al narratore di aver ricevuto le illustrazioni, come le chiama lui, da una donna che si è rivelata essere una strega capace di viaggiare nel tempo».

«Be', questo non è mai un bene».

«No. Non è mai venuto nulla di buono da una strega che viaggia nel tempo. Subito dopo aver ricevuto i tatuaggi, l'uomo si rende conto che non sono semplici illustrazioni. Sono incantati. Si muovono e raccontano storie. Storie inquietanti e spaventose.

«L'uomo raccomanda al narratore di non guardare le illustrazioni durante la notte. E soprattutto di non guardare l'unico punto vuoto sulla sua schiena, perché lì si materializzerà la sua storia. Ma naturalmente l'altro guarda, giusto? Chi non lo farebbe? Non riesce a resistere. Il resto del libro consiste in storie raccontate dalle illustrazioni, che prendono vita mentre i due uomini sono sdraiati accanto al fuoco».

«Wow». Abbassai lo sguardo sul libro che avevo tra le mani. «Non vedo l'ora di leggerlo».

«Uno di quei racconti mi lascia ancora incredula». Si sporse verso di me. «Parla di una famiglia che vive sostanzialmente in una *smart home*. Bradbury la chiama *Casa vivi-felice*. La stanza dei bambini è una camera di realtà virtuale. Diciamo che le cose finiscono male».

Restai a bocca aperta. «Quando hai detto che è stato scritto?»

«Lo so! È quello che sto cercando di dirti! Tutti i racconti hanno un tema comune, legato al conflitto tra tecnologia e umanità. Come quello con cui abbiamo a che fare oggi! È incredibile che l'autore l'abbia descritto più di settant'anni fa. Quasi nessuno aveva il televisore, per l'amor del cielo, e lui scrive dei pericoli della realtà virtuale».

«Wow», ripetei. «Chi è il viaggiatore del tempo? La strega o Ray Bradbury?»

«Me lo sono sempre chiesta anch'io». Fece un sorriso caloroso. «Sapevo che mi piacevi per un motivo. Torna quando l'avrai letto e parleremo ancora un po'».

Infilai il libro nella borsetta e andai all'appuntamento con Kate. Dopo le stranezze delle ultime notti, una conversazione sul mio argomento preferito, i libri, mi restituì la lucidità. Avrei fatto in modo che quella conversazione continuasse per tutta l'estate.

9

Ero sul ponte del traghetto, con gli spruzzi d'acqua che mi colpivano leggermente il viso. Io e Kate eravamo appena partite dal molo di Wharton, dirette all'Ile de Colette, a venti minuti di distanza. Non riuscivo a ricordare l'ultima volta che ero stata sull'isola, ma sapevo che era abitata da una tranquilla comunità di poche centinaia di residenti fissi, destinata a decuplicarsi durante la stagione estiva.

I visitatori potevano scegliere tra resort lussuosi, campeggi e una varietà di vie di mezzo. Nel porticciolo turistico si vedevano yacht da milioni di dollari accanto a gommoni da pesca malconci. Se Wharton era più simile a Cape Cod, Colette aveva un'atmosfera più hippy.

Il Jimmy's, uno dei bar più frequentati dell'isola, era stato parzialmente distrutto da un incendio anni prima, e il proprietario aveva montato una specie di tendone da circo sopra ciò che era rimasto, senza mai prendersi il disturbo di ricostruire il locale prima di riaprire i battenti. Non era insolito vedere campeggiatori scalzi, in pantaloncini e costume da bagno, seduti al bancone o in attesa di usare una delle due docce nei bagni.

Le celebrità in cerca di una vacanza rilassante sbarcavano a Colette senza il rischio di paparazzi o occhi indiscreti. Star del cinema che cercavano di confondersi tra la folla con jeans e cappellini da baseball venivano avvistate mentre pedalavano lungo le vie; musicisti che facevano regolarmente il tutto esaurito nelle arene salivano sul palco del Jimmy's senza preavviso, sorprendendo i clienti con esibizioni unplugged; autori di best-seller affittavano case sull'acqua per trovare l'ispirazione.

Le strade ospitavano una manciata di ristorantini pittoreschi, uno noto per le colazioni, uno per i piatti preparati con ingredienti a chilometro zero, un altro per la pizza, un altro ancora di fascia estremamente alta, oltre a una caffetteria dove la maggior parte dei residenti si riuniva tutte le mattine.

E la spiaggia. Era famosa perché era l'unica sul Lago Superiore ad avere un'acqua così calda da permettere ai visitatori di farsi una bella nuotata. Con il suo fondo roccioso, era abbastanza bassa perché si potesse percorrere la lunghezza di un campo da calcio prima di sentirsi attanagliare dal gelo. In un certo senso era surreale camminare in uno dei Grandi Laghi, muovendosi in quella che sembrava l'acqua di una vasca da bagno, finché non si superava un confine invisibile oltre il quale la temperatura precipitava.

Sul traghetto un solo minuto dopo aver lasciato Wharton, il paesaggio cambiò drasticamente. Dal ponte vidi isole boscose che punteggiavano l'ampia distesa del Lago Superiore, le cui acque si increspavano come se fossero vive. La città rimpiccioliva sempre di più a mano a mano che ci allontanavamo.

«Non mi stanco mai di tutto questo». Kate mi prese sottobraccio mentre ammiravamo il vasto specchio d'acqua, con le isole di pini e rocce che costellavano l'orizzonte.

«È... Sto cercando la parola giusta», dissi. «Mi viene in mente *maestoso*».

«Ho pensato che un giro sul lago ti avrebbe fatto bene». Mentre ci godevamo il panorama, indicò un cormorano che volava sopra le nostre teste. Si posò sull'acqua e galleggiò, ballonzolando sulle onde.

«È divertente». Non ricordavo l'ultima volta che avevo pronunciato quelle parole.

Mentre sbarcavamo, percorrendo il molo verso la città, chiacchierammo, raccontandoci le novità degli ultimi anni. Il suo nuovo marito era il capo della polizia di Wharton e avevo sentito parlare del progetto di suo cugino Simon, la sala da ballo appena inaugurata a Harrison's House.

«Nessuna notizia di Kevin?» Mi riferivo al suo ex marito, il cui tradimento l'aveva portata a Wharton un paio di anni prima, quando il loro matrimonio era andato a rotoli. Ero stata alle loro nozze. Quel tipo non mi era mai piaciuto.

«Sembra passata un'eternità da quando ero sposata con lui», osservò. «Come se fosse un'altra vita».

Conoscevo quella sensazione. Anch'io ero single dopo vent'anni di relazione. La mia vecchia esistenza si era fermata quando mia madre si era ammalata. Avevo abbandonato tutto e tutti, compreso il mio compagno Robert, per prendermi cura di lei. I lunghi periodi di lontananza mentre mi occupavo dei miei genitori avevano avuto ripercussioni su entrambi e, quando qualcuno mi chiedeva della nostra rottura, era questa la spiegazione che davo. In realtà, Robert ce l'aveva con me per la nostra separazione e, quando ero a casa, si mostrava risentito. Dopo aver visto mia madre combattere la battaglia che alla fine avrebbe perso, ero arrivata alla bruciante decisione che la vita era troppo breve per essere infelici anche solo per un momento, se si poteva evitare.

Facendomi un esame di coscienza, avevo capito che non ero felice nella mia relazione ormai da tempo. Da anni. Volevo bene a Robert, ma non lo amavo. Così, dopo averne discusso con mia madre, avevo iniziato a cercare un appartamento, cosa che non facevo da vent'anni. Quando avevo ricevuto le chiavi e aperto la porta per la prima volta, prima che arrivassero le mie cose, avevo avuto la sensazione che la grande stanza vuota rispecchiasse il mio stato d'animo.

In definitiva, non avevo trovato la felicità che cercavo. Ero ancora infelice, ma ora ero anche sola. Non sapevo se avrei mai riavuto la mia vecchia vita. O addirittura se la rivolessi. All'improvviso non avevo più legami. Niente ormeggi. Galleggiavo come quel cormorano, andando dove mi portavano le onde.

Kate e io ci sedemmo al tavolo di un ristorante sul molo per osservare le barche che andavano e venivano mentre pranzavamo.

Dopo che avemmo ordinato due insalate e stappato una bottiglia di vino, Kate alzò il bicchiere verso di me. «Alla tua estate a Wharton», disse. Brindammo e bevemmo un sorso. «Come ti trovi al LuAnn's?»

Decisi di omettere gli strani episodi di cui ero stata testimone. Era una giornata luminosa e soleggiata, e gli inquietanti eventi accaduti nel silenzio della notte parevano lontani e irreali.

«Assomiglia già a una piccola soap opera», risposi. «Ho conosciuto subito Jason e Gil».

«Simon conosce Gil da molto tempo. Lui e Jason sono una coppia fantastica».

«Sì. Sai cos'è successo?»

Corrugò la fronte, preoccupata. «No»..

Ritenendo di non tradire alcuna confidenza, dato che Jason aveva presentato Alice a tutta la città, le raccontai della loro situazione abitativa un po' insolita.

«Wow. Non posso credere che Simon non me l'abbia detto. Forse non lo sa nemmeno lui. E Gil è d'accordo?»

«Più che d'accordo. È stato lui a suggerirlo».

«Wow», ripeté, sorseggiando il vino e fissando l'acqua.

«Lo so. È davvero una cosa bellissima quella che stanno facendo».

Dimostrava la tesi che l'amore è amore. Un sentimento che pareva piuttosto carente nella mia vita in quel momento.

«Hai sentito Robert?», domandò Kate, riferendosi al mio ex.

«Non di recente. Ho saputo che esce con un'istruttrice di yoga di venticinque anni».

Chinò il capo. «*Namasté*».

Scoppiamo entrambe in una risata. «Devi riderci sopra, altrimenti piangerai». Mi riempì il bicchiere. «Lo capisco benissimo. Hai avuto un anno difficile».

Non stava scherzando. Le immagini dell'ultimo anno della mia vita mi balenarono nella mente come le scene di un film.

Io e Robert che ci seguivamo per tutta la casa, urlandoci addosso. Io che, quando ero a casa, dormivo nella camera degli ospiti per sfuggire al suo risentimento, e la mia incredulità di fronte al fatto che ce l'avesse con me quando mi stavo solo prendendo cura di mia madre. Io che parlavo con la mamma della mia relazione e alla fine, dopo anni di finta felicità, che decidevo di andarmene quando lei mi aveva esortato a farlo.

La devastazione totale della sua morte era stata seguita due mesi dopo dalla notizia che una mattina il mio amato Alaskan malamute – che Robert aveva tenuto per sé insieme a tutto il resto – si era svegliato paralizzato a causa di quello che si sarebbe rivelato essere un tumore alla spina dorsale. Io gli avevo tenuto una zampa e Robert l'altra mentre il veterinario gli faceva l'iniezione e, mentre scivolava via, entrambi gli avevamo detto che gli volevamo bene. In un modo straziante, quel momento aveva sciolto il gelo tra noi. I nostri rapporti erano tornati civili. Credo che il nostro adorato cane sarebbe stato soddisfatto.

E ora, la ciliegina sulla torta era la mia indecisione sulla possibilità di riprendere un lavoro che amavo, ma per cui forse avevo esaurito le energie. Senza contare lo sguardo smarrito negli occhi di mio padre e gli atteggiamenti infantili che stava assumendo.

«Sembrava un complotto. Non sto esagerando. Mentre succedeva tutto questo, ho fissato un appuntamento con la mia dottoressa, che mi conosce da più di vent'anni. Mi ha chiesto cosa stesse capitando nella mia vita e gliel'ho raccontato.

«Si è fermata, ha posato la mia cartella clinica sulla scrivania e ha detto: "Sei invincibile"».

Kate mi fissò. «Oh, Brynn. È assolutamente incredibile. È come se l'universo fosse venuto a cercarti in tutti i luoghi in cui vivi. E che ami».

Feci sì con la testa, mentre mi salivano le lacrime agli occhi. Le asciugai.

«Il medico ti ha consigliato qualcosa?», chiese Kate.

«Ha voluto sapere come stessi affrontando la situazione, ha parlato di disturbo post-traumatico da stress e mi ha chiesto se volessi degli antidepressivi. Li sto provando».

Mi strinse la mano. «Come sta tuo padre?»

«Meglio di quanto pensassi. Temevo che non avrebbe resistito nemmeno un giorno senza di lei».

«Un matrimonio come il loro…»

«Lo so. Ti capita una volta nella vita».

Immaginai i miei genitori nel loro pub preferito, mentre raccontavano storie e facevano ridere tutti. Non avevo mai visto un amore come il loro. Non avevo mai avuto niente di simile. Erano vere anime gemelle, con la fortuna di essersi trovate.

«Mio fratello ha affittato una casa in Cornovaglia per il periodo estivo», ripresi. «È da lì che vengono gli antenati di mio padre. Ha sempre desiderato andarci. Passeranno qualche mese a esplorare cimiteri e a rintracciare parenti ancora in vita».

«Una bella distrazione».

«È la stessa cosa che ha detto Jason».

«Invece tu sei venuta qui».

Annuii. Mi avevano invitato ad accompagnarli, ma avevo davvero bisogno di una pausa. Una distrazione tutta mia per concentrarmi e rimettere in sesto la mia vita.

«Questo posto può guarire le tue ferite», disse Kate. «Parlo per esperienza. Sono arrivata qui distrutta e ho trovato l'amore della mia vita».

«Per me non c'è niente del genere all'orizzonte». Piluccai l'insalata. Qualunque cosa pur di alleggerire l'atmosfera.

«Ho sentito che alloggi nello stesso corridoio dell'uomo che è sulla bocca di tutti».

Mi sentii avvampare.

«Stai arrossendo!» Rise.

La imitai. «È incredibilmente bello ma, nonostante ciò, è un tipo davvero simpatico. È facile parlare con lui, una volta che hai fatto l'abitudine a...»

«A cosa?»

Mi presi la testa tra le mani. «Al suo viso. Al suo petto. Alle sue spalle». Alzando lo sguardo, la vidi agitare l'indice. «Sii prudente», disse. «Nick lo sta tenendo d'occhio».

«Cosa?» Misi giù la forchetta. «Perché?»

«Non è niente di che, altrimenti ti avrei avvisato prima, ma Nick lo sta praticamente sorvegliando perché corrisponde alla descrizione di un uomo coinvolto in...» Esitò un attimo, facendo un lungo respiro. «Qualcosa giù nelle Twin Cities».

Sentii un nodo alla bocca dello stomaco. «Di cosa si tratta?»

«Non posso parlarne. Non avrei nemmeno dovuto accennare alla questione».

«È sospettato di qualcosa? Kate, vivo nel suo stesso corridoio. Condividiamo la doccia, per l'amor di Dio. LuAnn lo sa?»

«Sì. Quando Nick l'ha visto in città, l'ha presa in disparte. Non si dovrebbe fare, ma siamo tutti una famiglia qui a Wharton, no?»

«Cos'ha detto?»

«Che era ridicolo». Mangiò una forchettata di insalata. «Conosci LuAnn. E, per la cronaca, Nick non sta indagando ufficialmente su quel tipo. Non preoccuparti».

«È davvero gentile, credimi». Lo pensavo davvero, ma cosa sapevo di Dominic? Niente di niente, in realtà. Solo alcuni convenevoli scambiati davanti a un caffè.

Strinse le palpebre, guardandomi con finta severità. «Lo era anche Ted Bundy».

L'insalata mi andò di traverso. «Cosa?»

Rise di nuovo. «Sto scherzando».

«Io sono seria, invece. Cos'ha fatto? O in cosa potrebbe essere coinvolto?»

Fece una smorfia. «Ho già detto troppo».

«Devo saperlo».

Inspirò a fondo ed espirò. «È solo che... hanno segnalato un tipo che corrisponde alla descrizione del tuo uomo...»

«Non è il mio uomo!», la interruppi.

«L'uomo», ricominciò, «è stato avvistato con una donna che poi è risultata morta».

Posai di nuovo la forchetta. «Dimmi che è uno scherzo».

L'unico uomo che aveva suscitato in me qualche vaga emozione dopo anni era sospettato di omicidio? Non poteva essere vero.

«Be', sì e no. Il fatto è che la donna è morta di cause naturali, dunque non c'è nulla di losco. Ma i suoi figli hanno riferito di aver visto un uomo che assomigliava a Dominic – e bisogna ammettere che non molti uomini corrispondono alla sua descrizione – farle visita in ospedale un paio di volte. Non avevano idea di chi fosse. E il decesso è stato inaspettato».

«In ospedale. Era malata, dunque?»

«No, è questo il problema. Era in ospedale per un piccolo intervento chirurgico, ma c'è stata una complicazione, così si è dovuta fermare un paio di notti mentre la monitoravano».

«È stato allora che l'uomo è andato a trovarla?»

«Sì. E poi è morta. Così, da un momento all'altro».

Sentii un nodo allo stomaco. Non sapevo cosa pensare. Probabilmente Kate aveva intuito dalla mia espressione che non ero sicura di come elaborare quelle informazioni. Avevano importanza? Significavano qualcosa? Allungò il braccio e mi prese la mano.

«Credimi, se Nick fosse in pensiero, farebbe il diavolo a quattro. E non è così. Te l'ho detto perché vivi a stretto contatto con lui. Ho pensato che avessi il diritto di saperlo».

«Ma», cominciai, non sapendo bene dove volevo andare a parare, «i figli della donna hanno segnalato un visitatore che assomigliava a Dominic. Come ha fatto la polizia ad arrivare a lui? Manca un tassello. Insomma, di solito la polizia non riceve una descrizione qualsiasi e poi magicamente ha una persona da interrogare. Giusto?»

Fece sì con la testa. «Nick aveva letto la descrizione e la segnalazione e poi ha visto Dominic in città, qui a Wharton», spiegò. «Certe volte il caso ci mette lo zampino».

«A proposito di Nick, ha qualche pista sulla donna che è morta al LuAnn's durante l'inverno?»

Si stupì. «Oh! Sei al corrente?»

«Ne parlano tutti. LuAnn ha chiuso la camera per tutta la stagione, per rispetto, finché non scoprono chi era».

«Probabilmente non dovrei parlare nemmeno di questo, ma non c'è nessuna pista. Nick si sta stancando di trovare donne morte a Wharton e di non avere idea di chi siano o di cosa sia successo».

«Non è la prima volta?»

Scosse la testa. «È così che ci siamo conosciuti, in realtà. Ti racconterò questa storia un'altra volta. La cosa strana è che viviamo qui. Siamo stati qui tutto l'inverno. Passavamo regolarmente davanti al LuAnn's quando era chiuso. E non solo noi. Tutti quelli che restano in città durante l'inverno controllano le case altrui. Nessuno si è accorto di cosa stava succedendo. Niente luci. Niente di niente».

Sorseggiai del vino, riflettendo. Tutti quei misteri che mi vorticavano intorno, ed ero là solo da un paio di giorni. Cosa mi avrebbe riservato il resto dell'estate?

Dopo pranzo passeggiammo sull'isola, curiosando nei negozi e parlando di altro. Ma i miei pensieri continuavano a tornare a Dominic e alla signora della camera 5.

10

Il mattino seguente, di buon'ora, trovai Alice che vagava nel corridoio. Stava sbirciando fuori dalla portafinestra della terrazza, schermandosi gli occhi dal sole con la mano.

«Ciao, Alice» la salutai, forse un po' troppo vivacemente. Le immagini dei miei sogni mi vorticarono intorno e, provando un brivido, mi domandai da cosa dipendesse.

Si voltò di scatto, con un'espressione allarmata.

«Oh! Sei tu! Quella della Yellow Lady». Sorrise, e vidi la paura sul suo viso sciogliersi in felicità. «Non dirmi il tuo nome. Lasciamelo ricordare da sola». Fece una pausa, stringendo le palpebre. «Rebecca?»

Mi si spezzò il cuore sentendomi chiamare con il nome di sua figlia. «Sono Brynn». Riuscii a sorridere.

«Brynn. Ma certo».

«Ti va di uscire con me sulla terrazza?»

Accettò, un po' confusa. La condussi fuori, dove ci accomodammo sulle sdraio.

«È una splendida mattinata». Osservò l'acqua. «Guarda come luccica».

«Sì». Espirando, ammirai il panorama.

Rimanemmo in silenzio per un po'.

«Dov'è Jason?», chiese.

«Non lo so. Ma non preoccuparti. Si farà vivo».

«Si farà vivo», mi fece eco mentre mi guardava negli occhi. Poi, però, il suo sorriso si spense lentamente e la sua espressione si incupì. «Ormai ho paura di molte cose. Non so il perché. Ho la sensazione che le cose brutte siano in agguato e che mi aspettino quando Jason non c'è».

Mi chinai. «Sai una cosa, Alice?»

Si sforzò di sorridere, ma le tremavano le labbra. «Cosa?»

«Non avere paura. Con me sei al sicuro. Ti prometto che non ti succederà nulla di male quando ci sono io. Anche se le cose brutte sono in agguato. Dovranno passare sul mio cadavere».

Mi afferrò la mano, con gli occhi pieni di lacrime. «Ti credo. Sei una guerriera. Sei stata costretta a diventarlo. Hai tenuto al sicuro tua madre. Perciò so che terrai al sicuro anche me».

Non avevo idea di cosa rispondere. Aveva ragione. Mi ero sentita davvero una guerriera durante l'ultimo anno di vita di mia madre – l'avevo detto persino ad alcuni amici –, mentre combattevo per garantirle l'assistenza di cui aveva bisogno e che meritava. Ma come faceva Alice a saperlo?

«Teste infilzate sui paletti davanti al centro di riabilitazione» aggiunse con aria assente, fissando l'acqua.

Trasalii. «Cos'hai detto? Ti dispiacerebbe ripetere? Credo di non aver capito».

Sfoderò un gran sorriso. «Hai infilzato le teste di quattro infermiere su dei paletti!»

La studiai per un lungo momento. Come faceva a saperlo? Si riferiva a una battuta (per quanto di cattivo gusto) tra me e la mia amica Mary su come avevo affrontato una situazione al centro di riabilitazione dove mia madre era andata dopo il ricovero.

Un anno prima di morire, aveva passato due mesi in ospedale a combattere contro un'insufficienza d'organo e, quando finalmente si era stabilizzata – un vero miracolo –, era stata trasferita in una struttura riabilitativa. L'obiettivo era restituirle il tono muscolare, praticamente scomparso, per permetterle di tornare a muoversi e di riprendere la sua vita a casa. Ma non era andata così. Io e mio padre le facevamo visita ogni giorno e la trovavamo addormentata. Non c'era nessuna riabilitazione. Le facevano flebo di morfina tutto il giorno, tutti i giorni, e così la mamma dormiva, fluttuando in un altro mondo anziché rimettersi in piedi in questo.

All'inizio non avevo fatto domande, pensando che forse tutto quel dormire facesse parte della riabilitazione, per recuperare le forze prima di iniziare la terapia. Ma mi sbagliavo di grosso. Dopo due settimane mi avevano chiamato per fare il punto della situazione e mi avevano prospettato un esito ben diverso da quello sperato. Io e quattro infermiere – le avevo viste tutte durante le visite a mia madre –, sedute intorno a un tavolo, con al centro la cartella clinica della mamma in una cartellina.

Carla, la caposala, si era schiarita la gola. «Non c'è un modo semplice per dirlo», esordì, «ma dobbiamo parlare del trasferimento di sua madre nel reparto di lungodegenza».

Avevo aggrottato le sopracciglia. «Non capisco. Dovrebbe essere qui per sottoporsi alla fisioterapia, per recuperare il tono muscolare in modo da riprendere a camminare. A muoversi. A vestirsi da sola. Così potrà tornare a casa. È questo l'obiettivo, no?»

Mi avevano guardato tutte con gli stessi occhi pieni di compassione. «Temo che dovremo rivedere gli obiettivi», aveva risposto Carla. «Non risponde alla terapia». Piegandosi verso di me, aveva aggiunto in tono cospiratorio: «Non ci prova nemmeno».

Mi ero tirata indietro, come se mi avesse scottato. «Cosa intende esattamente?», avevo chiesto a voce un po' più alta di quanto avrei voluto, spostando lo sguardo dall'una all'altra.

«È la nostra politica», aveva proseguito Carla. «In realtà, è dettata dall'assicurazione. I pazienti nel reparto di riabilitazione devono partecipare attivamente alla terapia. Dobbiamo documentare dei progressi costanti alla compagnia assicurativa. Se non ce ne sono, dobbiamo trasferire i pazienti nel reparto di lungodegenza, altrimenti l'assicurazione smette di pagare le fatture».

«Perché? Mi scusi, ma non capisco cosa sta dicendo».

«È una questione di assicurazione, come ho detto, ma anche di letti. Se sua madre non collabora, dobbiamo lasciare il letto a qualcuno che lo faccia».

«Okay», avevo detto lentamente, riflettendo. «Dunque, la spostate al piano di sopra, nel reparto di lungodegenza. Riceverà la stessa terapia anche lì? Riceverà ciò che le serve per recuperare il tono muscolare e tornare a casa?»

Carla aveva sfogliato la cartella. Le altre avevano abbassato o distolto lo sguardo.

«Allora?», avevo insistito.

«I pazienti non ricevono lo stesso tipo di terapia nel reparto di lungodegenza», aveva detto alla fine. «Ricorda che ho accennato alla necessità di rivedere gli obiettivi?

Lo scopo non è rimandarli a casa, ma farli soffrire il meno possibile. Una volta compilate le scartoffie, possiamo trasferirla oggi stesso».

Col cavolo. Avevo pensato a mia madre che dormiva costantemente e alle flebo di morfina che le somministravano, e dal profondo mi era salita una rabbia che non avevo mai provato.

«La tenete sotto morfina», avevo sbottato. «È sedata! Toglietele la flebo, e poi vedremo come vanno la "collaborazione" e i "progressi"».

Avevano sbattuto le palpebre, come se non avessero idea di cosa stessi dicendo. «Ordini del medico», aveva detto una di loro. «Noi ci limitiamo a eseguirli. Non possiamo semplicemente...»

L'avevo interrotta. «Quando è stata l'ultima volta che il medico è stato qui? Non lo vedo dal giorno in cui mia madre è stata trasferita dall'ospedale».

Scena muta. Le quattro si erano scambiate un'occhiata, scuotendo la testa.

«Mia madre è qui da quanto? Due settimane? Quando è stata l'ultima volta che il medico l'ha visitata?»

«Passa una volta la settimana», aveva detto Carla. «Ritiene che...»

«Non avete gli occhi?», avevo continuato. «Siete infermiere! È sdraiata lì, sedata giorno e notte, e avete la faccia tosta di dirmi che non collabora?»

Mi avevano fissato con gli occhi fuori dalle orbite.

«Voglio che stacchiate immediatamente la flebo».

«Non possiamo disobbedire agli ordini del medico per il capriccio di un familiare». Carla aveva raddrizzato le spalle.

Volete la guerra, dunque? Ero pronta. Mi ero chinata, appoggiando le braccia sul tavolo.

«Ecco come la vedo io. Ho sentito dire che la vostra struttura guadagna molto di più trasferendo i pazienti in lungodegenza e tenendoli lì per il resto della vita, anziché sottoporli a una terapia riabilitativa di qualche settimana per rimetterli in piedi e farli uscire da qui», l'avevo rimbeccata mostrando i denti.

«Non ha...»

Avevo alzato la mano per zittirla. La rabbia si era trasformata in una silenziosa e fremente sete di vendetta.

«Ecco cosa facciamo adesso».

Si erano agitate sulle sedie.

«Torno domattina alle nove. Mi aspetto che mia madre non sia più sotto morfina, che sia sveglia, seduta sulla poltrona, e che stia facendo colazione. Quando avrà finito, la accompagnerò alla seduta di terapia che siete pagati per farle fare».

«Non possiamo sospendere i farmaci».

«Sì, che potete. Non accetto che passi anche solo un giorno in più in uno stato di torpore. Riceverà la terapia che stiamo pagando. Se domani entrerò qui dentro e la troverò a letto, incapace di reagire, come ora, chiamerò il mio amico John Stanich. Conoscete John? È il procuratore distrettuale».

Si erano agitate ancora un po', scambiandosi alcune occhiate.

«La vostra condotta mi sembra un esempio lampante di malasanità. Se coinvolgo John, avvierà un'indagine. E farò in modo che la questione finisca sulla prima pagina del giornale, con tanto di foto di voi quattro».

Il mio telefono era posato sul tavolo. L'avevo preso e avevo aperto l'app della fotocamera.

«Sorridete, signore». Avevo cliccato.

Non avevano fiatato. Avevo spinto indietro la sedia e mi ero alzata. «Ci vediamo domani alle nove», avevo detto da sopra la spalla mentre uscivo, con lacrime di rabbia e di indignazione che mi pungevano gli occhi.

Ero salita in macchina e mi ero diretta verso casa, ma avevo accostato qualche isolato prima di arrivare. Avevo spento il motore ed ero scoppiata in un pianto incontrollabile, smettendo solo quando non avevo più lacrime. Mio padre era a casa e non volevo che mi vedesse crollare. Mi aveva chiesto di occuparmi dei dettagli – lui era completamente sopraffatto e non si sentiva all'altezza – e io dovevo mostrarmi allegra e ottimista. Mi ero soffiata il naso e mi ero messa gli occhiali, sperando che non notasse i miei occhi rossi e gonfi.

Quella sera mi ero seduta sul patio con Mary e le avevo raccontato l'accaduto.

Avevo sorriso. «Questo spiega perché ho visto quattro teste infilzate su dei paletti davanti al centro riabilitativo quando sono passata oggi pomeriggio. Mi stavo appunto chiedendo il perché».

La sua espressione maliziosa e l'assurdità delle sue parole avevano fatto scattare una sorta di interruttore dentro di me, e avevo cominciato a ridere a crepapelle. Era stato un esempio di «risate inopportune durante un momento solenne in chiesa», uno di quei momenti in cui qualcosa – forse l'intenso bisogno di scaricare lo stress – prende il sopravvento e non ti lascia più. Avevamo riso fino alle lacrime.

Una battuta di cattivo gusto, certo, ma a volte bisogna cadere nel ridicolo in situazioni estremamente stressanti per evitare di perdere la ragione. Avevamo parlato di quanto fosse tragico che non tutti i malati avessero un paladino disposto a combattere per assicurarsi che ricevessero l'assistenza necessaria. Di come, alla fine della vita, le persone si ritrovassero sole e alla mercé del sistema.

Le mie minacce, tuttavia, avevano funzionato. L'indomani, guarda caso, ero arrivata e avevo trovato la mamma sveglia, seduta su una poltrona e intenta a fare colazione. L'avevo accompagnata alla seduta di fisioterapia quel giorno e tutti i giorni per settimane, finché non si era rimessa abbastanza in forze per tornare a casa.

Da allora aveva vissuto un altro anno. Un buon anno, trascorrendo week-end divertenti con mio padre, intrattenendo la famiglia e crogiolandosi nel nostro amore, senza mai lamentarsi. Poi era diventato tutto troppo gravoso.

Non pensavo a quel giorno da molto tempo. Guardai Alice, che stava fissando il lago, con il sole che scintillava sulla superficie, facendo danzare l'acqua come se fosse viva. Il suo viso era il ritratto dell'innocenza. Si girò verso di me e sorrise.

Come poteva saperlo?

11

Jason infilò la testa nel vano della portafinestra. «Ciao, cara! Eccoti qui! Ti avevo detto che dovevo fare una telefonata. Non sapevo dove fossi finita. Stai bene?» Uscì sulla terrazza.

«Sono qui con Brynn». Alice mi guardò per un lungo momento. «Brynn. Con Brynn sarò sempre al sicuro». Poi, rivolgendosi a me con un sussurro udibile, aggiunse: «Ripetere i nomi mi aiuta a ricordarli».

«È fantastico!» Jason incrociò il mio sguardo. «Ma adesso è ora di andare. Gil si è già avviato verso il molo».

In quel momento, Dominic comparve con la caffettiera piena e una tazza.

«Buongiorno a tutti». Le posò sul tavolo, puntando gli occhi su di me. «Ho fatto una caffettiera piena. Ho pensato che avresti voluto farmi compagnia anche questa mattina».

«Oh!» Mi alzai. «Perfetto. Vado a prendere la tazza. Stavo per scendere al piano di sotto, ma il caffè di Gary...» Feci una smorfia.

Jason sbuffò. «Non parlarmene. Brodaglia!» Ammiccò e mi sorrise prima di dare a Dominic una pacca sulla spalla. «Buongiorno, amico».

«Buongiorno». Dominic si rivolse ad Alice. «Lady Alice, spero che abbiate dormito bene». Le prese la mano e se la portò alle labbra.

Lei ridacchiò. «Brynn è la mia guerriera, sai».

«Sei fortunata. Mi piacerebbe avere una guerriera come lei al mio fianco», ribatté lui.

«Andiamo, tesoro». Jason la aiutò ad alzarsi. «Il lago ci aspetta!»

Dopo che se ne furono andati e che ebbi recuperato la tazza e la panna, io e Dominic restammo seduti sulla terrazza, bevendo il caffè e guardando l'acqua.

«Qual è il problema, secondo te?», chiesi. «Mi riferisco ad Alice. È come se avesse paura».

Inspirò a fondo e buttò fuori lentamente l'aria. «Sente che sta scivolando via. L'ho già visto in persone affette da Alzheimer o demenza, nelle fasi iniziali e centrali. Qualunque male si sia impossessato di loro, lo sentono. Se ne accorgono prima che prenda il sopravvento».

«Non ho mai sentito nessuno definire l'Alzheimer un "male"».

«Allora non hai mai visto qualcuno che ami scivolare via a causa sua». Fece un sorriso triste, che nascondeva un dolore tangibile.

Proseguì, fissando l'acqua mentre parlava. «In alcuni casi è come se si immergessero in… Non so cosa. L'inconscio. Il mondo ultraterreno. L'aldilà. Sono così vicini alla morte da tuffarcisi dentro. E si allontanano da noi per un po'. Sono ancora qui, ma allo stesso tempo anche in un altro mondo. Non ci riconoscono. Non ricordano i nostri nomi né i momenti della vita che abbiamo vissuto insieme. Ma poi, senza preavviso, possono tornare in superficie. Spingere la testa fuori. Rientrano nel nostro mondo e ci riconoscono. Ci chiamano per nome. Tornano a essere se stessi per un breve momento. Solo un breve momento. Poi tornano giù nell'abisso».

Fece un respiro profondo. «Ti domandi dove vadano, quando sono laggiù».

Allungai il braccio e misi la mano sulla sua. «Mi dispiace. Sembra che parli per esperienza personale».

Intrecciò le dita con le mie. Una scarica elettrica mi attraversò, emozionandomi e calmandomi allo stesso tempo. Non ricordavo l'ultima volta che avevo provato qualcosa di così intenso.

Mi guardò e scosse la testa, come se volesse scacciare i ricordi dolorosi. «Non riesco a parlarne». Mi lasciò la mano, strinse le dita intorno alla tazza e bevve un sorso.

Pensai di riferirgli cosa aveva detto Alice e come mi era apparsa in sogno, ma cambiai idea. Sembrava una cosa troppo fuori del comune, troppo strana da raccontare a un uomo che conoscevo appena. E non mi piaceva ripetere l'episodio che la accompagnava. I ricordi che mi turbinavano nella mente erano una cosa. Renderli palpabili raccontandoli ad alta voce era un altro paio di maniche.

Dominic mi strappò dalle mie riflessioni. «Che programmi hai per oggi?»

«Nessuno. Avevo pensato di noleggiare un kayak. Ma in questo momento mi sembra troppo faticoso. La muta. La pagaiata».

«Ti capisco. C'è qualcosa in questo posto che fa emergere il bisogno interiore di rilassarsi. Oggi non ho niente da fare e stavo meditando di andare in spiaggia sull'isola. Sabbia, sole, acqua, un buon libro. Vuoi venire?»

Di lì a venti minuti, dopo aver combattuto un'estenuante battaglia per infilare il costume da bagno su un corpo che non lo vedeva da ben tre anni, dopo aver indossato un copricostume e preparato una borsa con un cambio di vestiti, una spazzola, un asciugamano e un tascabile, eravamo diretti verso il molo dei traghetti nella lussuosa berlina di Dominic. Salimmo a bordo, lui spense il motore e tirò il freno a mano, quindi ci inerpicammo sulla traballante scala di metallo fino al ponte superiore. Là, da dietro il parapetto, guardammo Wharton rimpicciolire sempre di più.

Una volta raggiunta l'isola, sbarcammo e attraversammo la città, passando davanti ai negozi e ai caffè che iniziavano ad affollarsi. Superammo il porticciolo turistico, dove un signore anziano stava lavando la sua barca sotto lo sguardo attento di un cane e prendemmo la direzione della spiaggia. Case di villeggiatura – alcune ville imponenti, altre piccole baite – punteggiavano il paesaggio qua e là, e una vasta distesa di prati si allungava tra la strada che stavamo percorrendo e il lago. Il cielo era di un azzurro intenso, senza neppure una nuvola, e il sole splendeva delicatamente. Rovesciai la testa ed espirai.

Dominic entrò nel parcheggio della spiaggia e scendemmo la lunga e tortuosa scala di legno che conduceva alla sponda del lago, scegliendo un punto poco lontano da un boschetto di enormi pini. Pareva un contrasto stridente, i pini accanto a una spiaggia sabbiosa ma, d'altra parte, non c'era nulla di ordinario in quel luogo incantato.

Dopo che ci fummo messi comodi sui teli da mare sopra la sabbia tiepida, rabbrividii leggermente all'idea di togliermi il copricostume e di mostrarmi in costume a quell'uomo bellissimo. Ma dimenticai ogni pudore quando Dominic si tolse la maglietta.

Sapevo che aveva le spalle e il torace larghi, ma in qualche modo, a torso nudo, sembravano giganteschi. Le braccia e il petto erano solcati da muscoli possenti. L'addome, duro come una roccia. Tutto questo sarebbe bastato per lasciarmi a bocca aperta, ma furono i tatuaggi a togliermi il respiro.

Coprivano ogni centimetro di pelle. Lungo un braccio correvano strani simboli antichi e geroglifici. Sull'altro, una donna intrecciata con un serpente, insieme a un lupo e a un leone, distesi l'uno accanto all'altro. Un guazzabuglio di volti e animali – quella era forse una tartaruga? –, di simboli, parole e armi d'altri tempi gli decorava il petto. Lo fissai stupita. Non potei farne a meno. Non riuscivo a distogliere lo sguardo. Era proprio come nel libro.

Dominic si girò per prendere qualcosa dalla borsa di tela, mostrandomi la schiena. Quel che vidi mi fece trasalire.

Al centro c'era l'immagine di una specie di scarabeo, con due enormi ali spiegate che gli arrivavano fino alle scapole e si incontravano alla base del collo, dove sembravano sostenere il sole. Erano impreziosite da un intricato e variopinto motivo di forme geometriche – rossi cupi, blu, verdi e viola – che ricordavano l'arte dell'antico Egitto o la vetrata di una chiesa.

Lungo tutta la spina dorsale, allo scarabeo si sovrapponevano i simboli delle religioni mondiali: un crocifisso, una stella di David, la stella e la mezzaluna, l'ahimsa, la stella a nove punte, lo yin e lo yang e altri disegni dall'aspetto strano ed esotico che non riconobbi.

Voltandosi, mi sorprese a fissarlo e sorrise della mia espressione.

«Ho pensato che sarebbe stato meglio togliersi il pensiero», disse con uno scintillio negli occhi. «Tende a… scombussolare… chi lo vede per la prima volta».

Mi resi conto di avere la bocca aperta. Balbettai un paio di sillabe. Ero senza parole.

«Me lo dicono spesso».

Finalmente ritrovai la voce. «Avrei moltissime domande, ma non so nemmeno da dove cominciare. La tua schiena… è un'opera d'arte. È mozzafiato. Posso guardarla di nuovo?»

Rotolò sullo stomaco, appoggiando il mento sugli avambracci. Accavallai le gambe e mi chinai per studiare meglio il tatuaggio. La precisione, la qualità artistica dello scarabeo. Le ali! Non riuscivo a capacitarmene. Avrei voluto toccarlo, far scorrere le dita lungo le linee delicate, seguire il profilo delle ali. Ma conoscevo a malapena quell'uomo. Toccarlo sarebbe stato un gesto troppo invadente. Volevo rispettare l'opera d'arte sul suo corpo, non farne un oggetto.

«Perché uno scarabeo?», chiesi alla fine.

Alzò lo sguardo e fece un lento sorriso. «Molti l'hanno visto e hanno fatto dei commenti. Pochi mi hanno domandato il perché. Grazie per averlo fatto».

«È evidente che per te significa molto, considerando la superficie che copre sul suo corpo».

Fece una risatina. «Hai indovinato. È uno scarabeo sacro, uno dei simboli religiosi e mistici più importanti dell'antico Egitto».

Allora avevo ragione sul collegamento con l'Egitto.

«Simboleggiava molte cose, una delle quali era il sole, che era oggetto di venerazione».

Ecco spiegato il sole alla base del collo.

«Ma soprattutto era simbolo di trasformazione, resurrezione, protezione e immortalità. Di reincarnazione. Di vita eterna. Le persone che indossavano gioielli a forma di scarabeo si sentivano protette, sapendo che sarebbero risorte».

Non sapevo bene come rispondere.

«Venivano usati anche nell'arte funeraria dell'antico Egitto, per proteggere e trasformare i morti».

Un brivido di freddo mi attraversò, anche se eravamo seduti sotto il sole caldo.

«Sei di origine egiziana?», domandai. «O sei semplicemente appassionato di mitologia e tradizioni di quell'era?»

Si girò a pancia in su e si rizzò a sedere. «Be', di sicuro sono di origine africana, ma probabilmente non egiziana. E sì alla passione per la mitologia e la tradizione. Ma mi interessa soprattutto la parte relativa alla trasformazione. È questa che mi sta a cuore».

«Persone che danno una svolta alla loro vita, intendi? Quel tipo di trasformazione?»

«Più o meno». Si alzò. «Vado a fare un tuffo nelle fredde acque del lago. Vieni anche tu?»

Niente più domande, allora. L'avrei rispettato. Conoscevo bene le tecniche per evitare le domande indiscrete.

Mi tese la mano e, quando la presi, la sentii di nuovo: l'elettricità che mi attraversava. Mi aiutò ad alzarmi e camminammo insieme lungo la spiaggia.

Sul bordo dell'acqua, la sabbia tiepida e morbida cedeva il passo alla ghiaia che rivestiva il fondo del lago. I sassolini lisci non pungevano le piante dei piedi nudi.

Ci immergemmo nell'acqua, che era rinfrescante in quella giornata calda, ma non ghiacciata come in altri punti.

Raccolsi un sasso e glielo mostrai. «Qui non abbiamo scarabei, ma abbiamo questi. Alcune persone credono che sia un modo per portare a casa con sé lo spirito del lago. Come talismano e portafortuna. Non è molto diverso dal tuo tatuaggio».

Glielo lanciai. Lo prese al volo e lo infilò in tasca. «Abbiamo bisogno di tutta la fortuna possibile». Poi si distese sulla superficie dell'acqua.

All'improvviso scomparve. Guardai ovunque. Dov'era andato? Stavo scrutando il lago quando sbucò alle mie spalle e mi afferrò per la vita, sollevandomi in modo che cadessi in acqua.

Non appena mi immersi, il tempo parve fermarsi. Aprendo gli occhi nell'acqua cristallina, vidi il bellissimo mosaico di sassi sul fondale, nelle sfumature del grigio, del marrone, del nero, del bianco e dell'écru. Alcuni macchiettati, altri a tinta unita.

Alzando la testa, notai l'immagine sfocata e scintillante di Dominic in superficie. Il lago mi sussurrava nelle orecchie. Era un suono così tranquillo, così rilassante, che avrei voluto farmi crescere le branchie per rimanere laggiù per sempre. Era come essere un bambino nel grembo materno, poco prima del parto, con il nuovo mondo nebuloso e ondulato a un momento di distanza.

Tornai su per respirare, ridendo. «Nessuno mi ha più fatto una cosa del genere da quando ero piccola».

«Io sono andato sotto, perciò dovevi farlo anche tu. È così che funziona».

Sorridendo, restammo lì per un istante, nell'acqua alta fino alla vita, con l'elettricità che passava tra noi come se avessimo tra le mani un cavo della corrente. Dalla sua espressione capii che la percepiva anche Dominic.

Si avvicinò e mi cinse di nuovo la vita ma, invece di ributtarmi in acqua, mi tirò a sé, circondandomi con le braccia massicce. Gli misi le mie intorno al collo e le gambe intorno al corpo mentre si allontanava ancora di più dalla riva. L'acqua diventava più profonda a ogni passo, fino a sfiorargli il petto e poi si diede una spinta, che ci portò a galleggiare cullati dalle onde.

Le nostre braccia e le nostre gambe si intrecciarono al rallentatore, con l'acqua che ci autorizzava a toccarci con un'audacia che sulla terraferma non avrei mai avuto. In qualche modo, là fuori era giusto che le mie gambe fossero avvolte intorno a quell'uomo, che le sue braccia fossero strette intorno a me, che i nostri corpi si toccassero.

Galleggiammo fino a raggiungere la famosa barriera di acqua gelida che separava il freddo pungente del lago dall'acqua calda vicino alla sponda. Era come un muro fisico, ben noto ai nuotatori abituali. La attraversammo.

«Dannazione!», urlò Dominic, facendomi cadere in acqua e spezzando l'incantesimo.

Riaffiorai e, sputacchiando, scoppiai a ridere mentre entrambi tornavamo verso il lato caldo, con lui che brontolava senza sosta.

«In nome di Poseidone, che cos'era?», domandò.

«Gitche Gumee, se non ti dispiace», risi. «È il grande spirito di questo lago, non Poseidone. Abbi un po' di rispetto».

«Be', Gitche Gumee mi ha trasformato in un ghiacciolo», disse mentre tornavamo verso la riva. «Sembrava l'Artico. E io non sono una foca». La sua espressione offesa e sconcertata mentre lanciava occhiate torve all'acqua mi fece sbellicare dalle risate.

«È una caratteristica famosa di questa spiaggia», spiegai. «La barriera invisibile».

«Barriera invisibile? Dunque è così che funziona qui? È questo che fate? Nessun avviso? Nessun cartello: "Attenzione alla barriera invisibile che vi gelerà le chiappe!"».

Risi ancora di più mentre continuava a sproloquiare.

«Nessun avvertimento! Porti un uomo in acqua. Un uomo ignaro e innocente che arriva dalla California. Sai cosa abbiamo in California? L'oceano. È freddo, non fraintendermi. Ma non ci sono *barriere invisibili* come questa nel Pacifico. Le foche, sì. Muri di acqua gelida che spuntano dal nulla, no».

Mi piegai in due, spanciandomi più forte di quanto mi succedesse da tempo.

«Nuoti con un pover'uomo che sta per congelarsi le palle dopo aver urtato una *barriera invisibile*... e sai che sta per arrivare! Te ne stai lì a galleggiare, tranquilla e beata come una sirena – trallallà, non è fantastico? –, sapendo per tutto il tempo che stiamo andando dritti verso un iceberg».

Cercai di riprendere fiato. «Mi dispiace» dissi con voce strozzata, asciugandomi gli occhi.

«Oh, lo vedo. Altroché se ti dispiace». Ormai rideva anche lui, con gli occhi che ballavano. «Ti dispiace, un corno».

Uscimmo dall'acqua e tornammo sulla sabbia, crollando sui teli. Ci sdraiammo su un fianco, l'uno di fronte all'altra. Non riuscivo a smettere di ridere.

«E non farti venire strane idee», continuò. «Forse ti avrei baciato. Anzi, sicuramente. Ma ora non più. Nossignora. Il restringimento è reale! Sarò fortunato se mai riavrò la mia virilità».

Tremai per la forza della risata che mi attraversò il corpo. Mi asciugai gli occhi. «Credo di aver acquistato dieci anni di vita».

«Missione compiuta, bellissima». Mi passò le dita tra i capelli umidi. «È logico che se lo stress e la tristezza accorciano l'esistenza, le risate la allungano».

Ci chiudemmo nel silenzio mentre l'aria si addensava tra noi. Il suo corpo era così vicino al mio che percepivo la sua energia. Volevo quel bacio. Desideravo scivolargli accanto e baciare la sua bocca perfetta, scoprire come sarebbe stato avere le sue labbra sulle mie. Ma preferii lasciar perdere. Non uscivo con nessuno da quando la mia relazione era finita, ed ero decisamente fuori allenamento. Non eravamo più in acqua e la timidezza mi assalì.

Mi schiarii la gola. «Cosa vuoi fare adesso?»

«Evitare di tornare in acqua, questo è poco ma sicuro». Stringendo le palpebre, scoccò un'occhiataccia al lago. «Ma ho portato un libro».

Mi alzai a sedere. «Anch'io!»

«Grandi menti». Frugò nella borsa.

Il mio era un thriller. Mi sarebbe sembrato strano leggere *L'uomo illustrato* accanto all'Uomo illustrato, così ne avevo scelto un altro. Il suo era un romanzo ispirato a un crimine realmente accaduto. Si puntellò su un gomito, incrociò le caviglie e socchiuse il volume mentre io faticavo a trovare una posizione comoda. Mi mise un braccio intorno alle spalle e mi tirò a sé.

«Sono uno schienale perfetto», disse.

Mi girai per sorridergli. «Sei sicuro?»

«Appoggiati pure».

Obbedii, allungandomi con la schiena sul suo petto. Rimanemmo là insieme, con le teste a pochi centimetri l'una dall'altra, ciascuno intento a leggere il suo libro, per il resto del pomeriggio, mentre il lago sciabordava. A dire il vero, apprezzavo di più la sua vicinanza della trama del mio romanzo. La "barriera invisibile" del lago ne aveva demolita un'altra tra noi.

Il solo fatto di essere appoggiata al suo largo torace mi faceva sentire protetta, al sicuro e pronta per la trasformazione che speravo di trovare a Wharton, come se Dominic fosse il mio scarabeo sacro.

12

Verso la fine del pomeriggio, io e Dominic raccogliemmo le nostre cose e salimmo la lunga e tortuosa scala fino al parcheggio. Nello spogliatoio, mi tolsi il costume umido e sporco di sabbia, mi spruzzai addosso un po' d'acqua fresca e mi asciugai prima di indossare il prendisole e i sandali che avevo infilato nella borsa. Infine, mi diedi una rapida spazzolata ai capelli. Una volta ragionevolmente pulita, mi guardai allo specchio: doveva bastare.

Uscimmo più o meno nello stesso momento, io con il prendisole, lui con i pantaloncini e la T-shirt nera con scollo a V.

«Ma guardati», osservò. «In un batter d'occhio sei pronta per l'azione».

«E adesso? Torniamo al LuAnn's?»

«Neanche per sogno. Ho una bella donna al mio fianco. Non è ancora il momento di andare a casa».

Mi sentii arrossire. «Suppongo che le truppe possano continuare senza di noi. Ma sei consapevole che saremo sulla bocca di tutti gli ospiti dell'happy hour se mancheremo entrambi».

Rise. «Allora diamo loro qualcosa di cui parlare. Cosa ne dici di andare al Jimmy's per un drink e magari una cena?»

Mi sembrava perfetto.

Salimmo in macchina e Dominic guidò fino in città, con la mano appoggiata sulla mia coscia. Era opportuno? Non sapevo cosa fare con le mie mani, così le tenni giunte sulle ginocchia finché non ci fermammo davanti al Jimmy's.

Il sole era ancora alto nel cielo – erano soltanto le cinque circa –, ma l'interno del locale era illuminato da lucine avvolte intorno ai pali di legno che reggevano il tendone. Vidi innumerevoli cartelli con vari messaggi: "Le donne beneducate raramente fanno la storia", "Obbedisci solo alle leggi giuste" e molti altri che tappezzavano le pareti di legno rimaste in piedi dopo l'incendio.

Candele di diverse forme e dimensioni tremolavano sui tavoli. A eccezione del tendone, ogni cosa era rustica, come se un naufrago l'avesse costruita con i materiali disponibili sull'isola: il bancone era di legno, gli sgabelli erano ricavati da ceppi d'albero e il pavimento di tavole larghe, piuttosto sconnesso, pareva essere stato posato frettolosamente, senza molta cura per i dettagli. Mi ricordava la tana dei Bimbi Sperduti in *Peter Pan*. Tanto valeva sedersi nel tronco di un albero gigantesco.

Guardai gli altri clienti, alcuni in costume da bagno, altri con vestiti hippy, altri ancora in pantaloncini e maglietta. Era possibile che si fossero smarriti a loro volta, mentre andavano in cerca del loro Pan. Forse ero una di loro.

Trovammo un tavolo e la cameriera si avvicinò.

«Cosa vi porto da bere? Per vostra informazione, il camioncino dei tacos nel parcheggio sul retro sta per aprire. Questa è la nostra proposta per la cena. L'intrattenimento inizia quando inizia. Non accettiamo carte di credito. Solo pagamenti in contanti. Ma voi due non sembrate tipi da carta di credito, perciò penso che andremo d'accordo su questo punto».

Io e Dominic ci sorridemmo a vicenda.

«Avete delle birre a chilometro zero?», chiese lui.

«Spotted Cow alla spina». La donna sporse il fianco.

«Va bene».

Poi si girò verso di me. «Faccia due», dissi.

Dominic fece una faccia stupita. «Non ti facevo una bevitrice di birra».

«Paese che vai...» Scrollai le spalle.

Arrivarono le ordinazioni e lui sollevò il bicchiere. «A una splendida giornata con una splendida donna». Sfoderò uno di quei sorrisi da star del cinema.

Feci tintinnare il mio bicchiere contro il suo, avvampando. «Grazie. Mi sono divertita molto. Per la prima volta dopo tanto tempo».

«È questo lo scopo, bambina». Diventò serio per un attimo. «Godersi la vita. Le persone sono così concentrate su se stesse e sui propri drammi, o così prigioniere dei propri dolori e tragedie, che dimenticano di apprezzare la bellezza che le circonda».

«Oppure dimenticano che quella bellezza esiste». Ripensai a quanto mi fosse parso grigio il mondo negli ultimi anni. «Anch'io ho commesso questo crimine».

«Non lo commettiamo tutti, prima o poi?»

Ci guardammo e mi persi nella bellezza del suo viso. La perfezione del creato, proprio davanti a me. Il suo volto era insieme angelico e diabolico, con il sorriso astuto, gli occhi scintillanti, il naso e la bocca marcati, i denti perfetti di un bianco accecante e la mascella cesellata. Lui mi fissò con la stessa intensità.

«Sto apprezzando la bellezza che mi circonda in questo momento», spiegò, facendo eco ai miei pensieri.

Mi portai la mano alla guancia, cercando di fermare il rossore. Non ricordavo quando era stata l'ultima volta che un uomo mi aveva detto che ero bella.

Una volta finita la prima birra, Dominic fece un salto sul retro per andare a prendere dei tacos con tutti i ripieni possibili e immaginabili e uno stuzzicante piatto di nachos con guacamole e salsa piccante.

«Se potessi mangiare una sola cosa per il resto della mia vita, sarebbero i nachos». Staccai dal mucchietto un triangolino di mais carico di formaggio.

«Per me sarebbe lo sformato di broccoli di mia nonna», replicò. «Un piatto consolatorio, cremoso e saporito».

Ci fermammo a lungo, gustando la cucina tex-mex, conoscendoci meglio, parlando di tutto e di niente. Politica, pettegolezzi cittadini, film preferiti e viaggi interessanti che avevamo fatto.

Mi chiese della mia vita e della mia infanzia, e io raccontai a ruota libera: come fossi cresciuta vicino al torrente nei sobborghi, come la nonna avesse vissuto con noi, tutto quello che c'era da sapere sul mio passato, e anche di più.

«Qual è la tua storia?», gli chiesi a mia volta.

«Non c'è molto da dire». Diede un morso a un triangolino di mais. «Cose piuttosto banali. Tu sei più interessante di me».

«Oh, ne dubito. Dove sei cresciuto?»

«Qua e là». Abbassò lo sguardo sul piatto. «In un sacco di posti».

Presi un sorso di birra e lo guardai da sopra il bordo del bicchiere. «Per esempio? Sulla spiaggia hai accennato alla California, giusto?»

Si agitò sulla sedia. «Non amo parlare del mio passato. Non è ciò che mi definisce».

Stavo per dire «okay» e lasciar stare, ma poi cambiai idea.

«Penso che il passato di una persona, buono o cattivo, idilliaco o orribile che sia, plasmi la sua natura», osservai. «Ma non credo che la definisca».

Mi guardò per un lungo momento. «Il mio primo ricordo è aver trovato una pistola in salotto e aver sparato a mio padre nel petto quando avevo quattro anni. Questo ti dà un piccolo assaggio».

Senza parole, mi limitai a fissarlo e a prendergli la mano. Come potevo immedesimarmi in una cosa simile? La mia infanzia era stata scritta in un libro di fiabe, decisamente ben lontane da quelle dei fratelli Grimm. Non era mai successo nulla di male a nessuno che conoscevo, letteralmente. Nessun familiare o vicino era morto quando ero piccola. Nessuno era andato in bancarotta. Nessuno aveva perso la casa. Nessuno era rimasto disoccupato. Nessun bambino era scomparso. Nessun compagno di scuola si era ammalato gravemente, e neanche i miei familiari.

Nel quartiere, tutti si volevano bene e si sostenevano a vicenda. Niente litigi tra vicini. Niente mele marce nell'isolato. Noi bambini ci scatenavamo senza temere alcun pericolo, giocando a nascondino nelle serate estive, rintanandoci nel buio finché i nostri amici non ci trovavano, senza la minima paura degli estranei. I miei genitori erano beatamente felici e avevano creato per noi una vita serena, resa ancora più serena dalla presenza della nonna. Ogni giorno tornavo a casa da scuola e lei correva alla porta a braccia aperte, contentissima di vedermi. C'erano sempre biscotti caldi, appena sfornati.

Nel complesso, fino a qualche anno prima ero stata abbastanza fortunata. La gratitudine mi riempì il cuore per la prima volta dopo molto tempo.

Invece l'uomo adorabile seduto di fronte a me in quello strano bar hippy aveva iniziato la sua vita con un incubo. Dio solo sapeva cosa gli era capitato dopo. La sua espressione mi straziò il cuore. Vidi chiaramente quel bambino di quattro anni nei suoi occhi.

«Oh, Dominic».

Sorrise mestamente. «Lo so. Lascia a bocca aperta. La mia storia non migliora nemmeno dopo. È per questo che non parlo spesso del mio passato».

«Tuo padre è...»

«No, il proiettile gli ha attraversato la spalla ed è uscito. Lui è sopravvissuto. Quel vecchiaccio irascibile è ancora vivo».

«Posso chiederti perché una pistola carica era a portata di un bambino piccolo? Tuo padre faceva il poliziotto?»

Sospirò. «Niente affatto. Vuoi davvero saperlo?»

«Certo. Ma non sei tenuto a dirmelo».

Fece una smorfia. «Speravo di tenere tutto per me finché non mi avessi conosciuto meglio. Oppure per sempre».

D'un tratto mi sentii molto protettiva. Evidentemente il passato era fonte di dolore per lui. Non avevo bisogno di sapere nulla. Jason mi aveva detto che Wharton era piena di ficcanaso, ed ero decisa a non essere una di loro.

«Cosa te ne pare dei Minnesota Twins?» Sorrisi. «Finora hanno avuto un'annata straordinaria. Si dice che potrebbero arrivare fino alle World Series».

Il suo viso si addolcì come mai prima di allora. «Grazie». Guardò per qualche secondo il suo bicchiere di birra schiumosa, poi alzò gli occhi. «La mia infanzia, però, è stata ricca di amore e di felicità. Per buona parte è stata un incubo. Ma ho vissuto con mia nonna per anni».

«Ti voleva bene».

Aveva gli occhi pieni di lacrime. «"Fino alla luna e ritorno", ripeteva sempre».

«E faceva lo sformato di broccoli».

«Il migliore del mondo».

«È ancora viva?» Mi sporsi verso di lui.

Fece non con la testa. «È sempre con me, ma se n'è andata qualche anno fa».

In quel momento, la band salì sul palco tra il frastuono della preparazione delle chitarre, del violino, del banjo, del contrabbasso e della batteria. Il microfono sembrava risalire agli anni Trenta – un quadrato d'argento su un supporto – e la chitarra che il cantante portava a tracolla sembrava corrispondere alla stessa epoca. Quando iniziarono a suonare, un misto di bluegrass e country, tutti si zittirono per ascoltare. Diverse persone scesero in pista a ballare, alcune in gruppo, altre in coppia, con un hippy che ancheggiava da solo qua e là.

Dominic si alzò e mi prese la mano e, prima che me ne rendessi conto, stavamo ballando un passo a due a ritmo di musica, con lui che mi faceva piroettare di tanto in tanto e poi mi tirava a sé. Si delineò una sorta di realtà nebulosa.

Le luci e le candele, la musica di un'altra epoca, il viso stranamente familiare di quell'uomo così vicino al mio. Era come se per un momento fossimo stati strappati dal fiume del tempo, come i protagonisti che nelle vecchie storie popolari si imbattono in un cerchio delle fate in una frizzante serata autunnale e ballano tutta la notte con quelle creature magiche, senza rendersi conto di danzare per anni, decenni o addirittura secoli.

13

Quando tornammo al LuAnn's era tutto buio. Erano le dieci passate e il ristorante era chiuso e pulito, pronto per la ressa della colazione. Dominic mi condusse attraverso la sala da pranzo fino alla porta e salimmo senza far rumore per non svegliare nessuno.

Nel corridoio vedemmo una luce provenire da sotto la porta di Jason e Gil. Erano ancora svegli. Il resto dell'edificio era immerso nel silenzio. Lanciai un'occhiata alla nicchia. Oscurità assoluta. Non avevo raccontato a Dominic le esperienze delle due notti precedenti. Non avevo voglia di pensarci.

Superammo la sua porta. «Ti accompagno in camera tua».

Quando arrivammo in fondo al corridoio, il cuore mi martellava nel petto. Ero così fuori allenamento con gli appuntamenti – era questo che stavamo facendo? – che non sapevo come comportarmi. Dovevo invitarlo a entrare? O era troppo presto? Sarebbe stata una mossa saggia? Dovevo fare la preziosa? Non avevo idea di cosa fare.

Mi sfilò la chiave dalla mano e aprì la porta prima di accendere la luce e scrutare la camera. Le tende svolazzavano nella brezza fresca. Ogni cosa era come l'avevo lasciata.

«Sembra tutto a posto», disse.

Eravamo vicinissimi e, benché ci fossimo avvinghiati l'uno all'altra nell'acqua e avessimo danzato insieme per tutta la sera, ora la sensazione era diversa. Non sapevo se toccarlo o meno, ma ogni cellula del mio corpo lo desiderava.

«Mi sono divertita molto oggi», dissi. «Grazie».

«Anch'io», mormorò.

Mi circondò con le braccia e mi tirò a sé, al che sollevai il viso verso il suo. Premette la guancia contro la mia e fiutai il suo profumo: muschiato, speziato, rassicurante. Mi sciolsi in lui. Poi le sue labbra si posarono sulle mie e percepii la forza del bacio che mi scorreva in tutto il corpo.

Il cuore mi galoppava nel petto mentre baciavo per la prima volta un uomo nuovo dopo più di vent'anni. Si staccò, con le braccia ancora strette intorno a me. Volevo soltanto che si avvicinasse di più.

«È tutto il giorno che voglio farlo», confessò. «Anche da prima, se vuoi sapere la verità».

«Anch'io», sussurrai. Il mio corpo vibrò da dentro.

Mi affondò una mano nei capelli vicino alla nuca e ne afferrò una ciocca, con gli occhi che mi studiavano il viso.

«Brynn, Brynn, Brynn». La sua voce parve abbassarsi di un'ottava. «Lasciamo le cose così. Per ora».

«D'accordo».

«Caffè in terrazza domattina?»

«Ci sarò».

Mi attirò di nuovo a sé e accennò un sorriso, con gli occhi che si soffermavano sui miei, prima di baciarmi ancora. Poi sfoderò il suo sorriso da star del cinema e mi fece l'occhiolino.

«A domani. Sogni d'oro». Si chiuse la porta alle spalle.

Quando tirai il chiavistello e mi voltai verso la camera buia, mi sembrò molto più vuota di un attimo prima. Era come se la presenza di Dominic avesse riempito non solo la stanza, ma anche me.

Il mattino successivo, la prima cosa di cui mi accorsi, prima ancora di sollevare le ciglia tremolanti, fu l'odore della pioggia. Rimasi distesa per un momento, godendomi il fresco profumo di acqua, erba, terra e lago. Un soffio gelido si insinuò nell'aria della camera, facendomi venire voglia di rannicchiarmi ancora di più sotto il piumone e di dormire tutto il giorno. Nel cielo echeggiò il basso brontolio di un tuono. Mi stiracchiai, inspirando ed espirando, inspirando ed espirando.

Un colpo alla porta interruppe la mia meditazione. Sgusciai fuori dal letto, mi avvolsi nella vestaglia e, aprendo la porta, trovai Dominic con la caffettiera e una tazza.

«Oggi niente caffè in terrazza. Ho pensato di portartelo direttamente».

«Wow, servizio in camera!» Mi passai le dita tra i capelli, sperando che non fossero troppo orrendi. Pensai con sollievo al fatto di aver indossato un morbido pigiama nuovo, anziché le vecchie T-shirt logore con cui dormivo di solito. «Che bel modo di iniziare la giornata».

Spalancai la porta e lo invitai a entrare. Stavo per chiuderla quando disse: «È meglio lasciarla aperta. Non vorrei finire troppo presto sulle labbra di tutta Wharton».

Qualcosa mi diceva che ormai era già così, ma non me ne fregava niente. Presi la tazza e la panna e ci sedemmo sulle due poltrone ai lati del tavolino accanto alla finestra, con la pioggia che cadeva suonando una musica ipnotica.

Mentre ascoltavamo il temporale che si abbatteva sulla città, mi domandai ancora una volta quali tempeste Dominic avesse dovuto sfidare da ragazzino.

Non sapevo un granché di lui. Eppure c'era qualcosa di atemporale nel sentimento che aleggiava nell'aria tra noi. Da un certo punto di vista non lo conoscevo affatto, ma da un altro sapevo tutto.

Sorrisi, sentendo affiorare dentro di me una sensazione di appagamento che non avevo mai provato prima. Mi stavo già abituando a cominciare le giornate con lui.

«Mi sono divertita ieri». Sorseggiai il caffè e incrociai il suo sguardo sopra il bordo della tazza.

«Anch'io. Penso che dovremo rifarlo. Lo spero, in ogni caso».

«Abbiamo parlato molto di me», constatai lentamente. «E so che preferisci non parlare del tuo passato, perciò non insisterò. Ma cosa mi dici del presente? Non so nemmeno che lavoro fai».

Fece un gran sorriso. «Un po' di questo. Un po' di quello».

Inarcai le sopracciglia. «Davvero? Suona vagamente criminale. Dimmi che non sei un serial killer in fuga».

«No, no, no, no. Niente del genere. Diciamo che aiuto le persone in fase di transizione».

Altre risposte evasive. Questa volta, però, non avrei desistito. Mi stavo innamorando di quell'uomo – troppo in fretta – e dovevo sapere di più sulla persona che stavo facendo entrare nella mia vita, altrimenti avrei passato l'estate a sentirmi in imbarazzo ogni volta che ci fossimo incontrati nel corridoio. E dopo aver scoperto da Kate che suo marito lo teneva d'occhio dopo una morte sospetta…

«Sei uno specialista nel sostegno all'elaborazione del lutto, per esempio? O un operatore sociosanitario negli hospice? Oppure uno sponsor per alcolisti e tossicodipendenti?»

«Be', sicuramente non lo sponsor». Ridacchiò. «Ma, sì, a volte si tratta di lutto, a volte di hospice, a volte di persone che hanno bisogno di rimettersi in piedi dopo aver pagato il prezzo di gravi errori. Offro loro delle risorse quando si accorgono di aver esaurito le proprie».

«Ex carcerati, intendi?»

«Sì. Un po' di tutto. Aiuto clienti di ogni tipo. La mia convinzione principale è che la vita sia troppo breve. Troppo breve, Brynn. Non ne hai idea». Tacque per un istante. «Sono stato insensibile. Sì, che ce l'hai. In questo momento lo sai e lo ricordi meglio di molti altri».

Annuii, sperando che le lacrime rimanessero al loro posto.

«Le persone vengono da me dopo aver toccato il fondo. Se posso aiutarle a riprendere il cammino verso una vita felice, lo faccio. Altrimenti le aiuto anche con il resto».

Però non mi era ancora chiaro come i clienti riuscissero a trovarlo. Era uno psicologo affiliato a qualche gruppo? Aveva una fondazione tutta sua? Ma avevo la netta impressione che non si sarebbe aperto molto facilmente. Riuscivo quasi a vedere le sue difese che si alzavano.

«Cosa ci fai a Wharton per tutta l'estate?», ripresi. «Lo so, lo so, è la domanda che fanno tutti. Ma... ti sei preso un anno sabbatico, come me?»

«Sono venuto qui per conoscerti».

Un brivido mi attraversò nonostante il suo gran sorriso caloroso. Ci fissammo per un istante.

«Cosa...»

Poi rise, spezzando l'incantesimo. «Okay, è stata la peggior battuta da rimorchio della storia».

Posai la tazza e notai che mi tremavano le mani. Se ne accorse anche Dominic. «Non immagini cosa mi sia passato per la testa!», dissi alla fine. «Quello che hai descritto, quello che fai per le persone. In questo momento mi trovo esattamente in una fase di transizione di quel genere. Pensavo che qualcuno ti avesse chiamato. O che ti avesse assunto. Oppure...»

Alzò la mano per interrompermi. «Questa mattina faccio una gaffe dopo l'altra. Wow, sono proprio insensibile».

«Non capisco».

«Okay. Con quella stupida battuta stavo solo cercando di essere romantico e seducente, senza pensare a quello che mi hai raccontato del tuo passato recente».

Riuscii a sorridere. «Non preoccuparti. È solo che mi hai toccata sul vivo. Non sono uno dei tuoi clienti, vero?»

Fece un'espressione divertita. «Non ho l'abitudine di baciare i clienti, signora. E nemmeno di attraversare a nuoto barriere invisibili con loro».

Risi.

«La verità è che sono qui per il tuo stesso motivo». Divise il caffè rimasto tra le due tazze. «Quando fai quello che faccio io, ti stanchi parecchio. Mi sento come dire... esaurito. Non ho una moglie o una famiglia che mi ricaricano, ovviamente, e ogni tanto ho bisogno di staccare e di prendermi una pausa. Di respirare l'aria fresca. Di osservare la bellezza intorno a me. Di immergermi nel giardino delle delizie in cui viviamo su questa Terra. Di mangiare un po' di pasta. Ho bisogno di ringiovanire per mettere le mie energie a disposizione degli altri».

«Ti capisco benissimo», dissi.

Il forte rimbombo di un tuono squarciò il silenzio tra noi e un fulmine crepitante zigzagò nel cielo. La pioggia cadeva a dirotto e il vento la soffiava diagonalmente sulla strada.

«Adoro i temporali», disse Dominic.

«Anch'io. Però ti costringe a dire addio a un'altra giornata sulla spiaggia».

«È vero. E anche al kayak».

Sorrise e, mentre gli scrosci proseguivano e i tuoni scuotevano la casa, il ricordo di un'altra notte piovosa mi balenò ai margini della mente. O almeno, sembrava un ricordo. Ma non poteva esserlo.

Ero con un uomo che sapevo essere Dominic. Ci precipitavamo fuori da un edificio di mattoni e ci infilavamo in un vicolo. Lui mi teneva per mano e correvamo insieme, ridendo e lanciandoci occhiate da sopra le spalle. Mi spingeva in un portone per ripararci dalla pioggia – eravamo fradici – e mi baciava sotto il diluvio, mentre i fulmini sfrigolavano nel cielo.

«La chiusura di un buon bar», mi bisbigliava all'orecchio. «È sempre molto triste».

«Ci hanno acciuffati quasi tutti. Come facevi a sapere che stavano arrivando?»

«Intuito maschile», rispondeva con un sorriso malizioso.

Nel presente, la voce di Dominic mi strappò dalle mie fantasticherie. «Brynn?»

Finii il caffè. Mi tremavano le mani.

«Dov'eri?», chiese. «Sei stata assente per un minuto».

Mi passai la mano tra i capelli. «A essere sincera, non lo so».

Un altro sorriso malizioso.

14

In quell'istante, Jason infilò la testa nel vano della porta. «Ciao, ragazzi!» Spostò lo sguardo da me a Dominic e viceversa.

Sollevai la tazza in segno di saluto. «Stavamo prendendo il caffè».

«Ci avrei scommesso. Ieri vi siete persi l'happy hour. Tutti si chiedevano che fine aveste fatto».

Dominic rise, guardandomi. «Cosa ti avevo detto?»

Risi anch'io, ma sentii il sangue affluirmi alle guance. «Abbiamo passato la giornata sull'isola».

«Oh!» Jason strascicò l'esclamazione come se fosse composta da molte sillabe. «Davvero? Capisco, capisco, capisco. Non vedo l'ora di dirlo a Gil».

Io e Dominic scoppiammo in una risata imbarazzata per l'espressione di pura gioia sul suo viso.

«A proposito dell'isola», continuò Jason. «Ho un grande favore da chiederti».

«Certo», risposi. «Di cosa si tratta?»

Il suo sguardo divertito cedette il passo a una smorfia di disappunto.

«Dopo che la tempesta sarà passata, io e Gil dobbiamo andare a Colette per vedere una proprietà che stiamo pensando di acquistare. Abbiamo appuntamento con l'agente immobiliare. Pensavo che dopo potremmo pranzare lì, solo noi due».

Feci sì con la testa, non capendo dove volesse andare a parare.

«So che è chiedere molto», proseguì, «ma potresti stare con Alice mentre siamo via?»

Alzai le sopracciglia. «Assolutamente sì».

«Sicura?»

«Lo faccio molto volentieri. Non c'è nessun problema».

Jason mi prese le mani. «Grazie mille. Ho assunto una donna qui in città perché ci faccia da... Non vorrei dire badante, ma...» Si interruppe. «Ieri le abbiamo fatto fare una prova, ma ad Alice non è piaciuta. Continuava ad allontanarsi per cercarmi».

Feci una smorfia. «Che peccato».

«Già. Ci riproveremo. Si chiama Jocelyn. È assolutamente adorabile, dunque non so perché Alice non l'abbia apprezzata. Ma non mi sembra giusto lasciarla con lei per un periodo così lungo quando non si sente a suo agio».

«Certo».

«Però voi le piacete». Spostò gli occhi da me a Dominic e viceversa. «Entrambi. Si sente al sicuro con voi. Non lo so. Forse perché alloggiate in fondo al corridoio, e vi considera parte della famiglia. Penso che il suo bisogno di trovarmi, di venire a cercarmi, diminuirà se sta con voi. Mi sento così...»

Sospirò e mi guardò con occhi che chiedevano aiuto. Cercai di dargli ciò a cui aveva bisogno di aggrapparsi in quel momento.

«Non devi giustificarti. Tu e Gil dovete assolutamente ritagliarvi un po' di tempo per voi. Ne avete tutto il diritto».

«Assistere una persona malata ti prosciuga le energie, amico», intervenne Dominic. «Brynn ha ragione. Un pranzo qui, una cena là. Non sono grossi favori da chiedere, ma è vitale per voi. Per il vostro spirito. È quello che serve per ricaricarvi lungo il cammino, in modo da poter aiutare Alice a lungo termine. Io e Brynn stavamo proprio parlando di un argomento analogo».

Incrociò il mio sguardo e sorrise. Timidamente, pensai.

Jason fece un lungo sospiro. «Siete una manna dal cielo. Entrambi. Dunque, pensavo che potresti guardare un paio di film con lei nella suite mentre siamo via. Può andare bene? Alice è a suo agio lì. Abbiamo quel grande televisore a schermo piatto sopra il caminetto. Accenderemo il fuoco, dato che il tempo è pessimo. Vi faremo portare il pranzo, un po' di stuzzichini e del vino».

«Non è necessa...», protestai.

«Oh, altroché se è necessario, signorina», mi contraddisse Jason. «È il minimo che possiamo fare».

«Vengo anch'io, se ti va», si offrì Dominic. «Faremo una festa».

All'improvviso la camera, immersa nel buio a causa del temporale, parve riempirsi di luce.

«Alle dieci e mezza? Da noi?», confermò Jason.

«Ci sarò», promisi.

Quando se ne fu andato, Dominic mi guardò. «Questa mattina devo occuparmi di alcune questioni. Bussa alla mia porta quando vai nella suite di Jason e Gil, così passiamo la giornata insieme».

Annuii e lui sorrise mentre si chiudeva la porta alle spalle.

Alle dieci e mezza, dunque. Avevo poco più di due ore. Abbastanza per un lungo bagno con un buon libro. Presi la copia de *L'Uomo illustrato* e mi diressi verso il bagno, sperando che questa volta la signora della numero 5 mi lasciasse in pace.

15

Alle dieci e mezza, dopo aver fatto il bagno e aver indossato un paio di jeans attillati, una maglietta bianca e una collana di perline di vetro blu, bianche e verdi, uscii dalla mia camera e trovai Dominic appoggiato alla parete accanto alla sua porta.

Indossava una T-shirt nera con scollo a V e i pantaloni grigi di una tuta, con comode pantofole ai piedi. Non si era rasato, e il suo solito pizzetto curato si stava trasformando in una barba folta. Scrollò le spalle, sorridendo. «Troppo casual? Questa mattina ho avuto da fare e non ho avuto il tempo per il trattamento completo».

«Il trattamento completo?»

Mi guardò stupito. «Mi metto in ghingheri quando esco, signora. Un uomo deve curare il proprio aspetto. Ma, ho pensato, restiamo a casa, perciò...»

«Stai benissimo».

«Anche tu non sei niente male». Mi sfiorò la collana e mi posò la mano sulla guancia.

In fondo al corridoio, Jason aprì la porta. «Ciao, voi due! Alice, guarda chi c'è». Il suo tono era un po' troppo entusiastico. Ma lo capivo.

Ci affrettammo verso la suite, tutti sorridenti. Alice era rannicchiata su una poltrona accanto al fuoco scoppiettante, con una coperta all'uncinetto sulle gambe.

«Ciao, Alice!», la salutai.

«Brynn, della Yellow Lady». Poi si girò verso Dominic. «E l'omone. Il mio cavaliere».

Lui rise. «Credo che sia una definizione corretta». Attraversò la stanza e si inchinò, tendendo la mano. Lei vi infilò la sua e Dominic se la portò alle labbra. «Lady Alice. Come state in questa bella giornata?»

Lei arrossì.

Jason, rivolgendomi un sorriso raggiante, fece un cuore con il pollice e l'indice sul proprio petto.

Gil uscì dalla camera. Osservò Dominic e Alice ed espirò.

«Ricordiamoci di prendere i giubbotti impermeabili, tesoro», disse a Jason. «Ho la sensazione che non smetterà di piovere molto presto».

Alice tremò. «Stai andando da qualche parte?»

Jason attraversò la stanza e si sedette sul pouf di fronte a lei. «Ricordi? Io e Gil dobbiamo andare sull'isola per occuparci di alcuni affari. Pensiamo che il tempo sia troppo brutto per portarti con noi».

Lei sbatté le palpebre.

«Te lo ricordi? Tu rimani qui. Torniamo tra un paio d'ore».

«Rimango qui?»

«Sì!», disse Jason, un po' troppo vivacemente. «È per questo che Dominic e Brynn sono qui. Passeranno il pomeriggio con te, fino al nostro ritorno. Non volevamo che restassi sola».

«Dominic e Brynn», ripeté Alice.

«Esatto, tesoro. Mangerete un boccone. Guarderete un film insieme. Forse dopo vorrai fare un pisolino. Con loro sarai al sicuro».

Alice mi sorrise. «Lo so».

«Okay!» Jason le diede un bacio sulla guancia. «Andiamo».

Lui e Gil presero i giubbotti dai ganci accanto alla porta.

«Questo è per voi». Jason indicò un grande vassoio di antipasti – formaggi, carne, verdure, salsine, cracker – sul ripiano della cucina. In un secchiello del ghiaccio c'erano due bottiglie di vino, con tre bicchieri là accanto. Non avevo notato tutto quel bendidio quando eravamo entrati.

«Non dovevate», dissi.

«Certo che dovevamo, sciocchina», replicò Jason. «Se avete voglia di pranzare al piano di sotto, mettetelo sul mio conto. Alice va matta per i sandwich al tonno con il formaggio fuso».

«Sono squisiti!», esclamò Alice. «Ci mettono sopra l'avocado».

Interessante, pensai, ciò che la sua mente ricordava e ciò che non ricordava. Mi chiesi se ci fosse una logica, o se fosse semplicemente casuale, diverso per ogni persona, a seconda di quali neuroni si spegnevano.

Dopo che se ne furono andati, Dominic versò due bicchieri di vino e girò la testa verso Alice con espressione interrogativa. Mi strinsi nelle spalle. Jason le aveva offerto un bicchiere o due all'happy hour, perciò immaginai che non le avrebbe fatto male. Lo raggiunsi in cucina e portai gli antipasti e i tovagliolini in salotto, appoggiandoli sul pouf tra il sofà e i divanetti.

Porse un bicchiere alla donna e brindammo tutti insieme. «A una bella giornata», disse con voce dolce. E rassicurante, pensai.

Jason ci aveva suggerito di guardare dei film, ma io avevo voglia di parlare. Dedussi che la stessa cosa valeva per

Alice, dal modo in cui si piegò verso di me con gli occhi pieni di impazienza.

«Parlami delle tue figlie. Si chiamano Jane e Rebecca, giusto?»

«Esatto. Jane e Rebecca. Jason dice che ora sono entrambe madri, anche se non riesco a crederci perché sono troppo giovane per avere dei nipoti. Rebecca ha diversi figli. Quattro? Jane solo uno, credo». Fissò un punto lontano, come se cercasse di vedere la sua famiglia con l'occhio della mente.

Non aveva bisogno di frugare nella memoria per vedere i loro volti. Intravidi una foto incorniciata sul tavolino. Sembrava che ritraesse Jason, Alice, le loro figlie, i generi e una nidiata di bambini. Mi alzai e andai a prenderla. Gliela porsi.

«Questa è la tua famiglia, giusto?»

La prese e la studiò, corrugando la fronte. «Be', questa sono io. E questo è Jason. Ma non so chi siano queste donne. O gli uomini. O i bambini. Sei sicura che siano la mia famiglia?»

Mi inginocchiai accanto a lei. «Questa è tua figlia Rebecca». Indicai la donna che avevo conosciuto qualche giorno prima. «E questa è tua figlia Jane».

Guardò l'immagine, contrariata. «Sono così vecchie! Sono adulte! Le mie figlie sono piccole. Ma sembra una bella famiglia, no?»

«Sì. Hai cresciuto una splendida famiglia. Ora le ragazze hanno mariti e figli».

Mi guardò per un attimo, poi tornò a esaminare la foto. Indicò uno dei nipoti.

«Lui morirà giovane», disse. «Jane non sarà in grado di gestirlo. E io non sarò qui ad aiutarla».

Inspirando, lanciai un'occhiata a Dominic, che scosse rapidamente la testa.

«Lady Alice». Le tolse lentamente la fotografia dalle mani e la posò a faccia in giù sul tavolo. «Raccontateci di come voi e Jason vi siete conosciuti».

Alice diventò raggiante. «Eravamo fidanzatini al liceo. Siamo sempre stati Jason e Alice, da quando ho memoria. Lui mi ha invitato a un ballo quando eravamo al primo anno. Indossavo un vestito di chiffon rosa. Per essere in tinta, lui abbinò una cravatta rosa al suo completo. E questo è quanto. Non c'era nessun altro per me. Jason era bellissimo».

«Scommetto che eri uno splendore», esclamai. «Lo sei ancora».

Si portò una mano alla guancia. «Non lo so». Poi sorrise, concentrandosi su quella sera del passato.

«All'inizio Jason non era un granché come ballerino. Dovevate vederlo! Forse l'avete visto. Forse eravate lì. Non sono sicura. Era secco secco! Tutto gambe e braccia. Ma poi è migliorato».

«Vi piace ballare, Lady Alice?», chiese Dominic.

«Lo adoro. Quando le bambine erano piccole e Jason tornava a casa dal lavoro, mettevamo i dischi e facevamo delle feste in salotto. Tutte le sere. Suonavamo di tutto, dai vecchi successi delle grandi band a Elvis, al rock degli anni Sessanta. Giù giù fino ai Settanta!»

«Chi sceglieva la musica, tu o Jason?», la spronò Dominic.

«Di solito sceglievo io. Mi piaceva avere qualcosa sullo stereo quando lui rientrava. Io ero in cucina a finire la cena e andavo in salotto, e lui ballava con le ragazze, cantando tutti insieme. D'estate andavamo fuori e i vicini festeggiavano con noi».

«Sembra meraviglioso», commentai.

«Lo era», confermò Alice.

«Chi erano i tuoi cantanti preferiti all'epoca?», volle sapere Dominic.

«Jason amava Aretha Franklin – la amavamo entrambi –, perciò la ascoltavamo spesso. Ballavamo con le ragazze. Ridevano tutti. Li abbiamo consumati, quei dischi!»

«Anch'io amo la regina del soul», le disse Dominic. «Non ho mai ballato con mia madre sulla sua musica, però. È un regalo speciale che hai fatto alle tue figlie».

Ora Alice era in un altro mondo, in un altro tempo. Stava ripensando a quelle serate in salotto, canticchiando un motivetto familiare. Dominic armeggiò per un attimo con il telefono e ben presto trovò una canzone di Aretha Franklin. Si alzò e tese la mano a Alice.

La fece girare su se stessa e si mossero insieme al ritmo della musica che echeggiava nella memoria di Alice e che risuonava nella suite, e i loro volti si illuminarono di pura gioia.

Il mio cuore si sciolse per la dolcezza e sanguinò di tristezza. Come poteva un uomo essere così mozzafiato?

Lei crollò sulla poltrona ridendo. «Le ragazze avrebbero ballato tutta la notte se glielo avessimo permesso».

«E tu l'hai fatto, qualche volta?» chiese lui, sorridendo.

«Santo cielo, no. Era soltanto un breve momento di divertimento per dare il benvenuto al papà prima di cena». Ci guardò con gli occhi pieni di lacrime. Le asciugò con la mano. «Dov'è Jason? Non dovrebbe essere già qui?»

«Tornerà tra un'ora circa», la rassicurai. «È per strada».

Si mise comoda. «Sta tornando. Dunque non è lontano». Guardò prima Dominic e poi me. «Jason è l'amore della mia vita, sapete».

«Sei mai uscita con qualcun altro?», domandai. «Sei così bella che sicuramente avrai avuto molti uomini che ti ronzavano intorno e che volevano portarti fuori».

«No, non ne vedevo il motivo» confessò, più lucida di quanto fosse stata fino a quel momento. «Sei fortunato se hai anche solo un grande amore in questa vita. Io ho avuto il mio per più di trent'anni. Dopo che è finito, non c'era nessun altro che potesse reggere il confronto. Ho le mie figlie, e questo mi basta. Hanno ancora bisogno della loro mamma».

«E anche i tuoi nipoti, vero?»

Aggrottò le sopracciglia e si alzò. «Devo proprio tornare a casa. Da quanto tempo stiamo parlando? Le ragazze tornano tra poco e io devo andare a prenderle alla fermata dell'autobus».

Io e Dominic ci scambiammo un'occhiata. Non sapevo come rispondere, ma lui intervenne senza esitazione.

«Oggi ci pensa Jason», mormorò.

Lei lo guardò, con un vuoto negli occhi a cui prima non avevo fatto caso. «Non dire stupidaggini. Jason è al lavoro».

«Non oggi. Ha detto che sarebbe tornato presto per andare a prendere le ragazze perché tu sei venuta qui a trovarci».

Alice si accasciò sulla poltrona, con gli occhi che saettavano qua e là.

«E voi chi siete?»

«Siamo tuoi amici». Lui le porse una fettina di formaggio su un cracker. «Io sono Dominic. E lei è Brynn».

La donna si mise in bocca lo stuzzichino e masticò pensosamente.

«Brynn». Mi scrutò in viso per trovare qualcosa di familiare. Vidi che ci stava provando, sforzandosi di ricordare. «La mia protettrice».

«Esatto. E sono sempre in fondo al corridoio, nella...» Stavo per dire «Yellow Lady», ma non feci in tempo. Lei si voltò verso la porta, gli occhi vitrei e distratti.

Poi girò di scatto la testa verso di me. Le sue pupille erano quasi scomparse, lasciando soltanto un azzurro annebbiato. «Sei nella numero 5».

16

Nessuno dei due invitò Alice a spiegare quell'osservazione. Francamente, non volevo sapere cosa ci fosse dietro. Invece mettemmo un film e lei si appisolò, appoggiata al petto di Dominic.

«È l'ora del sonnellino?», mi chiese lui in un sussurro.

«Mi sembra una buona idea».

Il nostro uomo la svegliò dolcemente. Lei fece un sorriso assonnato e gli permise di condurla al piano di sopra.

«È qui che alloggio», la sentii dire mentre lui apriva la porta e la aiutava a entrare. «Jason non dorme più con me. Abbiamo camere separate».

Presi il bicchiere con mani tremanti e bevvi un sorso di vino. Poi un altro. Passarono alcuni istanti e Dominic uscì dalla stanza di Alice, chiudendosi silenziosamente la porta alle spalle.

«È stato strano», osservai mentre si risedeva accanto a me sul sofà.

«Cosa?»

«Tutto, credo». Non sapevo cosa aggiungere.

«Non hai passato molto tempo con i malati di Alzheimer. In realtà è abbastanza tipico, tutto questo saltare avanti e indietro nel tempo. È come se vivessero ogni cosa insieme, passato e presente. Anche il futuro, certe volte. La concezione lineare del tempo? Per loro si dissolve».

Quelle parole mi fecero rabbrividire, ma non capii il perché. «Cosa intendi, esattamente?»

«Quando parlava di dover tornare a casa per andare a prendere le ragazze alla fermata dell'autobus, ho avuto l'impressione che fosse davvero tornata indietro nel tempo. Una parte di lei, almeno. Forse il suo spirito stava davvero rivivendo quel momento».

Mi limitai a guardarlo. Non avevo idea di cosa rispondere.

«Okay, immagino che sia stato un po' lugubre per un pomeriggio piovoso. Però me lo sono chiesto spesso. Chi ha la mente danneggiata? Noi o loro? Forse sono loro a vedere chiaramente. Non noi».

«A proposito…» Non ero sicura di come continuare.

A inquietarmi non era il fatto che Alice rivivesse, o vivesse, il passato. Non avevo detto a Dominic, né a nessun altro, dei miei curiosi incontri con lei.

«Penserai che sia pazza», dissi alla fine.

«Ti ho appena detto che secondo me Alice è tornata indietro di trent'anni, vivendo davvero quel momento mentre allo stesso tempo era qui con noi, e *io* dovrei pensare che *tu* sia pazza?»

Non potei fare a meno di sorridere della sua espressione maliziosa.

«Hai qualcosa in mente, donna. Sputa il rospo».

Mi agitai, domandandomi fino a che punto aprirmi. «È come se sapesse cose che non dovrebbe sapere».

Si sporse aggrottando le sopracciglia. «Cosa vuoi dire? Non ti seguo».

Gli riferii la battuta delle teste infilzate sui paletti e descrissi lo scontro al centro riabilitativo da cui era stata ispirata.

«Penso che la tua amica Mary mi piacerebbe. E compatisco lo sciocco che si mette contro chi ami».

«Be', ovviamente. Ma il punto è: come faceva Alice a saperlo?»

«Qui mi cogli impreparato».

«E non è tutto. Hai notato cos'ha detto riguardo a uno dei suoi nipoti? Che morirà giovane».

Posò un braccio sullo schienale. «Sì. Ecco come l'ho interpretato: in questo momento, il bambino soffre di qualche malattia. Lei si stava solo comportando da nonna preoccupata».

Annuii, ma qualcosa dentro di me mi disse che non era così. E non mi sognavo neppure di chiedere a Jason. Era l'ultima cosa di cui aveva bisogno.

«Forse», concessi. «Ma poi ha detto che alloggio nella numero 5».

Si strinse nelle spalle. «Non so dare una spiegazione. Si è solo sbagliata. La 5 è chiusa a chiave».

Inspirai a fondo. «Ci sono stata. Nella numero 5».

«Come? Ti sei fatta dare la chiave da LuAnn? Mi stupisce che te l'abbia data. È superstiziosa su...»

La mia scrollata di capo lo interruppe. «No, l'altra notte sono stata svegliata da qualcuno che chiamava il mio nome. Sono andata in corridoio e ho trovato Alice. Ha detto che voleva mostrarmi qualcosa. Poi è sparita. Scomparsa. Ho visto una luce provenire dalla nicchia vicino alle docce. Mi sono avvicinata e...» Non riuscii a proseguire.

Si chinò. «E, cosa?»

«E la porta della numero 5 era aperta. Era da lì che veniva la luce. Sono entrata e ho visto...» Feci un respiro profondo. «Credo di aver visto la signora che è morta durante l'inverno».

Sgranò gli occhi. «L'hai vista morta?»

«No», dissi lentamente. «Era seduta accanto al fuoco. Credo che sia stata lei a chiamare il mio nome».

«C'era qualcun altro con lei?»

«No. Era sola».

Omisi la parte in cui la donna mi aveva dato il libro il cui titolo coincideva con il suo soprannome. Non era necessario che Dominic sapesse ogni cosa.

«Deve essere stato un sogno», osservò con voce dolce e sommessa. «Non ti sto dando della pazza, ma LuAnn ha chiuso a chiave la numero 5».

Scossi la testa, ma senza distogliere lo sguardo.

«Ascolta», proseguì. «E se avessi avuto un episodio di sonnambulismo? In uno stato onirico, ma allo stesso tempo no. E supponiamo che tu abbia percorso il corridoio fino alla numero 5. È impossibile che tu abbia aperto la porta».

«Non l'ho aperta. Era già aperta. Come se la donna volesse che entrassi».

Ma poi, d'un tratto, feci marcia indietro. Quello che diceva era assolutamente vero.

«Ipotizziamo che abbia sognato ogni cosa. Era come se Alice lo sapesse, perché era lì. Ha detto che sono stata nella numero 5. Ed è così! Quello era il mio sogno. O qualunque cosa fosse. Mi inquieta da allora».

«E pensi di aver visto lo spirito della signora morta nella numero 5? Ti ha… non so… detto qualcosa?»

«No».

«Un sogno molto utile, allora», mi punzecchiò.

Gli lanciai un cuscino.

«La prossima volta che sogni un defunto, fagli delle domande! Chi c'è dietro l'assassinio di JFK? Cosa c'è nell'Area 51? Dio sente i giocatori dell'NFL pregare prima delle partite? Se sì, ha una squadra del cuore, perché mi sembra che i Patriots abbiano una sorta di vantaggio».

Scoppiai in una risata. «È questo che chiederesti ai defunti?»

«Sì, assolutamente». Rise, con gli occhi che si illuminavano e il viso raggiante come quello di un bambino. «Tu che domande faresti?»

«Direi: descrivimi l'aldilà. Nel dettaglio».

«Oh, è questo che vuoi sapere?»

«Non lo vogliono tutti?»

Non precisai che mi sarebbe piaciuto sapere come stavano mia madre, mio fratello e la nonna. Non volevo rovinare l'atmosfera giocosa. Le risate spontanee. Era così che funzionava con quell'uomo.

In quell'istante pensai che Dominic stava riportando la risata nel mio mondo e quella rivelazione mi fermò per un attimo. La gioia di vivere che lui irradiava in qualche modo si era insinuata nelle crepe e nelle fessure del mio muro fatto di dolore, tristezza e lutto. Era da molto tempo che non ridevo così di gusto.

Dominic si alzò. «Vado a controllare Lady Alice». Salì le scale fino alla sua camera e socchiuse cautamente la porta, senza far rumore. Sbirciò dentro e la richiuse altrettanto silenziosamente. Come se stesse controllando una bambina irritabile che finalmente si era addormentata.

Mi fece un cenno. «Dorme come un sasso». Scese rapidamente le scale e riprese posto sul sofà. «Sembra la Bella Addormentata».

«Chissà cosa sta sognando», dissi.

Controllò l'orologio. «Abbiamo un paio d'ore circa prima che i ragazzi tornino. Film?»

Mise i piedi sul pouf e allungò il braccio sullo schienale. «Accoccolati contro di me», disse.

E così, con la pioggia che continuava a scrosciare fuori e un tuono che scuoteva il cielo di tanto in tanto, mi appoggiai a lui ed espirai. Tutti quegli strani misteri – Alice, la signora della camera 5, persino il passato segreto di Dominic – sembravano non avere importanza.

Il film era appena finito quando Jason e Gil varcarono la soglia, con i giubbotti bagnati, gli ombrelli zuppi e tutto il resto.

«Non era la giornata migliore per una gita sull'isola», disse Gil. «Ma è stato bello evadere per qualche ora». Appesero i giubbotti ai ganci accanto alla porta.

«Com'era la casa?», domandai.

Si scambiarono un'occhiata. Jason fece una smorfia. «Non è il massimo. Non la compreremo. Ma non importa. Com'è andata qui?» chiese, timoroso. «Devo preoccuparmi?»

Io e Dominic ci alzammo.

«È filato tutto liscio!», risposi. «Abbiamo chiacchierato un po', abbiamo fatto uno spuntino e poi Alice ha detto che era stanca, così è andata a sdraiarsi».

«Non ha cercato di scappare? Tende a vagare e ad agitarsi quando non ci sono. O almeno così mi hanno detto».

«È andato tutto alla grande. Ci ha chiesto dove fossi, ma le nostre risposte l'hanno soddisfatta. Abbiamo fatto una bella chiacchierata. È una signora adorabile».

Jason prese una sedia dalla cucina e vi si lasciò cadere, espirando. Gil si avvicinò e cominciò a massaggiargli le spalle. «Visto? Ti avevo detto che sarebbe andato tutto bene».

«Assolutamente sì!», confermai. «Davvero, Jason, non è stato affatto un problema. Ci siamo divertiti entrambi».

Si passò le dita tra i capelli, con le lacrime agli occhi. «Che sollievo. Non so come ringraziarvi».

«Non è necessario», disse Dominic. «È stato un pomeriggio piacevole». Mi posò la mano sulla schiena. «Ora vi lasciamo. Sono sicuro che avete voglia di rilassarvi e di allungare le gambe davanti al fuoco. Una traversata piovosa sul traghetto non è divertente».

In quel momento, Alice spuntò dalla sua camera. «Sei tornato!», disse a Jason.

Lui si alzò. «Visto? Ti avevo detto che non ci sarebbe voluto molto tempo. Ed eccoci qui».

Alice si rivolse a noi. «È stato un pomeriggio piacevole» disse, ripetendo le parole di Dominic.

«Sì, hai proprio ragione», confermò lui.

La donna spostò gli occhi da Dominic a me e viceversa. «Riuscite a vederla?»

Ci guardammo. «Cosa?», domandai.

«La luce tra voi. È bellissima. L'ho vista appena siete entrati. Sono le vostre anime che gioiscono».

Ma poi il sorriso svanì e l'oscurità le scese sul viso. «Io chiederei ai defunti se hanno preparato un posto per me», proseguì con voce monotona. «Li raggiungerò presto».

17

Io e Dominic ci congedammo chiudendoci la porta alle spalle. Ci incamminammo lungo il corridoio, buio e tetro per la pioggia incessante. Quando arrivammo davanti alla sua porta, si voltò e agitò l'indice.

«Non dirlo. So che muori dalla voglia. Ma non farlo».

«Dire cosa?»

«Te l'avevo detto».

Lo guardai negli occhi. «Non lo direi mai», dissi alla fine. «Okay, sì, lo farei. Di norma sono meschina fino a questo punto. Ma sono felice di non essere l'unica ad averlo notato».

«Sì, è innegabile. Sono andato a controllarla e, quando abbiamo fatto quella conversazione, dormiva come un sasso».

«Tu hai più esperienza di me con i malati Alzheimer. Hai mai visto qualcosa di simile prima d'ora? È come se fosse… Non voglio dire *chiaroveggente*, perché sembra eccessivo, ma non so proprio quale altro termine usare».

«No, non mi era mai capitato», rispose, scandendo le parole. «Sto ancora cercando di capirci qualcosa. Sai se prima aveva capacità medianiche? Insomma, molte persone percepiscono le cose, no?»

Aveva assolutamente ragione. Non ci avevo pensato, ma forse Alice aveva avuto quelle doti in passato. Non era una teoria campata in aria. Poteva succedere. Forse si trattava di quello.

Controllò l'orologio. «Devo fare alcune telefonate. Scendi per l'happy hour?»

«Sì, penso di sì».

Mi fece l'occhiolino. «Okay, probabilmente ci vedremo lì».

Rimasi nel corridoio a guardarlo mentre scompariva in camera sua, ma dopo un attimo uscì di nuovo e si diresse verso di me. Mi prese tra le braccia e mi tirò a sé, posando la bocca sulla mia. Mi spinse contro la parete e mi baciò con una forza, un'urgenza e una passione che mi tolsero il respiro. Non era solo un bacio appassionato. Era una cosa seria.

Si tirò leggermente indietro, accennando un sorriso. «Non potevo lasciarti senza farlo», disse con voce dolce e sommessa. «Ci vediamo dopo».

Poi se ne andò, lasciandomi là contro la parete, senza fiato.

Una volta tornata in camera mia, recuperai il libro dal comodino e mi sistemai nel mio confortevole nido di cuscini. Gemetti quando mi accorsi che erano le tre. Probabilmente le persone stavano cominciando ad arrivare al piano di sotto. Stavo leggendo comodamente a letto e sarei potuta rimanere là per tutta la sera, ma Kate mi aveva accennato che forse sarebbe passata con suo marito, così mi alzai e andai in bagno per darmi una rinfrescata.

Mi spruzzai un po' d'acqua sul viso e, mentre prendevo l'asciugamano, intravidi qualcosa – o qualcuno? – nello specchio. C'era stato un movimento, una sagoma scura, alle mie spalle. Ero sicura. Mi girai di scatto e afferrai gli occhiali.

«Ehilà?» Niente. Feci qualche passo fuori dal bagno e mi guardai intorno, con il cuore che batteva all'impazzata. Stringevo ancora l'asciugamano. «C'è qualcuno?»

Feci un respiro profondo e buttai fuori l'aria. Nessuno, dunque. Forse l'avevo immaginato. Tornai in bagno, applicai un filo di trucco e mi lavai i denti. Continuavo a lanciare occhiate allo specchio, che rifletteva l'interno della camera. In cuor mio, provai una sensazione di gelo. D'un tratto il trambusto dell'happy hour non parve così male.

Di lì a qualche minuto scesi le scale – non c'era traccia di Dominic – e mi ritrovai nel chiacchiericcio di una folla di residenti. Mi diressi verso il bancone e incrociai lo sguardo di Gary.

«Eccola!», disse con voce rauca. «Ci sei mancata ieri! Vino?» Mi porse un bicchiere senza aspettare la mia risposta.

«Grazie». Sorrisi e bevvi un sorso.

Osservai la sala. LuAnn si muoveva qua e là, vestita di jeans dalla testa ai piedi, con giubbotto e scarpe luccicosi e tutto il resto. Vidi Beth impegnata in una conversazione con una sconosciuta. Mi ripromisi di parlare con lei non appena ne avessi avuta la possibilità. C'erano molte persone che non conoscevo. Niente Jason, Gil o Alice. Niente Dominic. Avrei tenuto duro per un po', mi dissi, quindi sarei tornata in camera mia.

La porta si aprì rumorosamente e Kate entrò con quello che doveva essere Nick e con un altro uomo.

Quest'ultimo aveva un'aria familiare. L'avevo già incontrato, ne ero certa. Kate incrociò il mio sguardo e il trio si fece largo tra la folla. I due uomini si diressero verso il bancone e lei venne verso di me. Mi cinse la vita con le braccia e mi strinse.

«Sai che sei sulla bocca di tutti». Mi ridacchiò nell'orecchio. «Ho sentito che tu e l'Uomo illustrato siete andati sull'isola ieri».

Risi. «Be', non ci è voluto molto tempo».

«Vuoi scherzare? LuAnn vi ha visti andare in auto verso il molo dei traghetti con borse e teli da mare. Tanto valeva sparare un bengala».

Fece un cenno ai due uomini, che ci raggiunsero.

«Nick, questa è Brynn Wilder». Kate gli strinse il braccio. «Brynn, questo è mio marito Nick». Alzò lo sguardo su di lui. «È ancora strano dirlo».

«Abituati, tesoro», disse Nick. «Lo ripeterai per il resto della vita».

Mi tese la mano. «Benvenuta a Wharton. Gli amici di Kate sono amici miei, come si suol dire. Mi ha parlato molto di te».

«Grazie! Anch'io ho sentito parlare molto parlare di te, perciò finalmente è bello conoscerti».

Il terzo membro del trio fece capolino dietro Nick.

Spalancai gli occhi. «Oh!», esclamai, riconoscendolo. «Tu sei Simon!»

Spinse via Nick. «Mi chiedevo se ti ricordassi di me». Mi baciò sulle guance. «È passata una vita dal primo matrimonio di Kate. È stata l'ultima volta che ci siamo visti, credo. Non sei cambiata di una virgola e, devo dire, ti invidio molto. A meno che tu non voglia condividere il segreto dell'eterna giovinezza. Allora smetterò di avercela con te».

Risi. *Quante risate mi sto facendo a Wharton*, pensai. «Sei sempre la benvenuta a Harrison's House», disse Simon mentre LuAnn si avvicinava furtivamente e gli dava un pizzicotto sul braccio. «Se vuoi sfuggire alle sue grinfie, ho una camera per te», aggiunse lui con sussurro teatrale.

«Il furto di ospiti paganti non è visto di buon occhio in alcuni ambienti», sibilò LuAnn.

E la serata ebbe inizio. Parlammo dei pettegolezzi, della pioggia incessante di quel giorno e della sposa isterica con cui Simon e Kate avevano a che fare in quel periodo.

«La madre è ancora peggio», confidò Simon. «Le madri sono sempre peggio».

Nick non partecipò molto alla conversazione, ma ebbi l'impressione che fosse normale per lui. Ascoltare molto, parlare poco.

Tenevo d'occhio la porta del nostro regno al piano superiore, ma di Dominic neanche l'ombra. Chissà dov'era. Di lì a poco, però, comparvero Jason e Gil con Alice. Vidi che i suoi occhi saettavano qua e là, scrutando la sala affollata. In preda al panico, strinse più forte il braccio di Jason.

«Era ora!», urlò Simon mentre si dirigevano verso di noi. Andò dritto verso l'anziana e le prese le mani.

«Tu devi essere Alice. Sono molto contento che resti con noi a Wharton per tutta l'estate. Adoro le perle, cara! Sono intramontabili. Si abbinano perfettamente al tuo look».

Alice fece un sorriso raggiante.

«Questo è il nostro amico Simon», le spiegò Jason. «Lo vedrai spesso».

«Simon», ripeté lei. «Bene. Mi sembra simpatico».

«Ho capito che sei una donna di buon gusto non appena ho posato gli occhi su di te», la lusingò lui. Alice espirò visibilmente.

Chiacchierammo per un po', sgranocchiando gli stuzzichini che LuAnn distribuiva con i vassoi. Poco dopo, però, mi accorsi che lei era sempre più distratta. Simon, Jason e Gil erano intenti a conversare tra loro, mentre Kate e Nick parlavano con altre persone. Soltanto io notai gli occhi inquieti di Alice, le sue dita tremanti, la sua espressione spaventata.

La affiancai e le presi una la mano. «Va tutto bene? Posso aiutarti?»

Mi guardò negli occhi. «Sta per morire», bisbigliò. «Forse non dovrei dirlo, ma è così».

Mi si chiuse lo stomaco. «Chi?»

Mi afferrò il braccio. «Sta succedendo proprio ora».

Cercai di attirare l'attenzione di Jason: evidentemente era ora di riportare Alice al piano di sopra. Ma non ebbi la possibilità di farlo perché, in quel preciso istante, vidi Simon e Nick tirare fuori i cellulari dalle tasche nello stesso momento e portarseli all'orecchio.

Simon era il più vicino, perciò udii chiaramente le sue parole. «Ciao, Jon...» Poi niente. Ascoltò il chiamante in silenzio, con gli occhi che si spalancavano sempre di più. «Oddio», disse a voce bassa. «Arrivo subito».

Nick lo guardò al di sopra della folla. «Forse è meglio che tu rimanga qui con Kate per il momento», disse.

Simon aveva ancora il telefono incollato all'orecchio. «E forse tu sei pazzo».

«Cosa c'è?» Kate spostò gli occhi dall'uno all'altro.

«Andiamo», disse Nick. «Ho l'auto della polizia parcheggiata qui davanti».

«È successo qualcosa in albergo», ci informò brevemente Simon, afferrando la mano di Kate e seguendo Nick fuori dalla sala. Poi scomparvero tutti e tre.

Davanti al LuAnn's sfrecciarono un'automedica e un'autopompa, le cui luci illuminavano l'acciottolato bagnato dalla pioggia. Le urla delle sirene riempirono il locale, facendo calare il silenzio finché non si affievolirono a mano a mano che i veicoli si allontanavano lungo la collina.

«Cosa diavolo...?» LuAnn lasciò la frase a metà. Tutti avremmo voluto conoscere la risposta.

La riunione si sciolse poco dopo, con le persone che, inquiete e preoccupate, tornavano verso la sicurezza delle proprie case o alle loro attività. Ben presto restammo solo io, Jason, Gil e Alice, insieme a LuAnn, a Gary e ai ragazzi della cucina.

«Dov'è Dominic?», chiese Jason.

18

Sentii un nodo allo stomaco. Non sapevo dove fosse Dominic. Avrei dovuto? Aveva importanza?

Una parte di me avrebbe voluto correre lungo le scale e bussare alla sua porta. Che si fosse addormentato? Aveva detto che ci saremmo visti all'happy hour, no? O forse mi sbagliavo? A ben pensarci, non ero sicura. Ma il bacio era stato eloquente, no?

Un'altra parte di me non voleva fare nulla del genere. Volevo forse bussare alla sua porta e non trovare nessuno? Perché avrei dovuto? Il gelo mi pervase quando capii che non volevo saperlo.

Jason si girò per accompagnare Alice al piano di sopra. Stavo per seguirlo, ma Gil mi toccò il braccio.

«Ti va di restare ancora un po'?», chiese con occhi speranzosi, quasi supplichevoli. Non ne avevo nessuna voglia, ma intuii che voleva parlare, o forse ne aveva bisogno.

«Certo». Mi sedetti su uno sgabello là accanto.

«Jase, salgo tra un minuto», gli comunicò Gil.

Rimanemmo in silenzio finché Gary non ci servì i drink e gli ultimi stuzzichini dell'happy hour. Formaggio, cracker, salame e un paio di salsine con un vassoio di verdure, che per me sarebbero stati più che sufficienti anche come cena.

«Immagino che per un po' di tempo non sapremo cos'è successo a Harrison's House», dissi. «Se mai lo scopriremo».

«Simon me lo dirà quando potrà», disse Gil. «La mia ipotesi è che qualcuno abbia avuto un infarto o qualcosa del genere».

Nonostante il nodo allo stomaco, mi sembrava ragionevole. Volevo cambiare argomento.

«Come va con Alice?» Mi infilai in bocca un pezzettino di formaggio.

Alzò le spalle. «È questo che si fa per la famiglia, no?» I suoi occhi tradivano la tristezza che voleva dissimulare. «È difficile. Non voglio negarlo».

Gli coprii la mano con la mia. «Lo so».

«Non sa chi sono e cosa ci faccio. Jason non glielo dice. Capisco il perché, ma a volte mi sento il terzo incomodo». Bevve un altro lungo sorso. Gary si avvicinò per riempirgli il bicchiere e si allontanò rapidamente, sempre con discrezione. «Il terzo incomodo con mio marito», aggiunse Gil.

«Stavo per dire di nuovo "lo so", ma non è così. Quello in cui stai vivendo è un territorio totalmente inesplorato».

Poi arrivarono le lacrime. Non riuscì a trattenerle. «Jason è stato l'amore della sua vita», singhiozzò. «Ma è anche il mio».

Stavo per piangere a mia volta. Mi passarono per la testa mille pensieri contemporaneamente. Speravo di riuscire a condensarli in qualcosa di sensato.

«Stai permettendo ad Alice di trascorrere i suoi ultimi anni, quando ancora le rimane qualcosa di sé, con il suo grande amore. In un certo senso, ti fai da parte – pur essendo ancora molto presente –, ma le dai la possibilità di vivere il suo sogno alla fine della sua vita».

Gil sbuffò, portandosi un tovagliolino al viso.

«Stai anche permettendo a Jason di trovare un po' di… Non so bene come definirlo. Conforto? Sollievo? Mi ha confidato che si sente molto in colpa per aver lasciato Alice».

«Le ha spezzato il cuore per seguire la propria felicità nella vita. Per altre persone, questo potrebbe non essere un problema. Ma per Jason… è una persona molto gentile e corretta. Un essere umano sinceramente buono. Sente il peso della sua decisione. Hai ragione».

«È bellissimo quello che stai facendo per Alice», continuai. «E per lui. Non ho mai visto un atto d'amore più altruista».

Sospirò e incrociò il mio sguardo. «Non c'era altra scelta. La mia educazione… è così che ci si comporta. Ti prendi cura dei tuoi cari. Devi loro onore e rispetto».

«Non significa che sia facile».

«Certo, è difficile per me. Ma amo Jason più di quanto abbia mai amato qualcuno. È la cosa giusta da fare. Per lui. Per Alice. Per le loro figlie e nipoti. E, in definitiva, per me».

Gli misi la mano sulla spalla e lui appoggiò la testa contro la mia.

«Se mai avessi bisogno di sfogarmi, posso venire a parlare con te?», domandò.

«Certo. Vivo qui, dunque, per come la vedo io, ci siamo dentro insieme».

Mi prese la mano e nascose il viso nella mia manica.

«Anche Dominic», continuai. Quando pronunciai il suo nome, il mio stomaco cominciò a fare le capriole. «Ha molta esperienza con i malati di Alzheimer. Oggi è stato bravissimo con lei».

«Ve ne siamo molto grati. Jason ha trovato una badante».

«Mi ha detto che ad Alice non piace».

«Sì. Non vogliamo esserti di peso, ma Alice si sente al sicuro con te. Saresti disposta a stare con lei, una volta ogni tanto, così possiamo allontanarci?»

«Certo. Posso chiederti una cosa?»

«Qualsiasi cosa».

«Ti sembrerà strano». Feci una smorfia.

«Non c'è niente che possa sembrare strano a un uomo che vive con il marito e l'ex moglie del marito, convinta che loro due siano ancora sposati». Rise mentre si asciugava le lacrime.

«Okay. Sai… Jason ti ha detto se Alice ha mai avuto… capacità medianiche?»

Mi guardò per un lungo momento. «Oddio. Anche tu?»

Espirai con evidente sollievo. «Sì! Mi ha detto alcune cose davvero strane», confessai di getto. «È come se sapesse cose private che non dovrebbe sapere».

«Ti capisco. È capitato anche a noi. Ma non è tutto qui».

Trattenni il respiro.

«È come se invadesse i miei sogni», sussurrò. «Sembra assurdo se lo dico ad alta voce».

«No, non lo è». Lo fissai.

L'aria si addensò tra noi.

«L'hai sognata anche tu?», bisbigliò Gil.

«Ma è come se…» Mi interruppi. Non sapevo bene come esprimere ciò che stavo cercando di dire.

Gil finì la frase al mio posto. «È come se nei sogni non avesse l'Alzheimer. È perfettamente lucida. Completamente se stessa».

«Quasi come se avesse il controllo della situazione. Come se fosse lei a gestire le cose».

Espirò forte. «Sono contento di averti chiesto di restare a parlare. Pensavo di essere l'unico».

«Anch'io! Cominciavo a credere di essere impazzita».

Rise. «A chi lo dici».

«Ne hai parlato con Jason?»

Bevve un sorso di vino. «Mi zittisce ogni volta che tiro fuori l'argomento. Non vuole ammetterlo, anche se è presente quando Alice inizia a parlare di qualcosa che ci è successo e che lei non poteva sapere. È come se volesse negare la realtà. Si è arrabbiato quando gli ho chiesto se Alice avesse doti medianiche. Anche solo una specie di... non so... intuito femminile. Sembra antiquato e stereotipato, vero? Ma sto provando a trovare una spiegazione».

«Anche Jason la sogna?»

«Non ne ho idea. Se così fosse, non me ne ha mai parlato. E l'altro giorno mi ha messo a tacere quando ho accennato ai miei sogni».

Mi girai verso di lui. «Da cosa credi che dipenda?»

«È come...»

«Cosa?»

«Ok», sospirò. «Lo dico e basta. Ho la sensazione che per Alice, in questo momento, il velo tra questo mondo e l'altro sia molto sottile». Abbassò lo sguardo sul vino. «È come se fosse a brandelli e lei riuscisse a vedere attraverso i buchi».

Mi venne la pelle d'oca.

«Dominic pensa più o meno la stessa cosa», ripresi. «Ritiene che, quando Alice è un po'... Non so. Delirante? Quando dice cose come dover andare a prendere le figlie a scuola, Dominic crede che non stia affatto delirando. Che, in qualche modo, lei sia davvero lì. Che non stia solo ricordando un momento nel tempo, ma che stia vivendo davvero quel momento, nel passato, e anche il momento con noi, nel presente. È come se il tempo come lo conosciamo fosse diverso per lei».

Riflettei sulle parole successive. «Hai notato che certe volte sembra che stia fantasticando, che non sia davvero… presente?»

Fece sì con la testa. «È una cosa comune tra i malati di Alzheimer, credo».

«È quasi come se si immergesse in… qualcosa. Da qualche altra parte. Forse è lì che va, nel passato».

Si lasciò sfuggire una risata strozzata. «Ti rendi conto di quanto sembri assurdo? Eppure eccoci qui a parlare seriamente del fatto che Alice torni davvero a essere la giovane moglie che prepara i biscotti per farli trovare pronti alle bambine quando tornano da scuola».

«È quello che pensa Dominic».

«Non sto dicendo che si sbaglia. Chissà cosa succede davvero quando ci avviciniamo alla fine. Che tipo di porte si aprono».

Ci fissammo per un lungo momento.

«Per quanto ne sappiamo, Alice potrebbe vivere altri venticinque o trent'anni», disse Gil. «Spero di no. E non solo per me. So che è una cosa terribile da dire. Non voglio essere sgradevole, ma…» Corrugò la fronte.

«Ti capisco».

«Il suo corpo è forte. Il suo cuore è forte. Fisicamente non ha nulla che non vada, a parte il cervello. Ma la malattia è là fuori. La sta aspettando. Quando Alice non riconoscerà più la sua famiglia, non riesco a immaginare quanto soffriranno Jason e le ragazze. E i nipoti. E anche lei, nel profondo del guscio vuoto che sta per diventare».

«Non vorrei mai trovarmi in quella situazione. Essere un peso per la mia famiglia». Scoppiai in una risata dura. «Se ne avessi una».

«Oh, tesoro», disse Gil. «La avrai, se la vorrai. Non parlare così».

Mi strinsi nelle spalle.

Gil si alzò. «È meglio che torni di sopra», sospirò.

«Tieni duro. Ricordati che se vuoi parlare, sono in fondo al corridoio».

Mi diede una rapida stretta alle spalle e si avviò verso l'uscita.

Controllai l'orologio. Sembrava tardi, considerando tutti gli eventi di quel giorno, ma in realtà erano passate da poco le quattro. Avevo tutto il tempo per sbrigare la commissione che morivo dalla voglia di fare.

19

Dopo essermi precipitata al piano di sopra per prendere la borsetta, mi incamminai lungo la strada. Aveva smesso di piovere, ma l'acciottolato luccicava ancora, e nell'aria aleggiava un fresco profumo di fiori, di lago e di pioggia. Il sole faceva capolino tra le nuvole grigie, che lasciavano filtrare qualche raggio. Spinsi la porta della libreria e fui accolta dal tintinnio ormai familiare del campanello. Beth si affacciò dal retro.

«Ciao!», disse. «Ti è piaciuto *L'uomo illustrato*?»

Ci impiegai un attimo per capire che non stava parlando di Dominic.

«Moltissimo!», risposi. «L'ho letto tutto d'un fiato. Nella vasca da bagno, per la precisione».

Rise. «Anche tu sei una lettrice da vasca!»

«Sì. Mi è piaciuto talmente tanto che forse quest'anno lo aggiungerò al programma».

In realtà, l'idea mi era venuta soltanto in quel momento, ma il solo pensiero mi entusiasmò. Non vedevo l'ora di sentire le opinioni dei miei studenti su quei racconti. D'un tratto mi resi conto che avevo una ragione per essere contenta di tornare al lavoro.

Sospirai. «Sai, questa è la prima volta dopo molto tempo che aspetto con ansia l'inizio dei corsi. Non riuscivo a essere felice alla prospettiva di tornare al campus e dubitavo seriamente di essere all'altezza. E ora eccomi qui, impaziente di parlare de *L'Uomo illustrato* ai miei studenti».

«Il potere dei libri», disse Beth.

«Il potere di una libraia», replicai.

«Mi stavo versando una tazza di tè. Ne gradisci una anche tu?»

Annuii e lei sparì nel retro, per poi ricomparire con due tazze fumanti. Bevvi un sorso di liquido saporito e speziato.

«Curcuma e zenzero», spiegò. «Un toccasana per i piccoli acciacchi».

Mi appoggiai al bancone. «Hai saputo cos'è successo a Harrison's House?»

Fece no con la testa. «Sono sicura che la notizia si spargerà presto in città – niente rimane segreto a lungo qui a Wharton –, ma per ora, no».

«Neanch'io. Stavo pensando di chiamare Kate più tardi, ma non voglio fare l'impicciona. Spero che lassù vada tutto bene».

«Anch'io. Ma non è questo il motivo per cui sei venuta». Alzò le sopracciglia. «Stai cercando una nuova lettura interessante? Se è così, ho qualche consiglio da darti. Quest'estate mi sto dedicando alla narrativa di genere».

«I gialli avvincenti sono sempre i miei preferiti, ma in realtà sono venuta a cercare dei libri sull'Alzheimer».

Mi guardò con espressione confusa, ma poi capì. «Oh, Alice».

«Passerò del tempo con lei quest'estate. È molto nervosa e timorosa con la maggior parte delle persone, ma per qualche ragione si sente al sicuro con me. Oggi Gil e Jason volevano passare un po' di tempo fuori e mi hanno chiesto di stare con lei».

«Ed è andata bene?»

«Più che bene. È adorabile. Non è affatto un problema stare con lei. Ho detto loro che sarei stata felice di rifarlo. Avranno bisogno di una pausa di tanto in tanto».

Incrociò le braccia, appoggiandosi allo scaffale. «Sembri una persona davvero gentile, ma fa' attenzione a non lasciarti coinvolgere troppo da quello che, dopotutto, è un problema di Jason e Gil. Alice è una responsabilità loro, non tua».

«Lo so». Riflettei sul fatto che avevo appena finito di assistere una persona malata e in qualche modo mi ero buttata a capofitto in un'altra situazione analoga.

«Dunque, vuoi documentarti sull'Alzheimer per sapere cosa aspettarti?»

«Non solo. È...» Feci un respiro. «Hai qualche libro che spieghi il legame tra l'Alzheimer e le capacità medianiche? Ho fatto una rapida ricerca online, ma non ho trovato nulla».

Parve stupita. «Ti dispiace spiegarti meglio?»

«Lo so, sembra strano, ma io e Gil abbiamo avuto delle strane esperienze con Alice», cominciai, non sapendo come continuare. «Speravo solo che ci fosse una spiegazione plausibile».

Andò al computer, inforcando gli occhiali. «Non me ne viene in mente nessuno, così su due piedi, ma fammi controllare». Picchiettò sui tasti, cercando nell'inventario. Mi guardò da sopra il bordo delle lenti. «Non salta fuori niente».

«Valeva la pena tentare» dissi, rassegnata.

Ringraziandola, aprii la porta e uscii. Sospettavo che la ricerca non avrebbe dato grandi frutti, anche se speravo segretamente di trovare qualche studio accademico su casi come quello di Alice.

Mi dissi che avrei fatto una ricerca più accurata in rete, ma qualcosa dentro di me mi suggerì che non c'erano spiegazioni razionali e attendibili per i misteri che aleggiavano nei corridoi del LuAnn's. Non era nemmeno la prima volta, ricordai, che là dentro accadevano episodi strani.

Quando rientrai, trovai Gary che, in cortile, accendeva un fuoco sotto un enorme calderone di ghisa. Intorno c'erano diversi tavoli da picnic e sdraio assortite. Un fusto di birra era infilato nel ghiaccio, insieme a bicchieri e bottiglie di vino.

«Ciao!», urlò.

«Cos'è tutto questo?», domandai.

«*Fish boil.* Lo facciamo ogni venerdì. Quello di questa sera è il primo della stagione».

Feci una smorfia, strappandogli una risata. «Dai, non è così male», tossì.

«Cosa diavolo è un *fish boil*?» Lanciai un'occhiata torva al calderone.

«È una tradizione del lago. Vieni in cucina con me, e ti racconto tutto. Siamo al completo per la cena e oggi Gus e Aaron sono entrambi fuori, perciò un aiuto mi farebbe comodo. LuAnn ha promesso di darmi una mano ma, in realtà, l'ultima cosa di cui abbiamo bisogno è quella donna in cucina».

Non capendo esattamente a cosa si riferisse, lo seguii oltre la porta del retro.

Gary mi stava lanciando un grembiule quando udimmo una voce che lo chiamava dal ristorante. Dominic.

«Ciao, amico, sai...», cominciò quando Gary spuntò dalla porta oscillante che separava la cucina dal retro del bar. «Oh! Mi chiedevo solo se avessi visto Brynn».

«È qui con me». Gary si pulì le mani sul grembiule. «Entra pure. Renditi utile».

Dominic obbedì e lo seguì in cucina, dove mi stavo allacciando un candido grembiule. Gary ne prese un altro da una pila di biancheria e glielo gettò.

«Dobbiamo lavare i piatti?», chiese Dominic. «Pago il conto, promesso».

«Molto divertente, furbacchione», sbuffò Gary. «Abbiamo il tutto esaurito per il fish boil e Gus si è dato malato. Sbronzo sarebbe la parola più adatta».

Con un coltello in mano, sorrisi a Dominic. I suoi occhi scintillarono.

«Dimmi cosa devo fare», lo esortò.

«Ho preparato l'insalata di cavolo prima dell'happy hour, perciò è pronta. Io mi occupo del pesce». Gary indicò una gigantesca ciotola di patate rosse. «Voi due pensate a quelle».

«Dobbiamo tagliarle a metà?», chiese Dominic. «O a fette?»

Gary inorridì. «No, no, no, no. Tagliate solo la parte superiore. Solo un pezzettino!» Mi tolse il coltello di mano e rimosse la sommità di una patata. «Così». La lanciò in una ciotola.

«Ho capito», dissi. «Ma perché solo la parte superiore?»

Mi guardò stringendo le palpebre. «Non hai mai sentito nominare il fish boil, vero?»

Io e Dominic ci scambiammo un'occhiata. Entrambi scuotemmo la testa.

Mentre affettavamo le patate, Gary ci raccontò la storia della pietanza.

«È iniziato tutto quando questo posto era nuovo», cominciò. «Abbiamo una piccola diatriba in corso con la contea di Door, sul lago Michigan, per stabilire quale area gli abbia dato i natali. La nostra, ovviamente».

Sbuffò e proseguì. «È nato come un modo facile, veloce ed economico per sfamare le moltitudini, come i taglialegna e i pescatori che lavoravano su queste coste. Ora le persone lo considerano una prelibatezza regionale, il che è piuttosto divertente. Si è trasformato in una specie di evento nei resort di questa zona del lago e anche nel Michigan».

«Di che tipo di pesce stiamo parlando?», domandò Dominic.

«Coregone... Coregone del lago Superiore, pescato oggi e consegnato mezz'ora fa. Lo facciamo bollire in una pentola con patate e pannocchie. Serviamo il tutto con insalata di cavolo e pane. Et voilà, il fish boil! Qui lo facciamo ogni venerdì durante l'alta stagione. La durata della bollitura è un'arte, che ho perfezionato personalmente, se posso dirlo».

LuAnn comparve in cucina. «Si sta vantando di nuovo di essere il maestro del fish boil?»

Io e Dominic ridemmo. «Sembra ne abbia i diritti», disse lui.

«Non voglio sembrare irrispettosa nei confronti della tradizione o cose del genere», intervenni, «ma sembra un po'... beh, *disgustoso* è una brutta parola...»

LuAnn scoppiò a ridere. «Ora sì che l'hai fatta grossa». Si asciugò gli occhi.

«Disgustoso?», ripeté Gary. «Oh, mia cara ragazza. Mia cara ragazza fuori di testa».

«Ma si fa bollire tutto insieme? Così non sa tutto di pesce?»

«Aha!» Gary mi indicò. «È questa la magia del fish boil. No, per tua informazione, non sa tutto di pesce. E quando saremo pronti, capirai il perché».

LuAnn tornò fuori a controllare la folla che si stava radunando, mentre io e Dominic finivamo di preparare le patate e di sgranare qualche decina di pannocchie, tagliandole ciascuna a metà come ordinato dal nostro caposquadra. Gary frugò in un armadietto e recuperò un vecchio ed enorme cestello d'argento a forma di calderone.

«Okay», disse. «Inizia lo spettacolo!»

Porse il cestello a Dominic e prese la gigantesca ciotola di patate, infilandosi una scatola di sale sotto il braccio mentre LuAnn ricompariva in cucina.

«Le persone cominciano ad arrivare», annunciò. «Come andiamo?»

«Benissimo», rispose Gary. «Hai preso le ordinazioni delle bevande?»

«Certo».

«Ottimo. Riesci a sciogliere il burro senza incendiare il locale?»

«Ne dubito». LuAnn tirò fuori un tegame dal mobiletto. «Ma ho l'assicurazione, perciò siamo a posto».

Io e Dominic seguimmo Gary fuori dal retro e vedemmo che i tavoli si erano riempiti.

«Ciao, gente», urlò Gary. «Diamo inizio alla festa!»

Ordinò a Dominic di mettere il cestello nel calderone d'acqua bollente e vi versò le patate, salando generosamente l'acqua.

«Il motivo per cui tagliamo solo la parte superiore delle patate», mi spiegò Gary, a voce abbastanza alta per farsi sentire dalla folla, «è per fare in modo che il sale entri e insaporisca l'interno. La patata si cuoce bene e diventa cremosa dentro la buccia».

Non faceva una grinza.

«Procediamo per gradi. Quando le patate sono a metà cottura, aggiungiamo il mais» continuò, rivolgendosi a tutti. Era uno spettacolo teatrale e lui si godeva ogni minuto al centro della scena. «Quando il mais è a metà cottura, aggiungiamo il pesce. Quando è cotto anche quello, passiamo al *boil over*».

«Cos'è?», chiese Dominic.

«L'attrazione principale!» Gary fece un gran sorriso. «È quello che tutti aspettano, amico. Vedrai».

Mentre le patate si lessavano, aiutammo Gary a preparare piatti, stoviglie e tovaglioli. LuAnn uscì dalla cucina con larghi vassoi e utensili da portata. Su indicazione di Gary, Dominic gettò il mais nel calderone. Io aiutai LuAnn a portare fuori grandi insalatiere, una per ciascun tavolo, piatti di fettine di limone, il burro fuso e cestini di pane.

Mi concessi un momento per apprezzare la scena che mi circondava. Avevo sempre amato invitare grandi gruppi di amici, ma negli ultimi anni l'avevo fatto raramente, smettendo del tutto dopo l'aggravarsi della malattia di mia madre. Ora eccomi là, con quel gruppo di relativi sconosciuti – Gary, LuAnn e Dominic –, che in qualche modo iniziavano già a sembrare una famiglia, a servire quel banchetto per la folla. La gratitudine mi pervase.

«Pesce!», urlò Gary e, di lì a un minuto, Dominic sbucò dalla porta del retro con un piatto di coregoni.

«Buttali dentro!» ordinò Gary, e Dominic fece scivolare i pesci nel calderone ribollente e spumeggiante, che fumò e sfrigolò.

«Okay», disse Gary ai clienti. «Qui abbiamo dei novellini del fish boil». Inclinò la testa nella nostra direzione. «C'è qualcun altro che non l'ha mai assaggiato?»

Si alzarono un paio di mani. Lui descrisse le origini della pietanza, poi domandò: «Chi sa dirmi perché saliamo l'acqua?»

«Per insaporire?», ipotizzò qualcuno.

«Sì, ma c'è dell'altro, ed è importante», disse Gary. «Qualcuno lo sa?»

«Il sale fa sì che l'olio di pesce salga in superficie», rispose una donna anziana con voce sottile. Immaginai che avesse assistito a diversi fish boil in vita sua.

«Esatto!», disse Gary. «È un principio della chimica, ragazzi. Il sale aumenta la gravità dell'acqua, qualunque cosa significhi. Ma l'effetto è spingere l'olio di pesce verso l'alto. Vedete quella schiuma in superficie? Avvicinatevi, se volete dare un'occhiata».

Diverse persone, me compresa, avanzarono cautamente verso il calderone. In effetti, vidi la schiuma gorgogliare sulla superficie dell'acqua.

«Quello è l'olio di pesce. Non lo vogliamo, perciò procediamo al *boil over*. Ecco perché gli altri ingredienti non sanno di pesce. Niente olio di pesce». Mi rivolse un'occhiata penetrante.

«È arrivato il momento dell'attrazione principale, gente!», continuò Gary. Alcuni bambini applaudirono mentre lui si guardava intorno. «Dov'è la tanica di cherosene?»

Io e Dominic ci guardammo, preoccupati. «Cherosene?», ripeté lui.

«Questa è la parte più spettacolare e voglio che stiate tutti indietro». Gary scrutò i clienti. «Lo vedrete tutti, ma nessuno si avvicini troppo. Capito?»

«Capito!», esclamò qualcuno.

«Vale anche per voi», ci ammonì Gary brandendo la tanica.

«Non vorrai davvero gettare il cherosene sul fuoco?» Con quelle parole, Dominic suscitò l'ilarità dei presenti.

«Novellino» disse Gary, provocando altre risate. «State tutti indietro!»

Spruzzò cautamente un po' di cherosene sui ceppi. Un'alta colonna di fiamme arancioni inghiottì il calderone, facendo traboccare la schiuma sui lati e alimentando ulteriormente il fuoco.

Feci un salto indietro, aggrappandomi al saldo braccio di Dominic.

In un lampo, era tutto finito e le fiamme si spensero.

Buttai fuori l'aria che non mi ero nemmeno accorta di trattenere. L'espressione di orrore sul volto di Dominic mi fece ridere.

«Qui sul lago Superiore non si scherza», osservò, sgranando gli occhi. «Questa sì che è roba seria».

«Forza, omone», lo esortò Gary. «Aiutami a tirare fuori il cestello dall'acqua».

«Ora? Sei sicuro che quel coso non stia per vomitare di nuovo le fiamme dell'inferno?»

Gary ridacchiò, come molte altre persone, e infilò una lunga asta sotto il manico del cestello. «Ecco. Tu prendi l'altra estremità».

Insieme, tolsero il cestello dal calderone, fermandosi un attimo per far defluire l'acqua in eccesso prima di trasferirlo sul tavolo del buffet. Si diedero da fare per distribuire sui piatti con cura le patate, il mais e il pesce. Si stava già formando la fila.

«Servitevi, gente!», urlò Gary mentre riempiva due piatti, uno per Dominic e uno per me. «Grazie per l'aiuto, ragazzi. Ricordatevi di prendere anche l'insalata».

I tavoli erano tutti occupati, così ci accomodammo su due sdraio sotto la grande quercia del giardino. LuAnn si avvicinò e ci posò i drink sui braccioli. Mi diede un bacio sulla fronte e si chinò per fare lo stesso con Dominic.

«Siete i migliori. Grazie per l'aiuto».

«Figurati», replicai. «È stato divertente».

«Sono d'accordo», disse Dominic.

«Siete i benvenuti, se volete darci di nuovo una mano».

Poi LuAnn cominciò a muoversi tra la folla, prendendo le ordinazioni e assicurandosi che tutti avessero il necessario.

Diedi il primo morso al coregone. Con mio grande stupore, era tenero e delicato e non sapeva di pesce.

«È squisito. Credevo che sarebbe stato molliccio o gelatinoso o, in ogni caso, schifoso perché è bollito».

«Lo so!», concordò Dominic. «Hai assaggiato le patate? Non sanno minimamente di pesce».

In quel momento, alzai gli occhi verso il primo piano e vidi le tende muoversi in una delle camere. Qualcuno ci stava osservando. Feci un rapido riepilogo mentale. La mia stanza era all'altra estremità dell'edificio. Quella di Dominic e quelle degli ospiti di passaggio si affacciavano sull'altro lato. La suite di Jason e Gil era in fondo, con la terrazza e le finestre che davano sulla strada. Rimaneva solo la numero 5.

20

Ci offrimmo di aiutare LuAnn e Gary a pulire, ma non vollero saperne.

«È per questo che usiamo piatti e posate compostabili per il fish boil», disse Gary. «Il resto lo laviamo in un lampo. Basta mettere nella lavastoviglie i vassoi, le ciotole e gli utensili da portata, e il gioco è fatto. Ci vuole un attimo».

Contento che non avessero bisogno di noi, Dominic si alzò e mi tese la mano. La afferrai e mi tirò su. «Ti va di fare una passeggiata?», propose.

Così, di lì a poco ci ritrovammo a passeggiare per le vie di Wharton. Con il passare delle ore, le file al molo si assottigliavano e le partenze dei traghetti erano meno frequenti. Ripensando alla nostra magica giornata laggiù, ebbi la sensazione che andare sull'isola non fosse una semplice gita. Sentivo ancora le braccia e le gambe di Dominic intrecciate alle mie mentre galleggiavamo nell'acqua.

Come se Dominic mi avesse letto nel pensiero, mi prese sotto braccio. Camminammo per un po' in un piacevole silenzio, osservando i negozianti che chiudevano le porte, giravano i cartelli da APERTO a CHIUSO e abbassavano le saracinesche mentre i ristoranti si animavano.

Accarezzai l'idea di dirgli che avevo visto le tende ondeggiare nella numero 5 e di parlargli dell'apparizione nello specchio del bagno, ma alla fine decisi di non toccare l'argomento. Avevo la sensazione che gli episodi strani si stessero accumulando, inghiottendomi da quando ero arrivata. Prima i colpi nella doccia, poi gli avvertimenti di Gary sulla presenza di fantasmi, il sogno – o qualunque cosa fosse – con la signora della numero 5 e l'aura ultraterrena che circondava Alice. E ora questo. Era già troppo. Volevo parlare di qualcosa di reale.

«Oggi ho iniziato a pensare di tornare al lavoro», dissi alla fine.

«Davvero? Hai detto che in un certo senso temevi il rientro».

«Sì», ammisi. «Non sapevo se sarei tornata davvero. Ma oggi è stato il primo giorno dopo molto tempo che l'idea mi ha riempito di entusiasmo».

Mi guardò. «È fantastico. Mi fa molto piacere».

Intuii il messaggio implicito del suo commento. Si trattava di un progresso. Io che vedevo la luce in fondo al tunnel del dolore. La vita era là fuori. Dove eravamo noi. Non ricordavo l'ultima volta che avevo pensato a qualcosa di diverso dal tirare sera, ma quella giornata, anzi le ultime giornate, erano state piene di gioia, mistero, speranza e anche divertimento.

Ci ritrovammo sul lungolago e ci sedemmo su una panchina. Il lago scintillava di vita. Feci un respiro profondo e mi godetti il paesaggio.

«Oggi ti ho cercato all'happy hour». Ricordai i commenti di Alice. Sembrava già passata un'eternità.

«Lo so. Sono sceso un po' tardi, quando se n'erano già andati tutti. Gary mi ha detto che la festa si è interrotta perché è successo qualcosa a Harrison's House».

«La mia amica Kate è venuta con suo marito, il capo della polizia, e con suo cugino Simon, il proprietario dell'albergo. Entrambi hanno ricevuto una telefonata nello stesso momento in cui le sirene hanno cominciato a urlare sulla strada. Un'autopompa e un'automedica, credo. Perciò, sì, è successo qualcosa».

«Non può essere nulla di buono. Non hai più saputo niente?»

«No. Sono andata in libreria dopo, ma Beth ha detto che non c'erano ancora notizie».

«Strano per questa città. Le notizie corrono veloci».

«Me ne sono accorta».

Mi guardò. «Possiamo sempre salire fin lassù. A Harrison's House, intendo. Ho sentito che hanno un bar. Potremmo andarci per un drink innocente».

«Sei terribile. Ma non voglio intromettermi. E se qualcuno avesse avuto un'emergenza? Insomma, ovviamente c'è stata un'emergenza, ma non sappiamo di che tipo».

«Sei l'unica persona a Wharton che vuole farsi gli affari suoi».

Sapevo che era una battuta, ma il suo tono mi fece rabbrividire. Si sbagliava. Ero molto curiosa riguardo alla natura dell'emergenza a Harrison's House e al motivo del suo ritardo.

Lanciando un'occhiata al cielo, vidi addensarsi delle nuvole grigie.

«Sembra che stia per piovere di nuovo», osservai. «Qui il tempo cambia rapidamente. Si dice che il lago crei sistemi meteorologici tutti suoi. Non ho idea di come funzioni».

«Se è così, il lago Superiore ci sta dicendo di tornare al LuAnn's e di smettere di pensare a infastidire i proprietari di Harrison' House». Si alzò. «Come l'hai chiamato? Gitche Gumee?»

«Lungi da noi disobbedire al lago». Lo imitai.

Mentre tornavamo a casa, cominciarono a cadere delicate gocce sporadiche e riflettei come quell'uomo si guadagnasse da vivere aiutando le persone in fase di transizione. Non ci conoscevamo da molto tempo, ma era una presenza affidabile, sempre pronto a spronarmi con qualche parola di incoraggiamento mentre mi avventuravo in quel mondo nuovo.

Mi aveva detto che non ero una cliente – grazie al cielo –, ma mi domandai se non fosse stanco di lavorare durante le ore libere. Conoscevo medici che odiavano andare ai cocktail party perché gli invitati li tormentavano con le descrizioni dei loro disturbi. Si sentiva così anche lui? Mi ripromisi di tenere per me i pensieri sulla mia «transizione» e di concentrarmi sul presente e sul futuro quando parlavamo della mia vita.

Più ci avvicinavamo al LuAnn's, e più mi dispiaceva che quella serata insieme stesse per finire. Ma poi Dominic mi colse di sorpresa.

«Cosa ne dici di guardare un film?»

«Molto volentieri».

Il ristorante era chiuso, così il mio amico usò la sua chiave per aprire la porta principale. La sala da pranzo era buia, pulita e ordinata. Non c'era traccia di LuAnn o Gary. Regnava il silenzio. Una scarica di elettricità percorse il mio corpo mentre Dominic mi conduceva attraverso il locale deserto e lungo le scale.

Quando raggiungemmo la sua porta, la aprì, ma poi si girò verso di me.

«Vado a togliermi i vestiti puzzolenti di pesce». Sorrise timidamente.

«Buona idea. Mi cambio anch'io e ci vediamo qui tra cinque minuti». Così avrei avuto il tempo di rinfrescarmi e lavarmi i denti. Perfetto. In camera mia, frugai nel comò, esaminando i vestiti e gettandoli da parte. Cosa scegliere? Il pigiama mi sembrava… eccessivo. Alla fine scelsi leggings neri e una morbida maglietta rosa, e mi diressi in bagno.

Mi spogliai e con l'acqua calda del lavabo e un panno lavai via rapidamente lo sporco delle giornata dalla pelle. Mi sciacquai e idratai il viso, poi passai ai denti e ai capelli. Mi infilai leggings e T-shirt e studiai il mio riflesso nello specchio. Mi sarei dovuta accontentare. Con le pantofole ai piedi, tornai dall'altra parte del corridoio.

Bussai piano e Dominic aprì, invitandomi a entrare. Indossava una maglietta bianca e i pantaloni di una tuta grigia.

Non avevo mai visto la sua camera, ma non avrei dovuto stupirmi che fosse completamente diversa dalle altre. Era dominata da pesanti mobili maschili. Il letto era un enorme baldacchino in legno di ciliegio, coperto da un piumino color melanzana e da cuscini melanzana, verdi e bianchi allineati lungo la testata. Il comò aveva un ripiano di marmo viola carico e un antico specchio rotondo, consumato, deformato e rovinato dagli anni. Nell'angolo accanto alla finestra c'erano una poltrona e un pouf dalle linee austere.

Pannelli di legno scuro rivestivano le pareti, adornate da dipinti di vascelli. Una vecchia mappa nautica del lago Superiore era appesa all'interno di una cornice grossolana che pareva fatta di legno invecchiato. Un televisore a schermo piatto era posizionato sopra un camino a gas, che Dominic accese subito. Il fuoco prese vita, illuminando la stanza con una luce soffusa e tremolante. Fuori rimbombò un tuono.

D'un tratto mi ritrovai a cercare qualcosa da dire. *Nel dubbio, parlai del tempo.* «Oggi non vuole proprio smettere di piovere». Sbirciai fuori dalla finestra.

«Adoro i temporali».

Non avevo idea di cosa fare. Rimasi accanto alla finestra, non sapendo dove mettere le mani. Dovevo unirle davanti a me? Abbassarle lungo i fianchi? Era come se avessi dimenticato cosa fare quando si è da sole in una camera con un uomo incredibilmente bello.

Dominic mi salvò dalla spirale dell'angoscia sistemandosi sul letto e appoggiando i cuscini alla testiera. Diede un colpetto al posto accanto a sé. «Non mordo». Fece un sorriso mozzafiato. «Non troppo forte, almeno». Scoppiò in una profonda risata gutturale che mi riscaldò dall'interno.

Scivolai al suo fianco, con il battito così accelerato che ero sicura riuscisse a sentirlo. Passò il braccio sopra i cuscini e mi accoccolai contro di lui, rannicchiandomi. Mi guardò sorridendo.

Restammo così per un momento, fissandoci a vicenda. Dovevamo guardare un film, ma non trovavo le parole per tirare fuori l'argomento. Quando ero così vicina a lui, non trovavo le parole per nessun argomento. Riuscivo solo a guardare la sua bocca, desiderando di sentirla di nuovo sulla mia.

Senza rendermi conto di cosa stavo facendo, sollevai la mano e gli feci scorrere il dito sulle labbra, seguendone il contorno perfetto. Poi lo tirai a me, baciandolo con la stessa intensità con cui lui aveva baciato me. Era stato quel giorno? Il giorno prima? Il tempo sembrava dissolversi in quella casa, soprattutto quando ero con Dominic.

Si staccò, puntellandosi sul gomito e passandomi le dita tra i capelli. «Brynn, Brynn, Brynn. Cosa devo fare con te?»

Mi schiarii la voce. «Avevi accennato a un film, o sbaglio?»

Allungò il braccio verso il telecomando. Scegliemmo una commedia romantica e ci accoccolammo insieme, con il suo braccio intorno alle mie spalle. Mi rannicchiai contro di lui, con la mano sul suo petto.

Verso la metà del film, mi accorsi che non stava più guardando lo schermo, ma me.

«La trama non ti appassiona?» Arrossii.

«C'è qualcosa che mi appassiona», rispose, con la voce di un'ottava più bassa rispetto al solito. Profonda e intensa, sembrava provenire da un luogo diverso dal suo petto. «Ma non è il film».

Scivolammo lungo i cuscini e d'un tratto Dominic era sopra di me, appoggiato su un gomito, con il viso a pochi centimetri dal mio. Con l'altra mano mi accarezzò i capelli, guardandomi negli occhi con un'espressione che non avevo mai visto prima. I suoi ardevano intensamente. Capii come sarebbe andata a finire, e non avrei rinunciato per niente al mondo.

Erano anni che non stavo con un uomo diverso dal mio ultimo compagno, che aveva perso ogni interesse per le attività sotto le lenzuola molto prima che io me ne andassi. Non ricordavo l'ultima volta che avevo fatto quella danza. Ed eccomi là, a pochi centimetri dall'uomo più bello che avessi mai visto, nervosa come se fosse la prima volta. Per certi versi, lo era.

Dominic si tolse la maglietta e io, nonostante avessi già visto i suoi tatuaggi, non potei fare a meno di trasalire. Gli feci scorrere le mani sulle spalle, lungo le braccia e il petto, rapita dalle storie che quelle illustrazioni avrebbero potuto raccontare.

Si chinò a baciarmi il collo, prima delicatamente, poi con veemenza, come se la passione si fosse impossessata di lui. Poi mi baciò le labbra con la stessa forza e urgenza, togliendomi il respiro.

Mi persi nella sua intensità, liberando la mia, che era rimasta sepolta troppo a lungo.

Dopo, ci ritrovammo sdraiati in un groviglio di lenzuola mentre il fuoco crepitava. Non era il momento per fare due chiacchiere sotto le coperte. Eravamo entrambi senza fiato. Dentro di me, mi sentivo fremere nel profondo.

Dominic sonnecchiava, ma io mi smarrii nei disegni sulla sua pelle, illuminati dalle fiamme. Erano elaborati e dettagliati e, lì nella luce tremolante, parevano danzare e ondeggiare insieme al fuoco. Ero ipnotizzata, completamente affascinata, mentre mi stringevo a lui, con gli occhi che gli correvano lungo le braccia, il petto, lo stomaco e viceversa.

Ma poi notai che qualcosa non quadrava. Quando eravamo in spiaggia, sul suo braccio non c'era forse un leone? Ora non riuscivo a trovarlo. Tutte le illustrazioni sembravano strane e nuove. Un nuovo volto qui, un simbolo là. Una casa. Un camino.

Ma doveva dipendere dalla mia immaginazione. L'uomo che avevo davanti era completamente coperto di disegni, ogni centimetro quadrato del busto, delle braccia, della schiena e delle gambe. Sull'isola, avevo cercato di non guardarlo con troppa insistenza – e non volevo fissarlo, ero timida e nervosa –, perciò dovevo essermi persa il tatuaggio della coppia con le membra intrecciate, giusto? La donna era forse una sirena?

Mi cadde lo sguardo su una signora anziana che sorrideva da una sedia a dondolo, con il lavoro a maglia sulle ginocchia. Aveva un'aria gentile, accogliente. Là accanto, due bambini correvano in direzione di un campo di girasoli. All'inizio l'immagine sembrava idilliaca, ma poi scese l'oscurità. I piccoli stavano correndo verso qualcosa o fuggendo da qualcosa?

Non so per quanto tempo fissai le illustrazioni, cercando un significato più profondo. A un certo punto, però, mi si stancarono gli occhi e appoggiai la testa sul petto di Dominic. Stavo esagerando, pensai. Avevo trovato *L'uomo illustrato* molto avvincente e, sapendo che Jason e Gil avevano dato a Dominic quel soprannome, lui e il libro erano diventati l'uno il riflesso dell'altro. Nella mia immaginazione, i confini tra loro erano sempre più sfocati. Sapevo di dover strisciare fuori da quella tana di coniglio. Era solo la mia mente che continuava a creare nessi inesistenti tra i due, a parte il fatto che il corpo di entrambi era ricoperto di bellissime illustrazioni. Non mi aspettavo che i disegni prendessero vita e mi raccontassero una storia come nel libro, ma nemmeno distolsi lo sguardo per molto tempo.

Scacciai quei pensieri sciocchi. Dominic era solo un uomo. Un uomo misterioso, magnifico, appassionato, sorprendente. Un uomo che forse veniva da un ambiente precario, o magari addirittura pericoloso, un uomo che aveva sparato a suo padre all'età di quattro anni. Un uomo che probabilmente era chiuso e guardingo e, sì, anche spaventato per tutto quello che aveva visto e, forse, fatto. Un uomo che aveva scelto di dedicare la vita ad aiutare gli altri a trasformarsi, come lui si era trasformato quando si era lasciato la sua infanzia alle spalle, insieme alla vita che avrebbe potuto avere in seguito a quel trauma. Non era il personaggio di un classico della fantascienza. Era un uomo in carne e ossa, da rispettare e ammirare per ciò che aveva ottenuto nonostante le incredibili avversità.

Abbassai le palpebre, ma poi le rialzai di scatto. Perché mi sentivo così a mio agio mentre ero distesa accanto a Dominic nella luce del fuoco, come se che non avessi fatto altro per tutta la vita? Perché avevo la sensazione di conoscerlo da sempre, di essere sempre stata là, sdraiata al suo fianco in quel modo?

«Perché siamo sempre stati così» mormorò lui nel sonno, come se mi avesse letto nel pensiero.

Il mio respiro rallentò mentre lo circondavo con le braccia. Di lì a poco mi addormentai e cominciai a sognare.

21

Un'accozzaglia di immagini mi fluttuò nella mente. Sembravano fotografie, ma si muovevano e palpitavano di vita, posandosi su un tavolo, una sopra l'altra.

Si delineò una scena, prima nebulosa e sfocata, poi sempre più nitida. Ero nella cucina di una piccolo cottage modesto. Soffitti bassi, pareti intonacate, parquet graffiato, un camino con un focolare di pietra dove una pentola di ghisa pendeva da un'asta sopra il fuoco. Al centro della stanza troneggiava un tavolo massiccio. Si intravedevano un paio di porte. In qualche modo, sapevo che la prima conduceva in una camera. Sospettavo che anche la seconda si aprisse su una camera, ma non potevo essere sicura.

Ero in cucina a pelare le patate per la cena quando un uomo alto e barbuto, con gli occhi scuri e le spalle larghe, che indossava pantaloni di lana e una giacca scura, entrò dalla pesante porta di legno, portando con sé una ventata di fredda aria salmastra. Si chiuse il battente alle spalle e sorrise, al che capii subito che era Dominic. Viso diverso, corpo diverso, razza diversa. Ma pur sempre lui.

«Il tuo uomo è tornato a casa» disse, ma la voce non era la sua. Aveva una specie di accento inglese che per me era insieme incomprensibile e molto familiare. Mi cinse con le braccia e mi tirò a sé. Ebbi un tuffo al cuore, anche se conoscevo quell'uomo fin nel profondo della mia anima. Affondai il viso nell'incavo del suo collo e inalai il suo profumo.

«Era ora che tornassi a casa, mio signore», lo punzecchiai. La mia voce, come la sua, era la mia, ma non lo era. «La tua donna ti ha aspettato qui, lanciando occhiate al mare».

Mi strinse più forte e mi baciò, con le labbra che sapevano di acqua salata. «Nessun mare mi terrà lontano dalla terraferma», mi sussurrò all'orecchio. «Non quando ho una moglie così bella da cui tornare».

Poi la scena cambiò. Eravamo a letto, comodamente avvolti in una trapunta rossa a fiori, con le braccia e le gambe intrecciate sotto le lenzuola. Dominic mi stava descrivendo la sua giornata, parlando di una persona che aveva incontrato in città. Gli occhi gli brillavano mentre raccontava, con un'espressione maliziosa e un tono divertito. Risi così tanto da avere mal di stomaco. Appoggiai la testa sul suo petto e mi asciugai le lacrime. Rideva anche lui. La gioia assoluta e totale tra noi era viva, reale e tangibile.

È di questo che si tratta, mi dissi nel sogno. *È questo lo scopo della vita. È per questo che siamo qui. Per trovare la persona che dia vita alla nostra anima.*

La scena cambiò di nuovo. Ora eravamo più vecchi. Notai le rughe sul viso del mio uomo, le zampe di gallina intorno ai suoi occhi, a riprova che in vita sua aveva riso spesso. Aveva i capelli striati di grigio e la barba punteggiata di bianco. Era ancora di una bellezza devastante, con gli occhi che continuavano a scintillare quando mi guardava.

Era fuori, sulla scogliera, con nostro figlio e nostra figlia, a insegnare loro come fare i nodi nautici. Dalla soglia, lo osservavo mentre rideva e scherzava con loro, sottolineando con amore, divertimento e senso dell'umorismo l'importanza di saperli fare bene, e assicurandosi che non dimenticassero le nozioni apprese. Il mio cuore traboccò.

«A tavola», li chiamai. «Lo stufato è pronto!»

I bambini corsero da me. «Datevi una ripulita», dissi. «E lavatevi bene le mani».

Mio marito mi prese tra le braccia e mi diede un rapido bacio sul collo. «Sì, mia signora».

Gli diedi un colpetto sul braccio, ridacchiando.

La scena si dissolse, sostituita da un'altra. Ero da sola davanti al cottage, che era una costruzione di pietra scura a un piano, con due finestre a colonnine affacciate sull'acqua. Sorgeva su una scogliera che dava su un mare cupo e rabbioso. Le onde si frangevano sulla costa rocciosa mentre la pioggia cadeva diagonalmente. Mi schermai gli occhi dalle gocce pungenti.

La porta si socchiuse, rivelando una donna anziana dai tratti gentili. «Prenderai un malanno, cara. Ho messo su l'acqua per il tè».

«Non posso lasciarlo. È là fuori», protestai.

«I bambini».

«Per favore, servi loro la cena. Io resto qui. Per ora».

«Se il buon Dio decide di risparmiarlo, tornerà a casa da te. Come sempre».

«Voglio stare con lui, qui fuori, sotto la tempesta».

Mi strinsi nel cappotto e mi avvolsi la sciarpa intorno alla testa. Mi avvicinai al dirupo, osservando il mare furioso che si agitava, si intorbidiva e imperversava.

In quel momento non mi importava del freddo né della pioggia che mi sferzava le guance. Non mi importava di morire là sulla scogliera. Il mio corpo e la mia anima non mi avrebbero permesso di allontanarmi, non finché il mio amore fosse stato là fuori, in quel mare furibondo.

Caddi in ginocchio, sapendo nel profondo del mio cuore ciò che non volevo sapere.

Poi mi ritrovai vestita di nero, seduta in una vecchia chiesa di pietra accanto alla donna anziana, che mi teneva la mano. I miei figli erano accomodati al nostro fianco, con un'espressione affranta sui visi cinerei. Riuscivo a vedere il suo volto nei loro e il mio cuore sanguinava per l'intensità del dolore che mi stava inghiottendo.

I banchi erano pieni di persone dall'aria stoica e seria. Guardavo dritto davanti a me, con la morte nel cuore. In qualche modo, sapevo che il mio corpo era vuoto, che il mio spirito era a pezzi. La mia anima si struggeva per l'uomo che non avrei mai più abbracciato.

Quindi ogni cosa diventò nera. Il sogno era finito. Aprii gli occhi di scatto, accorgendomi di avere le guance bagnate di lacrime. Mi alzai a sedere, ansimando.

Dominic russava leggermente accanto a me e vederlo in carne e ossa mi colpì come un pugno nello stomaco.

Avevo appena vissuto una vita con quell'uomo. L'avevo amato. Avevo riso con lui. Messo al mondo i suoi figli. Ero stata la sua vedova. Ma era stato soltanto un sogno. Nulla di più.

Eppure il mio cuore si riempì di gioia al solo vederlo. Non era scomparso. Non era stato inghiottito da quel mare rabbioso. Era là, sdraiato alla luce del fuoco, vivo e vegeto.

Gli misi la mano sul petto, lasciando che si alzasse e si abbassasse al ritmo del suo respiro, che mi diede un senso di pace. Andava tutto bene.

Non era reale, non era ragionevole, ma provai una gratitudine urgente e incontenibile. Era vivo. Potevo toccarlo, stringerlo, accarezzarlo.

Cercai di liberarmi di quei pensieri sciocchi. Ci conoscevamo a malapena. Avevamo trascorso solo qualche giorno insieme.

Scivolai di nuovo accanto al suo corpo caldo, coprendo entrambi con la trapunta, e non potei fare a meno di ringraziare il cielo.

Era come se fosse tornato dalla morte. Come se mi avessero concesso un'altra possibilità di continuare la nostra splendida vita insieme. Ma no. È solo un sogno, *Brynn. Solo un sogno.*

Stavo per addormentarmi quando mi svegliai di soprassalto. Alice era inginocchiata accanto a me, sul lato del letto.

«Svegliati», sussurrò. «È importante».

Svanì e io notai tre sedie di legno con lo schienale diritto appoggiate alla parete opposta, vicino alla finestra. Prima non le avevo viste, vero? Forse mi erano sfuggite. Erano successe molte cose tra noi quando ero entrata nella camera di Dominic, e poi eravamo sprofondati nel sonno. Era perfettamente comprensibile che non le avessi notate.

Mi tirai su. No, prima le sedie non c'erano. Ero sicura. Mi ero fermata in quel punto vicino alla finestra, impacciata e indecisa su dove mettere le mani, e non c'era nessuna sedia.

Poi mi accorsi che erano immerse in una luce diversa da quella del resto della camera. Il chiarore veniva dall'alto, splendendo in un raggio delicato. Come se fossero sotto un riflettore.

Abbassai lo sguardo sull'uomo addormentato accanto a me. Pensai di svegliarlo, ma per cosa? Per chiedergli delle tre sedie? Era una stupidaggine.

Quando mi girai, c'erano due donne anziane sedute. Una aveva i capelli bianchi, arricciati con cura. Indossava un vestito da casa di cotone, con un grembiule legato in vita. L'altra aveva un vestito scuro lungo fino alle caviglie, con un cammeo al collo e scarpe comode. Aveva i capelli castani raccolti in uno stretto chignon.

Non conoscevo nessuna delle due, ma in qualche modo avevano un'aria familiare. Per quanto strana, la loro presenza mi diede calma e conforto dopo quel sogno inquietante. Ricambiai il loro sorriso.

All'improvviso si fecero serie e puntarono gli occhi sulla sedia vuota.

L'aria si addensò. Non mi piaceva. Scrollai l'uomo che avevo accanto.

«Dominic», sussurrai in tono urgente. «Svegliati».

Era immerso in un sonno profondo e non si mosse. Quando mi voltai verso le sedie, le due donne non c'erano più. La terza sedia era occupata da mia madre.

Mi si chiuse la gola, con le lacrime che mi bruciavano negli occhi. «Mamma?», chiamai con voce spezzata.

Non parlò. Girò lo sguardo prima su Dominic e poi ancora su di me, sorridendo e annuendo.

«Mamma?», ripetei con un filo di voce.

Poi scomparve insieme alle tre sedie. Il fascio di luce svanì per ultimo.

Chiusi gli occhi per un attimo, ricominciando a respirare. Mi asciugai le lacrime, allungandomi verso il comodino per prendere un fazzoletto.

Comodino? La camera di Dominic non aveva comodini. Vero? Di colpo mi resi conto di essere sola nel letto. Lui non c'era più. Il fuoco era spento. La stanza era nera come l'inchiostro e fredda come la morte. Mi alzai in fretta e furia e accesi la luce.

Fu allora che capii di essere nella camera numero 5.

Provai la porta. Era chiusa a chiave. Il chiavistello, però, non era tirato. Che qualcuno l'avesse chiusa dall'esterno? Ruotai freneticamente il pomolo, avanti e indietro, avanti e indietro. Niente. Iniziai a tempestare il battente di pugni con tutte le mie forze. Mi faceva male la mano, ma non potevo e non volevo fermarmi.

«Dominic! Jason! Alice! Chiunque! Aiutatemi! Sono in trappola!»

«Non c'è via di scampo, cara», disse una voce fioca e sottile.

Infine ogni cosa si oscurò.

22

Fui svegliata dalle mie stesse urla.

«Sst». Era la voce di Dominic, che cercava di calmarmi e rassicurarmi. «Va tutto bene. Hai avuto un incubo».

Alzai lo sguardo su di lui, sbattendo le palpebre. Il cuore mi batteva a mille ed ero fradicia di sudore. Ansimavo e piangevo come una bambina, come se non riuscissi a immettere abbastanza aria nel mio corpo. Mi sembrava di aver appena corso una maratona.

«Era soltanto un sogno», mormorò dolcemente, accarezzandomi i capelli. «Brynn, tesoro, era soltanto un sogno».

«Era molto realistico». Mi guardai intorno, asciugandomi gli occhi. Eravamo in camera sua, dove ci eravamo addormentati. Non nella numero 5.

«Quelli interessanti lo sono sempre. Ti vá di raccontarmi qualcosa?»

«Tra un minuto», balbettai con la voce spezzata dal pianto.

Sgusciai fuori dal letto e mi diressi verso il bagno. Dopo aver chiuso la porta, mi spruzzai un po' d'acqua sul viso, poi mi tamponai con un asciugamano che profumava di lui. Quel semplice gesto mi aiutò a ritrovare il controllo. Fissai il mio riflesso nello specchio. Il mio respiro rallentò. Era tutto a posto. Non ero intrappolata nella numero 5.

Aprii la porta quasi aspettandomi che se ne fosse andato, ma era là, appoggiato alla testiera del letto, con due bicchieri di vino in mano.

«Ho pensato che ne avessi bisogno», disse.

Mi accoccolai al suo fianco, prendendo un bicchiere. Le mani mi tremavano ancora. Guardai l'orologio. Le 00:12. Qualcosa nella simmetria dei numeri mi diede i brividi.

«Allora, cosa succedeva nel sogno?», chiese Dominic.

Gli raccontai di aver visto mia madre e le due signore anziane.

«È stata una cosa stranissima», commentai. «Ho sognato di essermi svegliata. E quello che è successo dopo sembrava così reale che credevo di vivere tutto davvero».

Gli riferii anche di essere rimasta intrappolata nella numero 5 con una vecchia inquietante. Evitai di menzionare Alice.

«È la seconda volta che sogni quella camera», disse, confuso. «Credo che domani dovremo chiedere a LuAnn di aprirla, così puoi verificare di persona che lì dentro non c'è nulla ad aspettarti in agguato».

Feci una risatina tiepida ma, quando lo guardai in faccia, capii che non stava scherzando.

«Lo pensi davvero?»

«Assolutamente sì. Il fatto che una donna anziana sia morta lì dentro durante l'inverno ti ha spaventato. Devo sempre constatare che la verità, la realtà, riesce a calmare i pensieri impazziti». Tacque, facendo uno dei suoi sorrisi da star del cinema. Il suo viso era rischiarato dalla luce delle stelle. «Okay, ti ho appena dato della squilibrata. Non è questo che intendevo».

«Non mi sono offesa. In effetti, è piuttosto assurdo, non è vero?»

«Prima dicevo sul serio, però. Domani entriamo lì dentro».

Aveva parlato alla prima persona plurale. Mi piaceva. «D'accordo».

«Adesso dormiamo un po'».

Prendendo i bicchieri, attraversò la stanza, li posò sul comò e si rinfilò sotto le coperte. Mi girai su un fianco e lui mi avvolse, passandomi un braccio intorno alla vita e stringendomi la mano nella sua.

Chiusi gli occhi e mi domandai perché non gli avessi raccontato la prima parte del sogno. La vita insieme. Mi era parso troppo personale, troppo intimo per condividerlo. Era quello il problema? No. Mi vergognavo ad ammettere di aver fantasticato su una vita insieme come marito e moglie. *Un metodo infallibile per far scappare un uomo.* Sorrisi.

Quindi, rivivendo mentalmente la vita onirica con Dominic, riflettei sul motivo per cui avevo evocato quelle particolari scene nei miei sogni. Non era una fantasia. Non era piacevole, non tutta, in ogni caso. Anzi sembrava una vita dura, in un cottage di pietra su una scogliera sferzata dal vento e da un mare furioso. Io sotto la pioggia accecante, ad aspettare un uomo, il padre dei miei figli, che non sarebbe mai tornato a casa. Evidentemente era un pescatore o una specie di marinaio e si era smarrito al largo. Perché avrei dovuto evocare una cosa simile?

Era stato tutto molto realistico. Riuscivo a immaginare Dominic nell'acqua scura, rabbiosa e torbida, mentre esalava l'ultimo respiro prima di affondare, magari pensando a me negli ultimi istanti di vita. Le lacrime mi punsero gli occhi quando sentii l'amore, il grande, enorme amore che avevamo condiviso. La portata della sua perdita era insopportabile.

Tuttavia era soltanto un sogno. Non l'avevo vissuto davvero. Io e Dominic eravamo nelle prime fasi dell'innamoramento, o almeno questo valeva per me. Dovevo ammetterlo. Mi stavo innamorando di quell'uomo. Non sapevo cosa provasse lui, ma avevo la sensazione che ricambiasse.

Nel sogno, però, era come se fossimo anime gemelle. Non avevo mai provato quel tipo di amore per nessuno. Sapevo che esisteva perché i miei genitori l'avevano trovato l'uno nell'altra. Per quanto mi riguardava, invece, quel sentimento profondo si era rivelato elusivo. Era una delle ragioni per cui avevo rotto con il mio ex. Sentivo che forse il mio grande amore era là fuori da qualche parte, in attesa che lo trovassi.

L'avevo trovato? Era questo che il sogno aveva cercato di dirmi?

23

Fui svegliata dalla luce del sole che entrava dalla finestra. Mi stiracchiai e allungai la mano. Dominic non c'era più. Il letto era vuoto.

Per un attimo mi si chiuse lo stomaco, ma poi ricordai. Aveva detto che avrebbe avuto una giornata impegnativa... vero? In ogni caso potevo stare certa che il lago Superiore non l'aveva inghiottito. Stava bene, era fuori a sbrigare le sue faccende.

Sbadigliando, vidi che aveva messo sul comò il bollitore elettrico, la caffettiera e un sacchetto di caffè. Scesi dal letto, riempii d'acqua il bollitore e feci per inserire la spina, ma poi cambiai idea. Mi sarei fatta una doccia e avrei iniziato la giornata, magari uscendo e facendo colazione da qualche parte in città.

Aprii la porta e uscii nel corridoio, con la testa annebbiata dai sogni della notte precedente.

«Oh! Cosa abbiamo qui?» Era Jason, con le sopracciglia inarcate e un sorriso a trentadue denti.

Emisi un gemito udibile. Avevo sperato di attraversare il corridoio senza che nessuno mi vedesse uscire dalla camera di Dominic.

«Sto solo tornando nella mia stanza a prendere la panna per il caffè» tentai, con la voce incrinata.

«Giusto», rise. «Tesoro, sei proprio sfigata. Ho visto Dominic andarsene mezz'ora fa».

Anch'io scoppiai in una risata. «Naturalmente non potevo fare questa imbarazzante passeggiata senza che nessuno mi vedesse».

«Imbarazzante? Io lo urlerei dai tetti. Se fossi stato single, anch'io gli avrei fatto una corte spietata». Si diresse verso le scale. «Brava, Brynn. Brava».

Scrollai le spalle mentre entravo in camera mia. Era così che sarebbero state le mie frequentazioni con gli uomini d'ora in poi? Se sì, mi sarei sentita perennemente mortificata.

Mi feci una doccia, mi cambiai e decisi di uscire a fare colazione. Non sapevo fino a che punto Jason fosse discreto e non volevo essere tempestata di domande da persone come Gary e LuAnn. A ben pensarci, forse era per questo che Dominic era andato via così presto. Per coprire le sue tracce?

Evitai tutti uscendo dalla porta sul retro e mi avviai lungo la strada. L'aria profumava di fresco dopo la pioggia del giorno prima.

Entrando nella caffetteria, trovai Kate e Simon davanti al bancone. Si voltarono entrambi, sorridendo.

«Ciao!», disse Kate. «Prendi un caffè con noi?»

Di lì a pochi minuti ci sedemmo tutti e tre a un tavolo accanto alla vetrina, sorseggiando il caffè e chiacchierando del più e del meno. Loro due, però, sembravano diversi. Preoccupati. Simon continuava a lanciare occhiate fuori, verso Harrison's House.

«Va tutto bene in albergo?» Spostai lo sguardo dall'uno all'altra. «Non voglio impicciarmi, ma avete lasciato l'happy hour in fretta e furia. E le sirene della polizia...»

Si guardarono.

«Siamo qui per evitare i media». Simon strascicò le sillabe dell'ultima parola. Bevve un sorso di caffè e fece una smorfia. «Abbiamo abbandonato Jonathan, comportandoci da codardi. Normalmente sarei contento di essere circondato da una folla di giornalisti, ma non questa volta».

«I media?» ripetei, stupita. «Cos'è successo?»

Kate sospirò. «Lo scoprirai comunque, perciò tanto vale dirtelo. È morta un'ospite. Oggi la notizia si diffonderà in un lampo, con tutti i reporter dei dintorni davanti alla nostra porta».

Il terrore mi serpeggiò lungo la spina dorsale mentre un pensiero oscuro si insinuava nella mia mente. «I media non prenderebbero d'assalto un albergo di provincia perché un'ospite è morta di cause naturali. Giusto?»

Simon si passò una mano tra i capelli. «Jonathan l'ha trovata nella sala da ballo. È completamente sotto shock, come se fosse andato nelle fogne e avesse visto Pennywise. A dire il vero, credo che ci stia marciando sopra. Quel tipo ha sempre avuto una propensione per il melodramma. Ogni volta che si ammala, fa un sacco di scene. E ora che ha trovato un corpo? È in un finto stato catatonico».

Non potei fare a meno di sorridere. «Non si tratta della sposa isterica o di sua madre, vero?»

«Magari», disse Simon. «Ma no. È una signora anziana. Alloggiava da noi da sola per il fine settimana. Era la prima volta che veniva. Una donna adorabile».

«Ma com'è… insomma… morta?» Deglutii.

«Nick sta indagando», disse Kate.

«Perché? Non è stato per cause naturali?»

«Il medico legale non ha ancora stabilito la causa del decesso. Come ha detto Simon, era nella sala da ballo, ma...»

«Ma cosa?»

Si scambiarono un'occhiata.

«Era sdraiata al centro del pavimento con le mani incrociate sul petto», spiegò lei.

«Come una salma *esposta*», aggiunse Simon, inarcando un sopracciglio.

Rabbrividii. «Be', è inquietante».

«Nick pensa che l'abbiano messa in posa», disse Kate a voce bassa.

«Non può essere altrimenti». Simon si chinò. «Quando hai un infarto o un ictus improvviso, non hai il tempo di pensare: "Aspetta, fammi sdraiare qui e giungere ordinatamente le mani!". Cadi a terra e basta».

«Verissimo», replicai. «Ma le implicazioni sono spaventose. Insomma, chi farebbe una cosa del genere?»

«Esatto», disse Simon. «Voglio buttare tutti fuori a calci. Tutti gli ospiti. Possiamo farlo? Nella remota ipotesi che qualcuno sia un assassino».

«No», rispose Kate. «Non possiamo. Ma capisco cosa intendi. Qualcuno, non sappiamo se un ospite o un intruso, l'ha messa in posa in quel modo».

«La polizia», Simon gettò uno sguardo eloquente a Kate, e intuii che si riferiva a Nick, «ha interrogato tutti gli ospiti. Sembra un romanzo di Agatha Christie». Tacque quando Jason, Gil e Alice entrarono dalla porta.

«Ciao, ragazzi!», urlò Jason, guidando la sua ex moglie verso il nostro tavolo. «Tesoro, siediti qui con Brynn per un minuto mentre prendiamo il pranzo». Poi, rivolgendosi a noi, disse: «Stiamo uscendo in barca. Ho pensato che sarebbe divertente fare un picnic su una delle isole».

Mentre lui e Gil andavano al bancone, Alice si sedette accanto a me. Le presi la mano. «Buongiorno. Un giro in barca mi sembra una splendida idea».

Mi osservò per un momento. «Oggi sei stanca».

«Si vede? Speravo di essere riuscita a nasconderlo con il trucco».

«Non essere sciocca», intervenne Simon. «Sei bellissima».

Ma la donna scrollò il capo. «Sei esausta. I viaggi nel tempo fanno questo effetto. Ne hai fatti molti la notte scorsa. Lo vedo, il tempo che ti aleggia intorno. Non sarà nemmeno l'ultima volta».

Gli altri due la fissarono a bocca aperta, con Simon che teneva il caffè a mezz'aria. Non sapevo bene cosa dire.

«Ho avuto una notte piena di sogni vividi» confessai alla fine, guardando Alice. «Ha ragione, oggi sono molto stanca».

«Santo cielo. Per favore, non dirmi che sei l'ennesima persona a fare sogni vividi qui a Wharton». Con quelle parole, Simon fece andare il caffè di traverso a Kate. «Ne ho avute abbastanza per una vita intera. È l'effetto che fa questa città su molti visitatori».

«I sogni hanno questo potere», osservò Alice. «Non sono soltanto la tua immaginazione». Fece una pausa, studiandomi. «Tu lo ami. Vedo anche questo aleggiare intorno a te. Non è chi pensi che sia. È più pericoloso di quanto tu creda. Ma è il tuo vero amore. Nel bene e nel male».

La fissai, con lo stomaco sottosopra.

Cosa voleva dire?

La coppia tornò con due sacchetti e tre grandi bottiglie d'acqua. «Okay, tesoro, è ora di andare!», disse Jason.

«È ora di andare». Alice si alzò. Poi si rivolse a Simon. «Non preoccuparti per gli altri ospiti. Non è stato commesso alcun crimine. La morte è venuta a prenderla. La tua signora. Era arrivato il suo momento, tutto qui. Non c'era nulla che tu potessi fare».

Lui la fissò.

«Non ha sofferto. Anzi, è stato piuttosto piacevole. La morte verrà a prendere anche me», continuò Alice. «Tecnicamente, verrà a prenderci tutti. Ma nel mio caso succederà presto. Non ho paura».

Gil e io ci scambiammo uno sguardo eloquente mentre Jason portava via l'anziana. Il campanello sopra la porta tintinnò quando uscirono.

Io, Simon e Kate restammo in silenzio per qualche istante.

«Be', è stato insolito». L'uomo, sbalordito, bevve un sorso di caffè.

Feci un respiro profondo e riferii loro tutte le cose strane e profetiche che lei aveva detto a me e a Gil.

«Cosa ne pensa Jason?», domandò Simon.

«Secondo Gil, non vuole ammetterlo. Hanno addirittura litigato per questo».

«Non mi sorprende». Tirò su con il naso. «Jason è il tipo di persona che dice sempre: "Va tutto bene!". Inoltre sta soffrendo. Come tutti sappiamo, il dolore può incasinarti».

Non stava scherzando.

«Che idea ti sei fatta?», chiese Kate.

«Non saprei», ammisi. «So soltanto che ha scoperto qualcosa. Secondo Dominic, dipende dal fatto che sia vicina alla fine. Il velo tra questo mondo e l'altro è sottile e, in un certo senso, Alice vive in entrambi».

«Non sarebbe la prima volta che a Wharton succede qualcosa di ultraterreno». Simon fece l'occhiolino a Kate. «Ma non dubito che Alice...» Cercò la parola giusta.

«Veda oltre quel velo?», suggerì la mia amica.

«Esatto». Simon appoggiò i gomiti sul tavolo, piegandosi verso di me. «Ma lasciamo stare questo argomento. Di chi sei innamorata? Dimmelo. Poco fa hai nominato un certo Dominic».

«L'Uomo illustrato!», esclamò Kate. «È lui Dominic, vero?»

Lui strinse le palpebre. «Aspetta, fermati. Tutti smettano subito di fare quello che stanno facendo. La Terra smetta di girare. Ti riferisci a quell'uomo incredibilmente bello, con un petto e due spalle che farebbero piangere di vergogna persino Dwayne "The Rock" Johnson? Quello tutto tatuato che se ne va in giro per la città lasciando dietro di sé una scia di donne – e di uomini – che svengono sulla strada? Non che io l'abbia notato».

Sentii il sangue affluire al viso.

«Sta arrossendo», fece notare a Kate.

«Alice ha ragione? Sei innamorata di lui?» Lei mi scrutò. «Di già? L'hai appena conosciuto».

Simon ridacchiò. «Disse Kate "Amore a prima vista" Granger».

Mi sorpresi. «È stato amore a prima vista tra te e Nick?»

«Non proprio. Ma si potrebbe dire che è stato amore al primo tocco. È successo qualcosa di strano la prima volta che gli ho tenuto la mano. Ho visto il nostro intero futuro davanti a me».

«Un futuro con l'incarnazione vivente di Ih-Oh, rivelato in un unico spaventoso istante», aggiunse Simon. «E lei si è buttata a capofitto».

La donna scoppiò a ridere. «Piantala!»

«Okaaay». Suo cugino alzò gli occhi su di me. «Ridi perché sai che è vero».

«Simon pensa che Nick sia troppo serio». Kate si asciugò gli occhi. «È il capo della polizia! Certo che è serio».

«Cupo», disse lui. «Più cupo del cielo prima di un temporale».

«Ma ti sei innamorata subito di lui». Guardai Kate. «Non è così assurdo, allora».

«Per me non è stato assurdo. È stato assolutamente normale».

«La storia di Nick e Kate è una notizia vecchia». Simon agitò la mano. «Voglio sapere di te e dell'uomo più sexy del mondo. Come, cosa, quando, dove, perché».

Avevo parlato di Dominic a Kate durante il pranzo sull'isola qualche giorno prima, ma raccontai a Simon dell'incontro davanti alle docce e del caffè mattutino. Della giornata sulla spiaggia. Del fish boil. Menzionai la sua volontà di aiutare le persone a migliorare la propria vita, tralasciando i dettagli più personali e gli eventi della notte precedente.

«È strano», conclusi. «L'ho appena conosciuto. Ma mi sembra di conoscerlo da una vita. Alice ha ragione sui miei sogni. Riguardavano lui. E i viaggi nel tempo. Ho sognato che io e Dominic vivevamo come marito e moglie in un luogo e in un'epoca diversi».

Kate si fece seria all'improvviso. «Quale luogo e quale epoca?»

Ripensai al sogno. «Non ne sono sicura ma, a giudicare dall'abbigliamento, direi circa cent'anni fa. Più o meno. Quanto al luogo, direi l'Inghilterra, sull'oceano. Un posto molto ventoso e roccioso».

«Dimmi di più», insistette.

Le lacrime mi pungevano gli occhi. «Assomigliavano alle scene di una vita. Frammenti di felicità. Noi che ridevamo insieme. Che ci amavamo. Che stavamo insieme. Lui tornava a casa. Ci sdraiavamo sul letto ridendo. Lo guardavo mentre insegnava ai nostri figli a fare i nodi nautici».

«E poi cos'è successo?» Kate si sporse verso di me.

Sentii un nodo in gola. Guardai prima lei e poi Simon. «È morto», dissi con un filo di voce. «È annegato nel mare rabbioso e agitato».

Il dolore era così palpabile che avevo voglia di scoppiare a piangere, ma mi trattenni.

«Era soltanto un sogno», dissi debolmente. «Ma non ho mai provato nulla di paragonabile all'amore che ho sentito tra noi in quei momenti. Nulla di neanche lontanamente simile».

Kate allungò il braccio e mi prese la mano. «Lo so. Dico sul serio. Mi è successa la stessa cosa. Be', più o meno. Non ho sognato me stessa. Ho sognato un amore tra due persone che non conoscevo. Ma nemmeno io avevo mai provato nulla di simile».

Mi asciugai una lacrima. «Mi sono svegliata sentendomi...» Cercai la parola giusta. «Ingannata, direi. Ho vissuto su questa Terra per tutto questo tempo e non ho mai trovato un amore come quello che univa i protagonisti del mio sogno. O i miei genitori».

«Idem, ma poi ho conosciuto Nick».

La guardai negli occhi per un momento. Avevo appena conosciuto Dominic, ma… poteva essere?

Kate finì il caffè e posò la tazza sul tavolo. «Mi dispiace fare la guastafeste, ma…»

Simon annuì. «Lo so. È meglio tornare a casa. Non possiamo nasconderci tutto il giorno». Si girò verso di me. «So che non c'è bisogno di dirlo…»

Alzai la mano. «Non preoccuparti. Non dirò a nessuno della morte di quella donna. Di come pareva messa in posa. Io non so niente».

«Grazie».

Presero le tazze e le misero nel catino sul bancone.

«Vieni a cena tra qualche giorno, quando il polverone si sarà calmato», disse Simon. «E porta il tuo uomo».

«D'accordo».

«Puoi dirgli che le camicie non sono necessarie», aggiunse uscendo.

Mentre finivo il caffè, tirai fuori il telefono dalla borsetta e trovai un'e-mail di mio fratello. Ci cliccai sopra e comparvero diverse foto. La campagna della Cornovaglia, la città di St. Ives, lui e mio padre che bevevano birra in un pub. Ma poi visualizzai un'immagine che mi lasciò senza fiato.

«Ecco la casa che abbiamo affittato per l'estate!», diceva la didascalia. «Non è carina? Qui tutte le case hanno un nome. Questo è il Widow's Cottage».

Era il cottage del mio sogno.

24

Widow's Cottage. Il cottage della vedova. La vedova ero forse io? Mi sembrava assurdo anche solo pensarci. Ma dovevo scoprirlo. Erano quasi le dieci del mattino. Avrei voluto chiamare mio fratello, ma non conoscevo la differenza di fuso orario tra Wharton e la Cornovaglia. Sei ore in più? Sei ore in meno? Alla fine rimisi il telefono nella borsetta. Cosa gli avrei detto, in ogni caso? *Ho sognato di vivere nel cottage in cui alloggiate*? Mi avrebbe dato della scema.

Guardai fuori dalla vetrina, con un nodo allo stomaco. *Al diavolo,* pensai. Ritirai fuori il cellulare e feci il numero.

«Ciao!», mi salutò mio fratello. «Papà e io stiamo bevendo una birra al pub».

Sei ore in più, dunque.

«Ciao, Jeff. Tutto bene?», chiesi.

«Benissimo! Ti passo papà!»

Tra i fruscii della linea lo sentii dire: «È Brynn».

«Brynn», disse mio padre, e la sua voce mi fece venire le lacrime agli occhi. «Come stai, tesoro?»

«Alla grande, papà». Mi sforzai di parlare con voce ferma. «Ti stai divertendo?»

«Moltissimo! Vorrei che ci fossi anche tu!»

«Anch'io. Quando torni, devi raccontarmi ogni cosa. Non ti voglio trattenere, papà. Ho solo bisogno di fare una domanda veloce a Jeff».

«Jeff? Tua sorella ha una domanda da farti». Altri fruscii.

«Cosa vuoi sapere, sorellina?»

«Ti sembrerà strano, ma mi stavo chiedendo se conosci la storia della casa che avete affittato. Widow's Cottage».

«No», rispose. «Ma posso chiedere al proprietario. Perché?»

«L'immagine mi sembra familiare. Come se l'avessi già vista. Sono curiosa».

«Certo, non è un problema. Tanto sono qui a scavare nella storia. Vedrò di scoprire qualcosa».

Lo ringraziai, ma sinceramente non ero del tutto sicura di volere quelle informazioni.

Una volta tornata sulla strada principale, osservai il trambusto vicino al molo, le persone che facevano la fila a piedi o in auto, in attesa di salire sul traghetto per raggiungere Colette. Erano tutti felici, pregustando una giornata meravigliosa. La loro aura, la loro energia, ronzava e vorticava nell'aria, irrorando ciascuno con gocce di gioia. Forse questo faceva parte del fascino di Wharton, della magia che pareva permeare ogni cosa laggiù. Felicità tangibile.

Era proprio quello che mi serviva per sciogliere il ghiaccio che mi aveva congelato le vene quando avevo visto la fotografia.

Mi fermai per un attimo quando un'enorme aquila calva volò sopra la mia testa, così vicina che riuscii a vedere gli artigli e l'espressione feroce. Le aquile venivano avvistate spesso a Wharton, ma vederle era sempre uno spettacolo entusiasmante, mai banale, nemmeno per i residenti. I passanti smettevano di fare ciò che stavano facendo per guardarle con reverenza. Il magnifico uccello disegnava lenti cerchi, girando ininterrottamente senza mai battere le ali, sopra la superficie insolitamente calma del lago.

Di punto in bianco, scese in picchiata come un bombardiere, allungando le zampe e gli artigli robusti quando raggiunse l'acqua per afferrare un pesce, indubbiamente colto di sorpresa da quel colpo di scena indesiderato. Il rapace volò via con la sua colazione, tra gli applausi e le acclamazioni dei presenti.

Mi incamminai verso il LuAnn's e trovai Dominic che parlava con la titolare sul prato davanti alla casa. Lei indossava leggings fucsia, una lunga camicia nera annodata in vita e diverse catenine di perline d'argento intorno al collo. Gli occhiali a gatto erano tempestati di palline d'argento. Non potei fare a meno di sorridere.

«Eccola!», esclamò Dominic. «Come sta andando la mattinata?»

«Ho appena visto un'aquila catturare un pesce nel lago», risposi.

«Davvero?» LuAnn spalancò gli occhi. «È di buon auspicio, sai».

Non l'avevo mai sentito dire, ma mi sarebbe servita tutta la fortuna possibile.

«Stavamo proprio parlando di te», continuò.

Feci una smorfia. «Solo cose belle, spero».

«Oh, tesoro, non essere sciocca. Conosci il mio motto: se non hai niente di gentile da dire, vieni a sederti vicino a me. Ma non stavamo spettegolando. Questo figaccione mi stava dicendo che vuoi vedere la numero 5».

Scoccai un'occhiataccia a Dominic. Là, alla luce del giorno, pareva una stupidaggine. Una richiesta superflua. Ma lui si limitò ad alzare le spalle. «Te l'avevo detto. Oggi entriamo».

«Allora, di cosa si tratta? Dominic dice che hai gli incubi». LuAnn incrociò le braccia. Le unghie erano dipinte dello stesso colore fosforescente dei leggings. «Perché non me l'hai detto?»

«Be', io...»

«Io, un corno. Brynn, questo posto è infestato come un cimitero ad Halloween. Cavolo, tutta Wharton lo è. Se sei turbata per qualcosa che succede in casa mia, voglio saperlo. I sogni sono sogni. Nessuno penserà che sei pazza o che ti stai inventando tutto».

«D'accordo».

«E non voglio ficcare il naso nei tuoi affari, se è questo che pensi. Voglio tenere sotto controllo quello che succede qui intorno. Capisci? Se ci sono spiriti che creano problemi in casa mia, devo prendere provvedimenti».

Sorrisi. Solo un mese prima avrei giudicato quella conversazione del tutto ridicola. Ora mi confortava. Mi piaceva l'idea che qualunque spirito mi tormentasse dovesse rendere conto a quella signora con i leggings fucsia e gli occhiali a gatto.

«Dico sul serio», riprese. «Ho un'attività da gestire. Non posso permettere che uno o due spiriti spaventino la gente. Perciò parlami di questi sogni. O di qualunque cosa ti sia successa».

Guardai Dominic.

«Vai tranquilla».

«Non so bene come descriverlo. In un paio di occasioni mi sono ritrovata nella numero 5 con una signora anziana.

La notte scorsa ho fatto sicuramente un sogno, perché mi sono svegliata urlando. L'altra precedente, invece, giurerei che sia capitato davvero. Ero completamente sveglia. O almeno credo. Ho sentito qualcuno che mi chiamava dal corridoio. Poi ho visto una luce accesa nella numero 5». Non le dissi di Alice.

LuAnn espirò. «Okay, dunque lì dentro c'è qualcosa che ti sta chiamando. È abbastanza chiaro».

«È per questo che ti ho chiesto di aprirla. Facciamo entrare Brynn. Mostriamogliela. Forse tutti questi misteri stanno giocando dei brutti scherzi alla sua immaginazione», intervenne Dominic.

«Immaginazione? Oh, tesoro, hai sbagliato tutto. Brynn non sta immaginando un bel nulla. Se ho imparato qualcosa in tutti gli anni che ho vissuto in questa casa infestata, è credere alle persone quando ti dicono qualcosa».

«Abbiamo qualche indizio sull'identità di quella donna?», chiesi. «Forse saperlo servirebbe a interrompere questi episodi».

«Niente di niente», disse LuAnn. «E, sinceramente, non prevedo di scoprire un granché. Nick può indagare finché vuole, ma sappiamo tutti che a questo mondo c'è molto di più di quello che può emergere dalla scena di un crimine».

«Stai dicendo che secondo te è qualcosa di paranormale?», domandò Dominic.

«Non ne ho idea. Ma, tesoro, è successo qui e non ci sono spiegazioni plausibili. Non mi sorprende».

La guardai stringendo le palpebre. «LuAnn, cos'è questo posto? Davvero, intendo».

Rovesciò la testa e rise. «Se lo sapessi, venderei i biglietti».

«Possiamo entrare nella camera?», insistette Dominic.

La proprietaria lo fulminò con lo sguardo. «Sai che volevo tenerla chiusa per tutta la stagione. Per rispetto di quella donna».

«Sì, lo so. Ma ora si sta ripercuotendo su Brynn. Lo sai tu, e lo so anch'io. Non ti sto chiedendo di aprirla agli ospiti. Soltanto a noi».

«D'accordo», sbuffò LuAnn, incamminandosi. «Andiamo». La seguimmo dentro.

Prese una chiave da dietro il bancone e salimmo al piano di sopra. Quando imboccammo il corridoio e ci avvicinammo alla numero 5, mi si chiuse lo stomaco. Fui assalita da una nausea improvvisa.

Senza dire una parola, corsi verso la mia stanza, aprii la porta e raggiunsi il bagno appena in tempo per vomitare nel water. E poi ancora. E ancora. La presenza di Dominic dietro di me era piuttosto mortificante.

Prese un asciugamano dal sostegno e lo inumidì con l'acqua fredda, strizzandolo prima di porgermelo. Me lo strofinai sul viso. Il fresco fu rilassante, calmante.

«Non vomitavo dai tempi del college», dissi con voce rauca. «Sono passati vent'anni».

«Devi ricominciare tutto da capo». Mi condusse fuori dal bagno. «Vuoi sdraiarti?»

Vidi LuAnn sulla soglia, con un'espressione preoccupata.

«No», dissi. «Voglio vedere cosa c'è nella numero 5».

25

LuAnn infilò la chiave nella serratura, girò il pomolo e spinse la porta. Rimasi nel corridoio, con le spalle contro la parete, trattenendo il respiro e quasi chiudendo gli occhi. Avevo l'adrenalina a mille, con il cuore che mi galoppava così forte da sembrare sul punto di schizzarmi fuori dal petto. Dentro di me, ogni cosa urlava: *Fuggi!*

Ma c'era Dominic, che mi tendeva la mano. E LuAnn, che aveva già varcato la soglia.

«Coraggio, entra», mi chiamò. «Qui dentro non c'è niente che possa morderti».

Feci un respiro profondo. Forse il mio amico aveva ragione. Forse vedere quella camera alla luce del sole le avrebbe tolto il potere che aveva su di me.

Il terrore mi avvolse come un sudario, ma me lo scrollai di dosso. *È soltanto una stanza come le altre,* mi dissi. *Non è una camera degli orrori.* Presi la mano di Dominic ed entrammo insieme.

Ed eccola là. La testiera e la pediera di legno, intagliate con un elaborato motivo di foglie, identico a quello che avevo visto nel sogno. La trapunta a fiori rosa e un comodo nido di cuscini. La lampada con i delicati globi verde chiaro dipinti con fiori viola e blu. Il camino di pietra con davanti la sedia a dondolo. Era tutto come l'avevo sognato.

A differenza della visione onirica, tuttavia, la camera sembrava priva di vita. Fredda come una tomba. Il camino era spento. La sedia a dondolo, vuota.

O forse no? Socchiusi gli occhi ed ebbi la sensazione di distinguere il vaghissimo profilo di una sagoma. Una sagoma umana. C'era davvero?

All'improvviso scese l'oscurità e il fuoco prese vita crepitando. La lampada sul comodino tremolò e si accese, emanando una luce tenue. La stanza, che fino a un attimo prima era sembrata fredda, morta e deserta, si trasformò in un luogo caldo e invitante.

Rieccola. La vecchia sulla sedia a dondolo.

Indossava la stessa camicia da notte a fiori con il maglione sulle spalle. Gli stessi occhiali di tartaruga. Ma questa volta aveva un libro sulle ginocchia e stava scrivendo qualcosa. Un diario? Guardai oltre le sue spalle e vidi una pagina zeppa di scarabocchi filiformi. La donna, che pareva ignara della mia presenza, continuò a scarabocchiare, fermandosi solo per asciugarsi una lacrima dall'occhio.

«Vedete quello che vedo io?», sussurrai. Nessuna risposta. Il silenzio era rotto solo dagli scoppiettii del fuoco. Mi girai, ma Dominic e LuAnn erano scomparsi. Il terrore più assoluto si impadronì di me quando capii di essere rimasta sola con la vecchia.

Non riuscivo a muovermi. Era come se fossi incollata al pavimento. O paralizzata.

La osservai mentre si dondolava leggermente sulla sedia, canticchiando mentre scriveva con calma. Aveva una tazza di tè – prima non l'avevo notata – da cui beveva un sorso ogni tanto.

Di colpo ebbi la sensazione di essere invadente.

La signora non aveva idea che fossi lì. A poco a poco mi resi conto con orrore che forse... non c'ero.

Ero sempre stata convinta che fosse lei a infestare la camera numero 5, ma in quel momento ero io. Forse ero io il fantasma.

«Brynn!»

Alzai le palpebre di scatto. Ero accasciata a terra. Mi faceva male la testa. Dominic, inginocchiato sopra di me, mi teneva la mano con un'espressione preoccupata.

Tossii e mi alzai a sedere. «Cos'è successo?»

«Sei svenuta», disse dolcemente. «O collassata. O qualcosa del genere. Hai lanciato un urlo e, boom, sei finita lunga distesa. Stai bene? Hai sbattuto violentemente la testa sul pavimento».

Mi massaggiai la nuca e trasalii quando sentii che cominciava a spuntare un bernoccolo.

Gary si affacciò alla porta con un bicchiere in cui si agitava un liquido ambrato con due cubetti di ghiaccio.

«Grazie, tesoro». LuAnn lo prese. «Ti dispiace andare a prepararle la colazione? Lo speciale di LuAnn. Con annessi e connessi».

«Certo». Gary mi guardò. «Stai bene, vero?»

«Sono ancora tutta intera».

«Non farci mai più prendere uno spavento come questo», mormorò. «Vado a prepararti qualcosa da mangiare. Ci vediamo tra un minuto al piano di sotto».

Quando uscì, LuAnn si voltò verso di me e mi porse il bicchiere. Lo annusai. Whiskey? «Sono le dieci del mattino», protestai.

«Le dieci e mezza, se permetti». Si mise le mani sui fianchi. «Chiunque svenga in mia presenza riceve uno scotch per calmare i nervi, a prescindere dall'ora. È la mia politica e non faccio eccezioni».

Bevvi un sorso. Sentii l'alcol che mi scendeva in gola e mi riscaldava da dentro. LuAnn aveva ragione, dovevo ammetterlo. Lo scotch e la consapevolezza di avere lei e Dominic al mio fianco mi diedero un senso di calma.

Lui mi tese la mano e mi tirò su. «È meglio che ce ne andiamo da qui».

«Concordo». La donna ci accompagnò fuori. Chiuse la porta a chiave. «Tesoro, non voglio che entri mai più in questa camera. Non dovevo portarti qui dentro, non dopo che avevi vomitato la colazione al solo pensiero. Dovevo immaginarlo. E ora questo. Qualunque cosa stia succedendo, è chiaro che sta avendo un effetto decisamente negativo su di te. È l'ultima cosa che vogliamo».

Finii lo scotch. Non ero ansiosa di tornare là dentro. Non dopo quello che avevo appena vissuto.

«Scendi al ristorante», continuò lei. «Voglio che mangi qualcosa e che mi racconti cos'è successo. Non provare nemmeno a rifiutarti».

Io e Dominic ci scambiammo un'occhiata prima di seguirla lungo le scale. Avevo lo stomaco vuoto e, benché il pensiero del cibo non fosse affatto allettante, sapevo che oppormi sarebbe stato inutile. Inoltre pensavo che avesse ragione. Dovevo mettere qualcosa sotto i denti, che lo volessi oppure no.

L'orario della colazione era passato e quello del pranzo non era ancora arrivato, perciò il ristorante era deserto.

Prendemmo un tavolo accanto alla finestra. Il sole filtrava allegramente all'interno, ma io avrei preferito una giornata cupa e piovosa. Ero molto scossa.

Gary comparve con un piatto di uova strapazzate con salsiccia, cipolle, pomodori e broccoli in un nido di frittelle di patate croccanti, il tutto ricoperto di formaggio cheddar. A parte c'erano salsa piccante e panna acida, oltre a diverse fette di pane tostato.

«Questo è nel menu per la salute del cuore, giusto?», dissi. Gary sbuffò.

«A basso contenuto di carboidrati» aggiunse LuAnn, sprezzante.

Lo assaggiai. «Paradisiaco».

«Grazie, bambola». Gary sparì di nuovo in cucina.

Porsi una forchettata a Dominic, che aveva già confiscato una fetta di pane. «È impossibile che riesca a finirlo da sola», dissi. Lui vi si tuffò sopra.

«Okay», disse LuAnn. «Parliamo di cosa è successo. So che eri agitata quando sei entrata. Ma c'è qualcosa che... ha fatto scattare una molla, per così dire?»

Mangiai un altro paio di bocconi, riflettendo. Non sapevo cosa dire.

«Non ne sono sicura», confessai alla fine. «Non ero mai svenuta prima».

Notai che si guardavano nervosamente.

«Credo di aver sbagliato a spingerti a entrare in quella camera», disse Dominic.

«No, non è vero». Spostai lo sguardo da lui a LuAnn e viceversa. «È successo qualcosa lì dentro, ma non so bene cosa».

«Positivo? Negativo? Un po' di entrambi?», chiese lei.

«Non so dirlo con certezza. In un certo senso, era quasi come se stessi sognando. È stata una cosa stranissima. Cosa ho fatto?»

«Stavi fissando qualcosa», rispose Dominic. «Avevi gli occhi fuori dalle orbite. Ti ho chiamato per nome, ti ho toccato il braccio, ma non hai reagito».

LuAnn mi fissò per un lungo momento. «Era lì, vero? La donna che è morta nella numero 5».

«Ho la netta sensazione che fosse lei, ma non sono sicura. Chi altri potrebbe essere?» Guardai dall'uno all'altra. «Qualcuno di voi l'ha vista?»

«No». LuAnn strinse gli occhi. «Non ho visto niente. Non fraintendermi. Ho visto molti fantasmi in questa casa. Ma non oggi».

Dominic scosse la testa. «Nemmeno io».

Feci un respiro profondo, indecisa se aggiungere altro. Era troppo strano per dirlo ad alta voce. La donna, però, si accorse subito che nascondevo qualcosa.

«Parla», mi esortò. «Dicci cos'hai visto».

«Vi sembrerà assurdo».

«Ehi, io vivo qui. Capitano cose assurde ogni giorno. Cavolo, guarda chi lavora in cucina. Credimi, non mi dirai nulla che non abbia già sentito».

Così raccontai di come il fuoco avesse crepitato, riscaldando la stanza. Di come la lampada si fosse accesa. Di come avessi visto la vecchia che scriveva il diario sulla sedia a dondolo.

«Non avete visto nulla di tutto questo?», domandai. «Il fuoco, la lampada? Niente di niente?»

Entrambi scrollarono il capo.

«Cosa indossava la donna?», volle sapere LuAnn.

«Una camicia da notte».

«Con un maglione sulle spalle?»

Annuii.

«Era la signora che è morta lì dentro. Non c'è dubbio. Era vestita così quando l'ho trovata. Chissà perché è tornata».

Le lacrime mi bruciavano gli occhi senza ragione. Feci un respiro profondo per tenerle a bada, ma Dominic se ne accorse e posò la mano sulla mia.

«Va tutto bene», disse. «Vedere un fantasma... non è da tutti. È sconvolgente».

«Non è questo. Non è stato né sconvolgente né spaventoso. Era solo seduta tranquillamente accanto al fuoco. Non aveva idea che io fossi lì. Ero io nella camera a essere invisibile, a osservare lei, non il contrario».

LuAnn fece un'espressione scettica. «Non ti seguo. Cosa intendi, tesoro?»

«Non era lei a infestare la camera. Ero io».

26

Dopo aver finito di mangiare, mi venne voglia di fare una passeggiata da sola per schiarirmi le idee. L'episodio, qualunque cosa fosse stato, mi aveva scosso nel profondo.

Camminai senza meta per la città, guardando le vetrine e i passanti, lasciando che la mia mente vagasse.

Mia madre entrò nei miei pensieri. Avrei tanto voluto prendere il telefono e chiamarla. Mi chiesi se il dolore per la sua perdita si sarebbe mai attenuato. Lei sarebbe riuscita a spiegare tutto questo. La sua immagine nel sogno della notte precedente mi procurò una fitta al cuore. Sembrava così reale da poterla toccare, come se fosse stata davvero là. Ma c'era davvero? Era soltanto un sogno, oppure era venuta da me per dirmi che approvava Dominic? O si trattava di qualcos'altro? Mentre riflettevo, ricordai che quella visione aveva ceduto il passo alla scena in cui ero sola nella numero 5, quella che aveva spinto Dominic a insistere perché entrassimo in quella camera nella realtà.

Sembrava che le cose girassero in tondo, che si sovrapponessero, come se tutto ciò che mi era accaduto di recente fosse in qualche modo collegato. La morte di mia madre, il mio arrivo a Wharton e, in particolare, al LuAnn's, l'incontro con Dominic, la casa in Cornovaglia, la misteriosa donna della numero 5, Alice, e persino la strana morte della cliente a Harrison's House. Un filo conduttore si dipanava attraverso tutti quegli eventi, ne ero certa, ma non lo vedevo abbastanza chiaramente per tirarlo.

Mi ritrovai a passare davanti alla centrale di polizia e, senza pensarci due volte, aprii la porta ed entrai. Tre scrivanie erano vuote, mentre la macchina del caffè emetteva un gorgoglio su un tavolo accanto alla parete. Una donna di mezza età dietro la quarta scrivania, vicino alla porta di un ufficio – quello di Nick? –, parlava al telefono e picchiettava sulla tastiera di un computer. Quando entrai, alzò lo sguardo e mi rivolse un sorriso e un cenno, sollevando l'indice per chiedermi di aspettare un secondo.

«Mando una squadra, Darlene». Poi, a me: «Sono subito da te».

Alzò una cornetta. «Harry, Darlene pensa che alcuni ragazzi siano entrati nel suo capanno e abbiano portato via la scala. Puoi andare a controllare?»

Harry rispose con un rapido «Certo, Sandy» e lei posò il ricevitore. Non potei fare a meno di sorridere. La polizia di una piccola città.

«Cosa posso fare per te?», domandò Sandy.

«Avrei bisogno di parlare con Nick Stone».

Inclinò la testa verso la porta alla sua sinistra. «Di solito il sabato non c'è, ma si dà il caso che oggi sia in ufficio». Prese il telefono. «C'è una donna che vuole vederti». Mi guardò. «Come si chiama?»

«Brynn Wilder».

La porta si aprì prima che Sandy riagganciasse.

«Ciao!» Nick sorrise. «Vieni pure».

Superai la scrivania di Sandy ed entrai nell'ufficio, una stanza rivestita di caldi pannelli di legno, con una libreria addossata a una parete e una finestra affacciata sulla strada. Un corgi mi osservava da una cuccia nell'angolo.

«Quella è Queenie». Chiuse la porta e si sedette sulla scrivania mentre io mi accomodavo sulla poltrona di cuoio. «È quanto di più simile a un'unità cinofila possiamo ottenere qui».

Sorrisi, non sapendo bene perché fossi là. Ora che ero davanti al capo della polizia, non avevo idea di come fare la domanda che mi echeggiava nella mente.

«Come posso aiutarti?», chiese Nick. «Spero che non ci siano problemi al LuAnn's…»

«No, non è niente del genere». Lo guardai e feci una smorfia. «Temo che ti sembrerà piuttosto strano».

«Dopo quello che ho passato con Kate un paio di anni fa, non c'è letteralmente nulla che mi sembri strano. Perciò dimmi pure».

«Mi domandavo se aveste identificato la donna che è morta al LuAnn's durante l'inverno».

Mi studiò per un lungo momento. «Non è strano».

Accennai un sorriso. «Non hai sentito il resto».

Scoppiò in una risatina. «Intendi che da qui in poi andrà sempre peggio?»

«Più o meno. Ho pensato di fare prima la domanda normale».

«Per rispondere a questa domanda normale, purtroppo non l'abbiamo identificata. Perché me lo chiedi? Pensi di sapere chi fosse?»

«No, è che…» Le mie parole si trasformarono in un sospiro. «Credo che stia infestando il LuAnn's. E perseguitando la sottoscritta».

«Be', questa sì che è una scocciatura» esclamò, contrariato.

«Mi credi?»

«Certo».

«Il suo corpo è ancora qui?»

«Nell'ufficio del medico legale. Ho incaricato un uomo di esaminare le denunce di persone scomparse ma, se nessuno la identifica entro tre mesi, periodo che ormai è quasi scaduto, verrà cremata».

Un brivido mi attraversò e il mio stomaco fece una rapida capriola.

«È la regola», spiegò Nick. «Poi il medico legale conserverà le ceneri per tre anni, insieme alle informazioni che abbiamo raccolto – risultati dell'autopsia, fotografie –, nell'eventualità che qualcuno si faccia avanti».

«Di cosa è morta? Posso saperlo?»

«Cause naturali. Niente omicidio o roba del genere. Secondo il medico legale aveva circa novant'anni».

«Wow».

«Già. Chiunque fosse, la signora ha avuto una vita lunga».

«Avete ancora una sua foto in archivio?»

Saltò giù dalla scrivania e si voltò verso il portatile. Dopo qualche clic, girò lo schermo dalla mia parte. Non avevo nemmeno bisogno di guardare l'immagine per avere una conferma, ma vederla distesa là, senza vita, mi provocò un inspiegabile turbamento, toccandomi nel profondo dell'anima. In qualche modo mi sembrava familiare. Mi salirono le lacrime agli occhi.

«È la persona che ho visto. Povera donna».

«Se la rivedi, chiedile chi è».

Lo ringraziai e uscii sotto il sole.

Mi domandai cosa avesse attirato la signora al LuAnn's. Come si fosse ritrovata a passare là gli ultimi giorni della sua vita. Perché si fosse seduta davanti al fuoco, in camicia da notte e maglione, a scrivere un diario in un albergo vuoto e buio. Perché fosse morta da sola in quel posto, senza nessuno che le stesse accanto, o che almeno denunciasse la sua scomparsa. Assalita da una profonda tristezza, mi avviai verso la riva del lago.

Mi sedetti su una grande roccia piatta ad ascoltare lo sciabordio delle onde. Il suono era così ritmico, così ipnotico da sembrare una meditazione. Il respiro e il battito rallentarono. Le carezze delle onde scacciarono la tristezza. *È tutto a posto, Brynn,* sembrava dire il lago. *È tutto a posto. Ora è in pace. È dove voleva essere.*

Là, con il lago che sussurrava il mio nome mentre lambiva la sponda, conclusi che forse non avremmo mai saputo chi era la donna e perché era là, che avrei dovuto rassegnarmi a quel mistero irrisolto. *Certe volte,* pensai, *non ci sono risposte. Solo domande.*

27

Seguendo un impulso improvviso, comprai un biglietto e presi il traghetto. Salii la stretta scala di metallo che portava al ponte superiore e rimasi accanto al parapetto mentre la barca si allontanava dal molo e si addentrava nel lago. La brezza fresca sul viso e la vista delle isole rocciose e verdeggianti in lontananza mi rasserenarono. Era vero quello che si diceva del lago. Era magico, confortante e curativo, come se la grande distesa d'acqua incarnasse Dio stesso. Forse era così. Tutto quello che sapevo era che ogni volta che ero nelle sue vicinanze, venivo pervasa da un senso di pace. Non avevo mai provato nulla di simile in vita mia.

Andare a Wharton era stata la decisione giusta. Quel luogo stava guarendo il mio spirito distrutto. Dal giorno della diagnosi di mia madre, per tutta la durata della terapia e fino alla sua morte, il mio mondo, la mia vita e tutto ciò che conteneva erano precipitati nel caos. La mia relazione inattaccabile? Sparita. Mia madre, sparita. Il mio buono e dolcissimo cane, che mi era stato accanto in tutto quel periodo, sparito. La passione per il mio lavoro, sparita. In uno stato di lutto per tutte quelle perdite, arrancavo attraverso le giornate come l'ombra di me stessa, una persona racchiusa in un guscio di ghiaccio.

Solo ora, in quei primi giorni a Wharton, cominciavo a scongelarmi.

Curioso, riflettei, il contrasto tra la pace del lago e la stranezza, o addirittura la paura, di alloggiare in un albergo infestato. Ma poi conclusi che forse non era solo il lago a curarmi. Forse era anche il LuAnn's.

Fui percorsa da un brivido.

Non ero mai stata una persona particolarmente religiosa. Mi sentivo più in sintonia con… qualcosa… quando ero a contatto con la natura che in chiesa. Sicuramente non avevo convinzioni sulla vita dopo la morte. Quando la mamma si era ammalata, avevo letto molti libri su persone che avevano avuto esperienze di premorte, morendo per un certo periodo e poi tornando a raccontarlo. Volevo essere certa, avevo un bisogno quasi disperato di sapere che, in qualche modo, mia madre avrebbe continuato a vivere, che la sua forza vitale non si sarebbe semplicemente spenta. Tuttavia, non avendo una fede salda e non credendo fermamente che lo spirito andasse in paradiso dopo la morte, avevo qualche dubbio su quei resoconti di sopravvivenza.

Quando la mamma era morta, non ero stata solo travolta dallo tsunami del dolore, ma anche consumata dall'oscurità assoluta e dalla paura che mi pervadevano quando pensavo che lei non era più con me, né da nessun'altra parte. Che il suo spirito vigoroso se n'era semplicemente… andato. E quando fosse arrivato il mio momento, me ne sarei andata anch'io? Non sarei stata da nessuna parte?

Prima che mia madre si ammalasse, non mi ero mai soffermata a lungo sulla morte e non avevo mai capito le persone che la temevano. Quando lei era moribonda, però, il concetto di vita dopo la morte era diventato una parte essenziale della mia psiche. L'idea di spegnermi occupava i miei pensieri più oscuri.

Queste erano le riflessioni che mi passavano per la testa mentre il traghetto si fermava al molo dell'Ile de Colette. Ora che ero là, non sapevo cosa fare. Era più o meno l'ora di pranzo, ma dopo l'abbondante colazione al LuAnn's ero ancora sazia. Non avevo la macchina, dunque un giro in auto era fuori questione. Forse potevo andare al Jimmy's per un rapido bicchiere di vino prima di prendere il traghetto per tornare sulla terraferma. Quando arrivai, mi stupii di trovare Dominic e Alice seduti a un tavolo a giocare a dama. Jason e Gil non si vedevano da nessuna parte.

Dominic si illuminò quando mi vide entrare. Alzò la mano in segno di saluto, facendomi cenno di avvicinarmi.

«Che coincidenza», disse mentre mi lasciavo cadere sulla sedia accanto a lui. «Ho pensato che una fuga sull'isola sarebbe stata l'ideale dopo questa mattina. Quando non ti ho trovato, ho chiesto a Lady Alice di essere la mia dama».

«Sei incorreggibile! Questo non è un appuntamento», ridacchiò lei. «Jason si arrabbierebbe se ti sentisse».

Dominic rise. «Sei fuori dalla mia portata in ogni caso».

Lo guardai ammirata. Che pensiero gentile, portarla fuori per un giorno. Il barista venne a prendere le ordinazioni: Chardonnay per me e Alice e un Gimlet per Dominic.

«Mi piace quest'isola», dissi ad Alice. «Ha un'atmosfera rilassante».

«Atmosfera rilassante», ripeté. «Sì, è vero». Guardò prima Dominic e poi me, e viceversa. «Mi piacciono anche le vostre vibrazioni. Le vostre vibrazioni insieme».

Mi sentii avvampare.

«Anche a me», disse Dominic.

Arrivarono i drink e bevvi un sorso di vino, grata per il diversivo.

Dominic assaggiò il cocktail. «Non lo sai. Sei uscita prima che Simon chiamasse. Il medico legale ha scoperto la causa della morte della donna a Harrison's House. Simon ha chiamato per informare LuAnn, e naturalmente lei l'ha detto a tutti».

Non ero sicura di voler sentire di un'altra signora anziana morta in circostanze misteriose a Wharton. Assomigliava a un'epidemia. Ma gli chiesi comunque di continuare.

«Cause naturali. Infarto».

Corrugai la fronte. «Ma la posa? Le mani incrociate sul petto?»

«Jonathan è l'unico ad aver visto quel dettaglio. Be', lui e i paramedici. E quelli hanno la bocca cucita, secondo Simon. La versione ufficiale recita: "È stato un evento triste e sfortunato, condoglianze alla famiglia, pensieri e preghiere da parte di Harrison's House", eccetera. Lui spera che le voci di strane circostanze vengano messe a tacere».

«Okay. Ma questo non cambia quello che ha visto Jonathan».

«Credo che non lo sapremo mai».

Alice spinse indietro la sedia e si alzò. «Ora devo andare. Devo essere a casa prima che le ragazze scendano dall'autobus. Mi piace andare a prenderle alla fermata. Non capisco perché non lo facciano anche le altre madri del quartiere. Comunque, porto le ragazze a fare shopping. Questa mattina, prima che andassero a scuola, ho promesso loro che oggi avremmo comprato tutte dei vestiti nuovi».

Dominic fece segno alla cameriera e pagò in contanti. «Tieni il resto». Poi, ad Alice: «Come mai vi servono dei vestiti nuovi?» Le offrì uno dei suoi enormi bicipiti. Lei vi fece scivolare intorno il suo braccio sottile e lui posò l'altra mano sulla sua. «C'è qualche occasione speciale?»

«Vogliamo dare una festa per i colleghi di Jason. Le ragazze saranno assenti per la maggior parte del tempo. Le metterò a letto. Anche se so che resteranno sveglie, quelle birichine». Rise dolcemente. «Ma voglio che abbiano dei nuovi vestiti eleganti per l'occasione».

«E anche tu», disse Dominic. «Ma non hai bisogno di un vestito nuovo per esaltare la tua bellezza. Potresti andare alla festa coperta di stracci ed essere ugualmente la più bella».

Alice si illuminò. «So che mi stai solo adulando». Gli accarezzò la mano. «Mi fa piacere, ma non farti venire strane idee. Sono una donna fedele».

«Fedele a Jason. Un uomo fortunato».

«Jason». Alice girò la testa da una parte e dall'altra. «Dov'è?»

«Al lavoro. Ma torna a casa tra poco. Non preoccuparti».

Alice si fermò. «Ho il tempo di portare le ragazze a fare shopping prima che rientri? Non voglio che trovi la casa vuota».

«Sta' tranquilla. Hai tutto il tempo».

Dominic la condusse fuori dal bar con così tanto affetto e delicatezza che ero sull'orlo delle lacrime.

Salimmo tutti e tre sulla sua auto, parcheggiata dietro il locale. Viaggiammo in silenzio fino al molo, ma percepivo l'agitazione di Alice come se fosse una cosa tangibile, sospesa nell'aria.

«Arriveremo a casa in tempo?», chiese. «Non so dove sia Jason. E voi? Sta bene? Posso scendere dalla macchina?»

«No», rispose Dominic con voce severa. «Sai che non è sicuro scendere da un veicolo in movimento. L'hai insegnato anche alle tue figlie». Allungò la mano e prese la sua.

«Sì, hai ragione. Non è sicuro. Meglio restare dove sono».

Sul traghetto, rimanemmo a bordo. Dominic mi sussurrò che riteneva incauto salire sul ponte, dato il nervosismo di Alice. Ero d'accordo. Mi accontentai di assecondare il movimento della barca che procedeva verso la terraferma, e notai che lui scriveva un messaggio. Incrociò il mio sguardo e annuì, e in qualche modo capii che aveva scritto a Jason.

Quando il traghetto attraccò, aspettammo il nostro turno e poi sbarcammo. Tornammo al LuAnn's in un lampo e scendemmo dall'auto.

«C'è Jason?», domandò Alice, e in quel preciso istante lui comparve, uscendo dalla porta con le braccia aperte.

«Ecco la mia ragazza!» La abbracciò. «Ti sei divertita?»

«Moltissimo». La donna sorrise a me e a Dominic. «Loro due mi piacciono. Sono brave persone».

«Sì, tesoro». Jason la portò via. «Gil ci aspetta di sopra».

E così il pensiero di portare le ragazze a fare shopping svanì. L'agitazione scomparve. Alice prese il suo ex marito sotto braccio, e in quell'istante era dove viveva il suo cuore. Accanto a lui.

Quanto a noi, li seguimmo con lo sguardo. Di colpo mi sentii esausta per gli eventi della giornata.

«Ti va di vedere un film?», propose Dominic. «Guardarlo fino alla fine, intendo». Fece un sorrisetto compiaciuto. «Credo che tu sia distrutta, e lo sono anch'io».

«Ottima idea».

Per fortuna, nel fine settimana non c'era l'happy hour, ma prendemmo ugualmente le scale sul retro per evitare eventuali clienti del ristorante. Di lì a pochi minuti mi infilai il pigiama. Certo, era ancora giorno, ma la visione di un film richiedeva un abbigliamento adatto. Dominic era d'accordo.

Due notti di fila con quell'uomo. Ecco cosa si prospettava. Cominciai a chiedermi come sarebbe andata a finire, ma interruppi di proposito quel ragionamento. Non era necessario che andasse a finire in nessun modo. E se l'avesse fatto, non dovevo controllarlo. *Lascia che accada, ragazza; lascia che accada e basta.* Avevo smesso di organizzare la mia vita nei minimi dettagli. Finora non mi aveva portato molto lontano.

Bussai piano alla sua porta. Meno male che Jason non era appostato nel corridoio per cogliermi sul fatto. Dominic mi fece entrare e vidi che il fuoco del camino immergeva la camera in una luce accogliente. D'un tratto fui assalita dalla stanchezza e non desiderai altro che rannicchiarmi sul letto. Ma rimasi là, esitante.

«Hai avuto una giornata impegnativa». Accennò al letto. «Rilassiamoci».

Non dovette chiedermelo due volte. Mi infilai sotto le lenzuola e appoggiai la testa sul nido di cuscini.

«Cosa ti piacerebbe guardare?» Si sistemò accanto a me e prese il telecomando. «Sembra che ci siano nuove proposte on demand sulla tv via cavo».

«Quello che vuoi». Poi lo guardai. «Niente horror».

Rise con un'espressione di gioia infantile sul viso che mi fece scendere una lacrima. Se ne accorse e la asciugò delicatamente.

«Perché piangi?»

«In questi giorni ho la lacrima facile», ammisi. «Avevi un'aria così gioiosa che mi ha ricordato… la gioia, immagino. Non ne ho avuta molta nella mia vita ultimamente, e proprio oggi stavo pensando che sono vicina a riscoprirla».

Mi passò le dita tra i capelli, spostandomeli dagli occhi.

«Ecco cosa hai avuto oggi», disse con voce carezzevole. «Una giornata in cui hai vomitato, sei svenuta e, a tutti gli effetti, hai visto un fantasma. Eppure, in qualche modo hai trovato la gioia».

«Suona un po' strano quando lo dici così».

«No. Suona magnifico. Molte persone gravitano verso la negatività, vi si aggrappano e la usano per definirsi, anche quando le circostanze non lo giustificano. Hanno sempre qualcosa di cui lamentarsi, anche quando il sole splende. Ma tu hai colto gli aspetti positivi di una giornata piena di stranezze. È una cosa difficile da fare e dimostra che tipo di persona sei, quanta grinta hai».

Le sue parole mi riscaldarono il cuore. «È uno splendido complimento».

Ci guardammo per un attimo e mi domandai se ci saremmo spinti oltre, quando Dominic ruppe l'incantesimo.

«D'accordo». Si schiarì la gola come se fosse in imbarazzo. «Cerco qualcosa da guardare».

Mise su un film drammatico e mi accoccolai al suo fianco, assaporando il piacere di non avere assolutamente nulla da fare. Non ricordavo l'ultima volta che mi ero sentita così e sapevo che, se in autunno fossi tornata a insegnare, non avrei più potuto concedermi ore così oziose nell'immediato futuro. In quel momento, tuttavia, me le godetti e basta. Non mi importava un granché del film. Tutta la mia attenzione era concentrata sull'uomo incoraggiante e meraviglioso che voleva distrarmi da una giornata strana, sconvolgente e inquietante.

Guardammo il film per un po', ridendo e parlando, finché cominciai ad avere le palpebre pesanti. Mi sorpresi a sonnecchiare di tanto in tanto, ma presto fu inutile cercare di restare sveglia. I sogni intensi della notte precedente mi avevano stremato.

L'ultima cosa che vidi prima di addormentarmi fu Dominic che, sorridendo, diceva: «Buonanotte».

28

Aprii gli occhi di colpo e mi alzai a sedere. Il televisore era spento. Dominic era seduto accanto a me, con un libro aperto sulle ginocchia.

«Tutto bene?», chiese. «Niente sogni sconvolgenti, spero».

Mi strofinai gli occhi e sbadigliai, controllando l'orologio. Non era passata più di un'ora, ma mi sembrava di aver dormito per un'eternità.

«No, ma mi è venuta in mente una cosa nel dormiveglia. Hai presente il momento in cui non stai più dormendo, ma non sei nemmeno del tutto sveglio?»

«Il tempo di mezzo, lo chiamava mia nonna». Fece un'espressione assente. «Diceva sempre che era il luogo in cui le cose visibili e invisibili si incontravano e danzavano. Presente, passato e futuro, tutti insieme. Noi vivi e gli spiriti dei defunti. Ogni cosa vortica insieme in quel mistico tempo di mezzo».

Il suo viso si addolcì e gli occhi cominciarono a brillare. «Diceva che alcuni di noi, pochi fortunati, riescono ad andarci per scelta. A uscire dal fiume del tempo, per così dire, e a sorvolarlo per raggiungere ciò che esiste realmente. Sono i veggenti, i sensitivi, i visionari di questo mondo. O almeno così sosteneva».

Alice, pensai.

«Doveva essere una donna saggia, tua nonna». Immaginai Dominic che, da bambino, ascoltava i suoi racconti.

«Lo era». Si asciugò rapidamente una lacrima e si schiarì la voce, riportando entrambi nel presente. «Hai detto che ti è venuto in mente qualcosa?»

«È una cosa stranissima ma, quando mi stavo svegliando, quando ero nel tempo di mezzo, ho iniziato a pensare agli elefanti».

Aggrottò le sopracciglia. «Agli elefanti?»

«C'è una vecchia leggenda sul cimitero degli elefanti. Narra che questi animali sentano quando stanno per morire. Quando il momento è vicino, si separano dal branco e compiono l'ultimo viaggio da soli verso il luogo in cui i loro antenati li hanno preceduti, il luogo in cui moriranno».

«Wow, interessante». Si abbandonò contro i cuscini. «Continua».

«Gli esploratori parlano del cimitero degli elefanti da anni. Se non addirittura da secoli. I cacciatori l'hanno cercato per l'avorio. Nessuno l'ha mai trovato, a quanto ne sappiamo».

«Ma gli elefanti sanno dov'è», mormorò.

«Si dice che gli spiriti dei defunti lo custodiscano, gettando un'ombra in modo che gli uomini non possano individuarlo. Secondo me è meglio così».

«Bella storia. Ma perché ti è venuta in mente proprio adesso? Il cimitero degli elefanti non è a Wharton. Credo che possiamo essere relativamente sicuri».

«Penso si ricolleghi a una cosa che è successa oggi. Una cosa che non ti ho detto, tra Alice e tutto il resto».

«Cosa?»

«Sono andata dal marito di Kate, Nick Stone».

Un'espressione stupita, se non addirittura allarmata, gli attraversò il volto e svanì subito. «Dal capo della polizia? Perché?»

«Volevo sapere se avessero identificato la signora morta nella camera 5».

«E?»

«Non l'hanno identificata. Stanno controllando con scarse speranze le denunce di scomparsa, ma è morta di cause naturali, e aveva novant'anni, perciò non c'è ragione di condurre un'indagine di polizia, anche se si era introdotta qui di nascosto».

«Vuoi dire che non stanno muovendo un dito per scoprire chi era e cosa ci faceva qui?»

«Esatto. La situazione è questa. Il suo corpo è nello studio del medico legale e, se nessuno si farà avanti, la cremeranno. Terranno i resti per qualche anno e conserveranno i dati in archivio, nell'eventualità che un giorno, in futuro, qualcuno la identifichi».

Con gli occhi pieni di lacrime, fui investita da una brezza fredda. «Stavo pensando a quanto sia triste».

«Come gli elefanti che si mettono in viaggio per morire da soli», concluse con voce riverente e sommessa. «È questo il collegamento che hai fatto».

Gli misi la mano sul braccio. «Esatto. Hai colto nel segno. Ma c'è di più».

Si sporse verso di me.

«Gli elefanti sentono che stanno per morire, così si dirigono verso un luogo speciale» proseguii, con i pensieri che mi si affacciavano alla mente mentre parlavo. «E se l'avesse fatto anche lei?»

«Qui? Al LuAnn's?»

«Sì!» Raddrizzai la schiena e mi voltai verso di lui, con le gambe incrociate. «E se avesse intuito che stava per morire? Forse aveva ricevuto una diagnosi, forse se lo sentiva... Non lo so. Ma quel che è certo è che era vicina alla morte. Ed è venuta al LuAnn's, in pieno inverno, quando era tutto chiuso e buio. Non era una residente e nemmeno una visitatrice abituale. Qualcuno in città l'avrebbe conosciuta, o almeno riconosciuta dalla foto che la polizia ha mostrato agli abitanti. D'altra parte, se la signora avesse conosciuto qualcuno, l'avrebbe contattato».

«Mi sembra ragionevole».

Incoraggiata, continuai. «Possiamo soltanto supporre che sia venuta qui appositamente lo scorso inverno. Non era semplicemente di passaggio e non si è imbattuta in questo posto per caso. Nessuno passa di qui per andare altrove. Wharton è una destinazione autonoma. Non c'è altro nei dintorni. Si viene a Wharton per restarci. È venuta qui a morire».

Sgranò gli occhi. «È una teoria interessante».

«Non ho finito! Se davvero è venuta qui a morire, la domanda è: perché? Perché a Wharton? Perché al LuAnn's?»

«Perché nella camera 5? Erano tutte vuote».

«Appunto!»

«Qual è la tua ipotesi?»

«Credo che questa casa e quella camera significassero qualcosa per lei. Dal mio punto di vista è evidente».

Strinse le palpebre. «Come sarebbe a dire, evidente? A me sembra l'esatto contrario».

«No, ti sbagli. Mettiti nei suoi panni. Stai per morire. Vieni a passare i tuoi ultimi giorni a Wharton, al LuAnn's.

Da solo, per giunta. Se lo faccio, vuole dire che questo posto significa qualcosa per me. Sono già stata qui. Ho trascorso qui un lungo periodo denso di ricordi».

Gli luccicarono gli occhi. «Forse ha fatto la luna di miele nella camera 5 quando era una giovane sposa».

«Forse lavorava qui prima che LuAnn comprasse l'edificio, quando era una pensione.

«Wow. Una vita molto lunga».

«È esattamente quello che ha detto lui».

«Credo che tu sia sulla strada giusta. Me lo dice il sesto senso. Purtroppo non siamo più vicini a scoprire l'identità della donna».

«Lo so» dissi, un po' scoraggiata. «Certo, LuAnn deve avere i registri degli ospiti, ma i nomi non ci dicono niente. Probabilmente ci sono delle foto da qualche parte ma, dato che LuAnn non l'ha riconosciuta, significa che se la signora è stata qui in passato – e io ne sono convinta –, all'epoca era molto più giovane. Forse era una dipendente. Forse, non so, i suoi genitori erano i proprietari un secolo fa e lei è nata qui, nella camera 5. Forse era un'ospite. Ma temo che non lo scopriremo mai».

Dominic distolse lo sguardo, come se stesse raccogliendo le idee. «È impossibile saperlo con certezza, a meno che qualcuno non si faccia avanti».

Sospirai. «Immagino che dovremo metterci una pietra sopra».

«A meno che tu non la rincontri nel tempo di mezzo», disse con un sorriso sulle labbra.

«Nick Stone ha detto di chiederle chi è, se dovessi sognarla di nuovo».

«Non è una cattiva idea».

Cambiammo argomento, ma i miei pensieri continuavano a ruotare intorno alla donna. Ormai mi ero rassegnata alla possibilità che la sua identità e i motivi per cui era andata a Wharton restassero avvolti nel mistero.

Se le mie supposizioni erano fondate, se era tornata a Wharton, per morire perché quello era un posto speciale per lei, la sua morte appariva molto meno fredda e solitaria. Meno cruda. Era una sua scelta. Ciò che aveva voluto. Dove aveva voluto. E per il momento mi bastava.

Finimmo il film e parlammo di andare a cena, ma ero esausta per gli eventi della giornata.

«Forse è meglio che torni in camera mia», dissi senza volerlo fare davvero.

Si girò su un fianco e sorrise. «Perché mai dovresti?»

Arrossii. «Non volevo dare niente per scontato».

«Se vuoi restare sola...»

«Non voglio», lo corressi con troppa impulsività. «Insomma», annaspai, «non intendevo...»

Mi accarezzò la guancia. «So esattamente cosa intendevi. Hai avuto un paio di notti difficili. E anche la giornata di oggi. Qui dentro stanno succedendo eventi ultraterreni. Alice che blatera di cose strane. Gary che vede fantasmi dietro ogni angolo. E sei anche turbata per la signora. Sei sotto stress».

Aveva ragione. La verità era che l'idea di dormire da sola mi faceva venire un nodo allo stomaco. «Ti dispiace se resto?»

Scoppiò in una risata, con la gioia che tornava sul suo bel viso. «Se mi dispiace? Vediamo un po'. Una bella donna vuole dormire nel mio letto. Cosa faccio? Cosa faccio?»

Mi diede un bacio dolce e delicato. Chiusi gli occhi e lasciai che il suo aroma, un sentore di colonia misto al suo profumo muschiato, mi avvolgesse. D'un tratto il mistero della signora della camera 5 svanì. Non sembrava importante quanto quello che stava accadendo qui in quella di Dominic, nel presente. Alzai lo sguardo verso il suo volto incredibilmente bello.

«Sai che mi sto innamorando di te, vero?», chiesi con la voce ridotta quasi a un sussurro.

«Era ora». Mi accarezzò i capelli.

Una serie di forti colpi alla porta ci svegliò nel cuore della notte.

«Dominic!» Una voce maschile. Altri colpi. «Dominic! Svegliati!»

Lui mi guardò preoccupato e scivolò giù dal letto in boxer e maglietta per andare ad aprire. Era Jason.

«Mi dispiace svegliarti a quest'ora». Si passò le dita tra i folti capelli bianchi.

«Cosa c'è?», chiese Dominic.

«Si tratta di Alice».

Mi alzai e li raggiunsi. «Cos'è successo?» Sentii il panico che si impadroniva di me, attanagliandomi lo stomaco.

«Se n'è andata», disse Jason. «Mi sono svegliato e sono andato a controllarla. Non è nel suo letto. Gil sta perlustrando l'edificio, ma ho un bruttissimo presentimento».

«Quanto tempo fa è successo?» Dominic si infilò i jeans.

«Pochi minuti fa».

«Vado a vestirmi». Mi affrettai verso la mia camera, dove indossai i pantaloni e la camicia a maniche lunghe. Dopo essermi messa anche il giubbotto e le scarpe, uscii chiudendomi la porta alle spalle. Ci avevo impiegato meno di trenta secondi.

Ci precipitammo tutti e tre lungo le scale e attraverso il ristorante buio, dove Gil ci stava aspettando.

«Niente?», chiese Jason.

«Ho perlustrato la casa da cima a fondo. Non c'è», rispose lui.

Il tempo si fermò mentre eravamo là, paralizzati per un istante dalla consapevolezza che si abbatté su di noi come un'onda.

Senza una parola, uscimmo nell'oscurità. Esitammo per un momento, senza sapere se imboccare la strada verso la città o scendere verso l'acqua.

Come se avesse intuito la domanda prima che qualcuno la facesse, Dominic disse: «Io, Jason e Brynn andiamo verso il lago. Il sesto senso mi suggerisce che è andata da quella parte. Ma per sicurezza, Gil, controlla i dintorni della casa e il quartiere. Non può essersi allontanata molto».

Dominic fece un paio di passi e si voltò verso l'uomo. «Hai portato il cellulare?»

L'altro lo tirò fuori dalla tasca.

«Chiama la polizia», gli disse.

Mentre ci dirigevamo verso il lago, vidi che la città era deserta: gli abitanti erano sotto le coperte, e i negozi e i ristoranti erano chiusi, illuminati dal bagliore giallastro dei lampioni. I due traghetti ballonzolavano accanto al molo, dopo aver finito da ore le corse verso l'isola. Anche i cabinati ormeggiati ai pontili erano bui.

Era scesa una nebbia bassa che aveva avviluppato ogni cosa in un'ondeggiante e palpitante coltre bianca.

«È solo colpa mia». Jason sbirciava nelle vie laterali mentre correvamo. «So che tende a vagare qua e là! Dovevo installare un allarme sulla porta d'ingresso o… qualcosa del genere. È tutta colpa mia».

«Sciocchezze», dissi. «Concentriamoci sulle ricerche».

Dominic si staccò dal gruppo, poi iniziò a correre a perdifiato. Io e Jason ci guardammo e lo seguimmo. Si stava dirigendo verso il parco, lungo la riva rispetto al molo. Le famiglie si riunivano là per picnic e concerti e per sedersi sulle coperte e godersi il lago nei pomeriggi di sole. Non c'era una spiaggia, ma solo una sponda rocciosa con un ripido dislivello a pochi metri dalla terraferma.

Scrutammo in cerca di Alice.

Quindi vedemmo ciò che Dominic aveva visto prima di noi.

29

Alice stava entrando nel lago, con la camicia da notte che si gonfiava a mano a mano che avanzava nell'acqua. Con i capelli sciolti e fluenti, circondata dalla foschia e dalla luce spettrale dei lampioni, non aveva nulla da invidiare alla Dama del Lago che scende nelle nebbie di Avalon.

Io e Jason ci fermammo sul bordo dell'acqua, paralizzati per un attimo dal terrore. Dominic si era già tuffato.

«Alice!», urlò Jason. «Dominic sta arrivando! Resta dove sei!»

«Alice!», provai a chiamarla.

Ma era come se fosse in trance. Poi scomparve, apparentemente inghiottita dal lago, senza lasciare nemmeno un'increspatura sulla superficie.

«No!» Jason si lanciò verso l'acqua, ma lo trattenni.

«La tirerà fuori. L'ultima cosa di cui abbiamo bisogno è che anche tu finisca nel lago», dissi. Mi strinse le braccia intorno alla vita e, per un lungo terribile momento, guardammo Dominic che si immergeva, riaffiorava, si guardava freneticamente intorno e si rituffava nel lago scuro, una volta dopo l'altra, per poi riemergere con Alice tra le sue braccia.

Le luci rosse e blu di un'auto della polizia squarciarono la nebbia, con le urla della sirena che diventavano sempre più forti a mano a mano che si avvicinava.

Il nostro uomo tornò sulla riva gocciolando, con la testa di Alice appoggiata contro il petto e le mani ossute strette intorno al braccio. Lei tremava visibilmente, con gli occhi che saettavano avanti e indietro come se fosse all'affannosa ricerca di qualcosa di elusivo.

«Tesoro, stai bene?», chiese Jason con voce rauca e sottile.

La donna tossì e rabbrividì. «Dove sono?»

«Hai solo avuto una brutta serata», rispose Dominic mentre ci affrettavamo lungo la strada verso il LuAnn's. «Ma ora ti abbiamo trovata».

Incrociò il mio sguardo. «È ghiacciata», disse.

«Corro avanti a riempire la vasca da bagno». Il suo ex marito sfrecciò via, svanendo nella nebbia.

Alzai la mano, facendo segno alla macchina della polizia. Si fermò, e un agente saltò giù e aprì la portiera posteriore. Dominic scivolò sul sedile, sempre tenendo Alice tra le braccia. Io feci il giro e salii sull'altro lato.

«Al LuAnn's», disse Dominic, e partimmo a tutta velocità.

«Cos'è successo?», domandò un poliziotto.

Noi due ci scambiammo un'occhiata. «Si è confusa e si è allontanata», dissi.

«Ha bisogno di andare in ospedale?», chiese l'agente.

«È stata sott'acqua solo per un attimo, ma forse per precauzione?», rispose Dominic.

«È a venti minuti da qui», ci informò l'agente.

«È ghiacciata», intervenni. «Ha bisogno di fare un bagno caldo, non di stare in macchina a tremare per venti minuti».

«D'accordo», approvò lui. «La terremo d'occhio per tutta la notte».

«Chiamiamo un'ambulanza, se serve».

Il viaggio parve durare un'eternità.

Finalmente arrivammo. Dominic scese dall'auto con Alice in un lampo e salì le scale due alla volta. Il corridoio era buio, ma la porta di Gil e Jason era aperta, con la luce che brillava fino all'estremità opposta. Gil camminava avanti e indietro in salotto, ma Dominic lo superò e andò direttamente in bagno, dove sentii scorrere l'acqua.

«Cos'è successo?», chiese l'uomo con un sussurro aspro. «Jason riesce a malapena a...»

Risuonò la voce di Jason. «Togliamoci questa camicia da notte bagnata, tesoro».

«Era nel lago», spiegai a Gil. «Dominic si è tuffato per tirarla fuori».

Si portò le mani alla bocca. «Oddio».

«Lo so. È stato surreale».

Dominic uscì dal bagno, dove Jason continuava a parlare con la sua ex moglie in tono dolce e sommesso. «Ecco fatto. Va meglio? Ho aggiunto il tuo bagnoschiuma preferito».

La tensione aleggiava nella stanza come il denso strato di nebbia all'esterno. Nessuno sapeva cosa dire. Ci vorticavano intorno moltissimi interrogativi, a cui nessuno voleva dare vita pronunciandoli. Ma tutti pensavamo la stessa cosa. Prendersi cura di Alice era stata una buona idea? Scegliere di non portarla in una casa di cura aveva forse messo a rischio la sua incolumità? L'espressione di Gil rivelava che anche lui era alle prese con quelle domande.

Fui io a rompere il silenzio. «Anche tu dovresti toglierti i vestiti bagnati», suggerii a Dominic.

Annuì e si rivolse a Gil. «Torno subito».

Poco dopo bussò piano alla porta ed entrò, indossando i pantaloni di una tuta, una T-shirt e un paio di pantofole.

Gil aveva gli occhi pieni di lacrime. «Grazie». Ci guardò. «Anche se so che i ringraziamenti non bastano».

Dominic gli mise la mano sulla spalla e lo strinse in un abbraccio, dandogli dei colpetti sulla schiena quando lo vide piangere di sollievo.

«È tutto a posto, amico», lo rassicurò. «Alice si riprenderà».

«Jason non se lo sarebbe mai perdonato», sussurrò lui.

Si staccò da Dominic e attraversò la stanza in direzione della cucina, dove prese una bottiglia di Highland Scotch. «Qualcun altro ha bisogno di un drink?»

«Ci puoi scommettere». Dominic ridacchiò.

Gil riempì tre bicchieri di liquido ambrato, fece cadere un cubetto di ghiaccio in ciascuno e ce li porse.

Ne presi un sorso, assaporando la torba e l'aria salmastra mentre lo scotch mi scivolava in gola, riscaldandomi da dentro.

«Io non...», iniziò Gil, ma lasciò la frase a metà, riluttante a esprimere i suoi pensieri. Si passò le dita tra i capelli, finendo il drink e versandosene un altro.

«Perché non accendi il camino?», proposi. «Aspettiamo con te finché Jason non porta Alice fuori dal bagno e la mette a letto».

Sospirò. «Ottima idea». Si avvicinò al camino e lo accese, con il gas che prendeva fuoco immediatamente, inondando la suite di luce calda.

Si lasciò cadere su una poltrona mentre io e Dominic ci sedevamo sul sofà. Fissammo in silenzio le fiamme tremolanti. Cosa c'era da dire?

Guardai l'orologio. Erano quasi le tre e mezza del mattino. Gil appoggiò la testa allo schienale e chiuse gli occhi, tenendosi il bicchiere ghiacciato contro la fronte, come per alleviare un'emicrania. Lo capivo perfettamente. Una volta esaurito l'effetto della scarica di adrenalina, era subentrata una profonda stanchezza, accompagnata da un leggero mal di testa. Sbadigliai, desiderando tornare a letto con Dominic e restare tra le sue braccia fino al mattino.

Ma non sarebbe successo.

«Gil!», urlò Jason dal bagno.

Lui aprì gli occhi di scatto. «Sì? Cosa ti serve?»

«Potresti prendere una camicia da notte pulita per Alice? È pronta per uscire dalla vasca e andare a letto».

Suo marito riabbassò le palpebre. «Certo, amore» rispose, esausto.

Mi allungai e gli misi la mano sul braccio. «Ci penso io. Dove sono le camicie da notte?»

«Sei davvero un tesoro. Ultimo cassetto del comò. Seconda camera al piano di sopra. Dovrebbe esserci anche un paio di pantofole».

Mi alzai e, dopo aver salito la larga scala di legno, percorsi il corridoio fino alla stanza di Alice.

Accesi la luce e vidi che i mobili ricalcavano il resto dell'arredamento. Un letto matrimoniale con una trapunta patchwork, e la testiera fatta di tronchi levigati. Un comò e un comodino nello stesso stile, con elementi di ferro battuto nero a forma di alci, orsi e lontre. Lampade di ferro battuto con paralumi che assomigliavano a corteccia di betulla. Un tappeto rotondo intrecciato accanto al letto e un camino sulla parete opposta.

Le foto incorniciate di Alice, Jason e delle ragazze erano ovunque. Ne notai una di Jason, Alice e Gil, scattata al LuAnn's. Gentile, pensai, includerlo nei ricordi di famiglia.

Aprii l'ultimo cassetto del comò e trovai diverse camicie da notte di flanella, ordinatamente piegate, con un sacchettino di lino in cima. Come aveva detto Gil, là accanto c'era un paio di pantofole nuove.

Le presi insieme alla prima camicia da notte, con l'intenzione di tornare subito al piano di sotto, ma quello che vidi nel cassetto mi fermò.

Carta. Fogli di carta color crema – disegni da colorare per bambini? – piegati a metà. Probabilmente non avrei dovuto curiosare ma, vedendo quelle pagine nascoste tra la biancheria, provai un dolore sordo alla bocca dello stomaco e un brivido che mi percorreva le vene.

Posai la camicia da notte e le pantofole e, prendendo le pagine cautamente, come se stessero per prendere fuoco, le aprii. Dovetti soffocare un sussulto.

Sul primo foglio c'era un disegno. Alice nel lago, in camicia da notte. Il cielo era scuro e i lampioni emettevano un chiarore giallastro, che la illuminavano come dei riflettori. Lei curvava le labbra in un sorriso spaventoso e aveva gli occhi stralunati. Il lago rifletteva la sua immagine e là, nell'acqua, un'altra figura galleggiava appena sotto la superficie. Ma non riuscivo a capire cosa fosse. Un essere umano? Non ero sicura. In lontananza c'erano tre figure sulla strada.

Quella era Wharton. Quella era Alice che entrava nel lago. E le tre figure eravamo io, Jason e Dominic.

30

Misi da parte il foglio con mani tremanti per esaminare quello sottostante. Raffigurava Dominic che, con Alice in braccio, usciva dall'acqua e si dirigeva verso la riva.

Erano illuminati da un fascio della stessa luce gialla, ma in quel disegno il chiarore era costellato di volti. Alcuni sorridenti, altri minacciosi. Volti che li guardavano dall'alto.

Piegai i fogli l'uno dentro l'altro e li infilai in tasca mentre recuperavo la camicia da notte e le pantofole e prendevo la vestaglia di Alice dal gancio dietro la porta mentre mi precipitavo fuori dalla camera e lungo le scale.

Bussai alla porta del bagno. Jason la socchiuse.

Gli porsi la biancheria. «Grazie» disse, sia con le parole sia con gli occhi.

Chiusi la porta e mi voltai verso Dominic e Gil, indecisa se metterli al corrente di quanto avevo appena scoperto. Esitai un attimo, ma poi ricordai la conversazione che avevo avuto con Gil qualche giorno prima, quando avevamo ipotizzato che lei avesse sviluppato capacità medianiche. Gli eventi di quella notte non c'entravano nulla, però. Riguardavano quella donna e la sua incolumità. E i disegni ci avevano qualcosa a che fare.

Tirai fuori i fogli dalla tasca e guardai la porta del bagno, sperando che Jason non uscisse proprio in quel momento.

«Ho trovato qualcosa che dovete vedere». Li aprii.

Li esaminarono uno alla volta, quindi puntarono entrambi lo sguardo su di me.

«Dove li hai trovati?», domandò Gil con un sussurro aspro.

«Nel cassetto delle camicie da notte».

L'uomo mi guardò. «Abbiamo incoraggiato Alice a dedicarsi all'arte. Abbiamo consultato diverse persone che hanno a che fare con i malati di Alzheimer, gruppi di sostegno, questo genere di cose, e alcune famiglie ci hanno detto che spesso le attività artistiche hanno un effetto calmante. Sapete quanto diventa nervosa, a volte».

«Certo. Sembra un'ottima idea».

«Anche Alice è contenta. Ma questo...»

La porta del bagno si aprì. Piegai rapidamente i fogli e li rinfilai in tasca. Gil mi fece un cenno, come se avesse capito. Non era necessario che Jason vedesse i disegni, almeno per ora.

Condusse fuori la donna, in camicia da notte, vestaglia e pantofole.

«Okay, tesoro, torniamo a letto». Ci sorrise. Aveva gli occhi stanchi. «Mancano solo pochi gradini».

«Solo pochi gradini». Lei parve non accorgersi della nostra presenza.

Li guardammo mentre raggiungevano il pianerottolo del secondo piano. Poi Alice si girò di scatto verso di noi.

«Non era il mio momento», dichiarò. «Potrebbe arrivare presto. Penso che arriverà presto. Ma non oggi».

Dominic si alzò. «Buonanotte, bella signora. Dormi bene. Ci vediamo domani».

«Buonanotte, mio cavaliere e salvatore. Non oggi, vero? Domani mi sveglierò?»

Dominic fece un gran sorriso, anche se non capivo come riuscisse, dato che io avevo la gola chiusa da un nodo di lacrime.

«Sarei felice di fare colazione con te», aggiunse lui.

Jason la portò in camera. Dopo qualche minuto aprì la porta e sgattaiolò fuori, chiudendola piano, come il genitore di un neonato capriccioso che si è appena addormentato. Scese le scale senza far rumore.

Gil gli andò incontro con un bicchiere di scotch. Si abbracciarono per un lungo minuto mentre Jason piangeva. Poi fece un respiro profondo e si voltò verso noi due.

«Non so come ringraziarvi», esclamò.

Dominic alzò la mano. «Non dirlo neanche, amico. Hai imboccato una strada per nulla facile, e hai scelto di percorrerla nonostante le difficoltà».

Jason soffocò un singhiozzo mentre suo marito lo conduceva verso il divano.

«Ora non so cosa fare» riprese, dopo essersi seduto. «Come possiamo essere sicuri che non esca di nuovo mentre dormiamo? Chiudiamo la sua porta dall'esterno? E se scoppia un incendio?»

«C'è una soluzione molto più semplice», suggerì Dominic. «Un cancelletto per bambini in cima alle scale. Dotato di allarme».

L'uomo si girò verso Gil. «Niente male, come idea».

«Niente male?» Dominic ridacchiò. «È una soluzione elementare a questo problema. Le impedirà di scendere le scale. E l'allarme ti avviserà se cerca di aprirlo. Possiamo ordinarne uno domani e riceverlo entro un giorno o poco più».

I due si scambiarono un'occhiata. «LuAnn sarà d'accordo?», chiese Jason.

«Non credo che abbia obiezioni», lo rassicurò Dominic.

«E questa notte?», domandò ancora. «Forse potrei dormire davanti alla porta…»

«Sciocchezze. Voi due andate a letto e riposate un po'. Ne avete bisogno. Io sono sveglio come un grillo. Faccio il turno di notte. Resto qui sul divano e mi assicuro che Alice non faccia altre passeggiate notturne», si offrì Dominic.

«Non possiamo chiederti una cosa del genere», protestò Jason.

«Non me lo state chiedendo. Mi sto offrendo spontaneamente. E sei esausto. Domani non sarai di nessuna utilità ad Alice se resti sveglio tutta la notte».

Gil guardò Jason. «Ha ragione, sai».

«Presto installiamo il cancelletto», li rassicurò. «Magari anche delle telecamere».

Jason ci guardò entrambi. «Grazie» cedette infine, come se non sapesse cos'altro aggiungere. Poi si rivolse a Dominic. «Fa' come se fossi a casa tua».

Gil lo portò al piano superiore. Chiusero la porta della camera. Il sollievo era palpabile nell'aria.

«Resto con te», dissi a Dominic.

Scrollò il capo. «Riposati. Io devo solo fare la guardia, e tu ti addormenteresti sulla mia spalla e ti sveglieresti con il torcicollo. Poi ti lamenteresti tutto il giorno».

«D'accordo. Torno in camera mia».

Mi tirò a sé e mi baciò, prendendo in mano una ciocca dei miei capelli. Non desideravo altro che raggomitolarmi a letto e stringerlo tra le braccia fino al mattino.

31

Uscii nel corridoio buio, chiudendomi la porta alle spalle. Sentii Dominic tirare il chiavistello e mettere la catenella. All'improvviso la distanza che mi separava dalla mia camera sembrò insormontabile. Stavo per fare dietro front e chiedergli di accompagnarmi, ma poi ci ripensai. Aveva cose più importanti di cui occuparsi.

Quando vidi che la nicchia della numero 5 era immersa nell'oscurità, tirai un sospiro di sollievo. *Okay,* mi dissi, *puoi farcela.*

È solo un corridoio.

Dopo qualche passo, però, mi parve… in qualche modo vivo. L'aria pulsava. Un soffio freddo mi passò sul viso e sparì in un istante. Poi, tuttavia, mi avvolse come una spirale. D'un tratto mi sentii congelare.

Quindi cominciarono le voci. Non distinguevo le parole, soltanto un brusio attutito, come se fossero in un'altra stanza.

«O in un'altra epoca», disse una voce femminile.

Si accese la luce in un'altra camera. La porta si aprì, rivelando un uomo dai capelli spettinati e dal pigiama a righe sgualcito. Vedendomi, sobbalzò visibilmente.

«Oh! Mi hai spaventato. Non pensavo di incontrare qualcuno a quest'ora». Si lisciò i capelli mentre guardava lungo il corridoio. «La toilette?»

«Seconda porta a destra».

«Grazie». Si affrettò in quella direzione. Accese la luce e chiuse la porta.

E così si ruppe l'incantesimo. Il corridoio tornò alla normalità.

Percorsi rapidamente il resto della strada fino alla mia camera, assicurandomi di girare la chiave nella serratura dopo essere entrata. Non sapevo che ci fossero ospiti di passaggio, ma evidentemente quel posto era fatto così. Un albergo e una pensione. LuAnn non era tenuta ad avvisarci quando affittava una stanza per una notte.

Non avevo l'abitudine di chiudere a chiave quando c'eravamo solo io, Jason, Gil, Alice e Dominic. Ma ora… mi resi conto per la prima volta che gli estranei sarebbero andati e venuti, una notte qua, una notte là. Non avevamo idea di chi fossero. La mia camera era aperta. Uno di loro poteva essere entrato e aver frugato tra le mie cose.

Accesi il lampadario e scrutai la stanza, infilando la testa nel bagno e nella cabina armadio. Sbirciai sotto il letto. Non c'era nessuno.

Il mio telefono era ancora collegato al caricabatterie. Il portatile era sul tavolo accanto alla finestra, con la borsetta là vicino. Mi avvicinai e la aprii, tirando fuori il portafoglio. Tutte le carte di credito erano nelle loro fessure. I pochi contanti erano ancora piegati al loro posto.

Tastando il fondo della borsetta, trovai la scatolina nera che avevo portato con me. Dal funerale della mamma non avevo più avuto il coraggio di aprirla. Era ancora là. Espirai.

La aprii.

Conteneva una delicata catenina d'oro, impreziosita da un ciondolo con la scritta SISU. È una parola finlandese pressoché intraducibile. Riassume lo spirito del popolo finlandese: forza, determinazione, audacia, coraggio, fermezza, perseveranza. Se hai SISU, non riesci solo a superare gli ostacoli della vita, ma anche a trionfare sulle difficoltà.

Descriveva perfettamente mia madre. Era finlandese al cento per cento: entrambi i suoi genitori erano figli di immigrati finlandesi. Quando le avevano diagnosticato il cancro, aveva ordinato due di quelle collane. Oro per lei. Argento per me. Sapeva che la strada da percorrere sarebbe stata molto dura e faticosa per entrambe e voleva che ricordassimo chi eravamo nel profondo. Non sarebbe stato piacevole, non sarebbe stato facile, ma potevamo farcela, qualunque cosa fosse successa.

Non se l'era mai tolta fino al giorno della sua morte. Ero seduta al suo capezzale e lei, facendo un enorme sforzo, si era portata le mani dietro il collo, l'aveva slacciata e me l'aveva consegnata insieme alla fede nuziale.

«È giusto che siano tue», aveva sussurrato con voce spezzata.

Le avevo prese e avevo chiuso il pugno, sapendo che sarebbero state un legame tangibile con lei dopo la sua scomparsa. Avevo annuito, senza riuscire a dire una parola. La mia voce annegava nelle lacrime.

«Sarà molto difficile per te».

«SISU», avevo detto.

Aveva sorriso, confortata.

Qualche ora dopo avevo infilato la fede nella catenina. Me l'ero messa intorno al collo e l'avevo indossata durante i preparativi del funerale. Durante l'elogio funebre. Durante la veglia funebre, mentre ringraziavo i presenti per essere venuti, accettando le loro condoglianze. Quella sera l'avevo tolta, l'avevo messa via e non l'avevo più guardata. Era un ricordo troppo doloroso.

Però, mentre ero nella mia graziosa camera gialla al LuAnn's, ebbi la sensazione che fosse arrivato il momento di indossarla nuovamente.

Tirai fuori dalla tasca i disegni, li aprii e li posai sul tavolo accanto al computer e alla borsetta. Li riesaminai e rabbrividii, soprattutto davanti all'immagine di Dominic che portava Alice in braccio, con il fascio luminoso costellato di volti di persone che non avevo mai visto

Attraversai la stanza e spensi la luce, mi spogliai, indossai una T-shirt comoda e mi rannicchiai sotto le coperte, pur sapendo che non mi sarei addormentata tanto presto. La mia mente era un turbine di pensieri.

Che tipo di visione ultraterrena si era impossessata di Alice? Era come se, mentre il cervello si deteriorava a causa della micidiale avanzata di quella terribile malattia, qualche altra parte della sua mente si fosse risvegliata. Era vero quello che aveva detto Dominic? Che per lei il velo tra questo mondo e l'altro era sottile come un filo di seta? Suonava stranamente logico, ma come poteva quel fatto permetterle di vedere ciò che vedeva? Di sapere ciò che sapeva?

Non avrei trovato nessuna risposta. Semplicemente non esistevano risposte a domande come quelle. O almeno, non ne esistevano di esaurienti. Come l'identità della donna della camera 5, forse il mistero delle visioni di Alice sarebbe rimasto proprio quello. Un mistero. Una grande incognita.

Sentii le palpebre pesanti e sbadigliai, rannicchiandomi sotto le coperte. Sorrisi quando pensai: *Sto scivolando nel tempo di mezzo.*

Poi udii il canto. Dolce e sommesso, quasi un sussurro. Era la voce di mia madre.

Mi accoccolai, confortata dalla canzone che mi cantava quando ero bambina, la sera, mentre mi rimboccava le coperte.

Sentii la sua mano che mi accarezzava i capelli come faceva di solito. Colsi il suo profumo.

Fluttuai in quella dimensione intermedia, non ancora addormentata, non del tutto sveglia, lasciandomi cullare dal suo canto come quando ero piccola. Una pace assoluta mi pervase mentre il sonno scendeva su di me.

Nella mia mente apparve un'immagine, prima nebulosa e distante, poi sempre più nitida. Ero di nuovo nel corridoio mentre l'uomo che cercava la toilette apriva la porta. Era uscito dalla camera di Dominic? No, era impossibile. Doveva essere la stanza vuota accanto alla sua. Sì, pensai mentre guardavo la scena, era sicuramente quella.

C'era qualcosa di strano. Di sbagliato, in qualche modo. Mi si accapponò la pelle. Ma perché?

Parlai con l'uomo e gli indicai la toilette, e d'un tratto una luce intensa cominciò a filtrare da sotto le porte di tutte le camere, compresa la mia, illuminando il corridoio con un bagliore sinistro.

Fu allora che notai come il luogo in cui mi trovavo non assomigliasse esattamente al corridoio. C'era una passatoia sul pavimento. Blu a fiorellini rossi. C'era sempre stata, e io non me n'ero accorta? No, ero certa che il pavimento fosse nudo, solo parquet a listelli larghi. Vidi la carta da parati.

Bianca a righine blu. Ero sicura che prima le pareti fossero tinteggiate di bianco sporco.

Le lampade a gas che fiancheggiavano le pareti si accesero tremolando una dopo l'altra. Guardai le fiammelle danzare. Fiutai l'odore dell'olio.

Sulla parete di fronte alla porta di Dominic era appeso un vecchio specchio, con il vetro rovinato dal tempo. Intravedendo il mio riflesso, notai che indossavo un vestito blu scuro, non il giubbotto e i jeans di prima.

Stavo fissando la mia immagine quando Dominic si materializzò alle mie spalle. Mi sorrise nello specchio prima di cingermi la vita con le braccia. Mi abbandonai contro di lui e lo guardai nello specchio mentre iniziava a baciarmi il collo.

«È solo un sogno, Brynn», bisbigliò con voce rauca e profonda. «Ho trovato il mio mondo dentro di te. Torniamo indietro. Solo per divertimento».

Di punto in bianco mi ritrovai in un circolo. Un bar. Un fumo denso turbinava nell'aria; uomini in completo sorseggiavano dei cocktail. Ero vestita da *flapper*. Un uomo mi venne incontro sorridendo. Dominic. Mi prese tra le braccia. Mi sciolsi nella sua stretta. Era lo stesso uomo che avevo immaginato mentre eravamo seduti nella mia stanza in quella mattinata piovosa.

Mi condusse sulla pista da ballo. Piroettammo, ballammo e ridemmo finché un trambusto non interruppe le nostre fantasticherie. Una retata! Le persone correvano qua e là, con la polizia che le radunava. Vidi Dominic fare l'occhiolino a un agente mentre mi prendeva per mano e mi guidava oltre una porta sul retro. Scendemmo di corsa le scale e ci infilammo nel vicolo, ridendo per tutto il tragitto.

«Ci è mancato poco!», dissi.

«Sei sempre al sicuro con me».

Ma poi tutto svanì. Ero sola nel corridoio. Cosa ci facevo là? Avevo forse avuto un episodio di sonnambulismo? Era buio, a parte la luce della luna che entrava dalla finestra in fondo al corridoio. Niente chiarore sotto le porte delle camere. Niente carta da parati. Le pareti erano dipinte di bianco sporco, come erano sempre state. Niente lampade a gas. Nessuno specchio. Niente passatoia sul parquet a listelli larghi.

Mi affrettai a tornare in camera mia e ad accendere la luce mentre chiudevo la porta. Controllai la cabina armadio e il bagno. Sbirciai sotto il letto. Guardai la borsetta e il computer. Controllai il portafoglio. Presi la scatolina e mi misi la collana. Era tutto tranquillo. Ero al sicuro.

Appoggiai la testa sul cuscino e mi rannicchiai sotto le coperte.

Di lì a poco, però, aprii gli occhi e mi alzai a sedere, accendendo l'abat-jour. Bevvi un lungo sorso d'acqua. Nel mio intimo, tremavo. Mi si accapponò la pelle come mi era successo nel sogno.

Guardai l'orologio. Le cinque e mezza. Erano passate due ore.

Rimisi il bicchiere sul comodino, spensi la luce, mi accoccolai e chiusi gli occhi, ma sapevo che quella notte non avrei più dormito.

Cosa era successo nella realtà, e cosa nel sogno? Riflettei, ripercorrendo mentalmente i miei passi. Ero uscita dalla suite di Gil e Jason, avevo udito delle voci, incontrato l'uomo, indicato la toilette ed ero tornata di corsa in camera mia.

Alzai di scatto le palpebre quando realizzai: non c'erano toilette nel corridoio.

32

Non so come abbia fatto ad addormentarmi, ma alla fine devo esserci riuscita, perché mi ritrovai ad aprire gli occhi su una giornata azzurra e luminosa. Erano quasi le nove e mezza. Presi l'asciugamano, indossai l'accappatoio e uscii nel corridoio. Avevo bisogno di una doccia calda per lavare via gli eventi della notte.

Superai la stanza di Dominic ed ebbi la tentazione di bussare, ma ci ripensai. Aveva avuto una nottata lunga, ed ero sicura che fosse esausto. Chissà come stavano gli altri.

Restai a lungo sotto il getto della doccia, probabilmente troppo a lungo rispetto alle istruzioni di LuAnn, lasciando che l'acqua calda mi restituisse lucidità. In camera, mi asciugai i capelli e mi guardai allo specchio, notando che la ricrescita cominciava a vedersi. Quindi indossai jeans e maglietta e scesi al piano di sotto. Avevo bisogno di un caffè e di una delle abbondanti colazioni di Gary. Non ricordavo l'ultima volta che avevo mangiato qualcosa.

Alcune persone si attardavano ancora ai tavoli, così presi posto su uno sgabello. Gary uscì dalla cucina.

«Buongiorno, bambola!» Capovolse la mia tazza e la riempì di caffè bollente. «Cos'altro posso portarti?»

«La stessa colazione dell'altra volta». Aggiunsi un po' di panna e bevvi un sorso. «Quella con le frittelle di patate e il formaggio».

«Un toccasana per ogni malanno. Arriva subito!»

Tornò poco dopo con un piatto fumante, carico di leccornie, e me lo posò davanti.

«Ho saputo cos'è successo ieri sera». Si appoggiò al bancone. «Con Alice».

Annuii mettendomi in bocca la prima forchettata. Quei fatti sembravano essere accaduti in un tempo e in un luogo lontani, ma risalivano solo a qualche ora prima.

«È stato piuttosto inquietante».

«Gira voce che Dominic si sia tuffato e l'abbia salvata». Si versò una tazza di caffè. «Come una specie di supereroe».

«È vero», confermai. «Jason vuole acquistare un cancelletto dotato di allarme, in modo che Alice non esca più dalla suite nel cuore della notte».

«Non ci si annoia mai da queste parti. Spero che la signora non sia troppo scossa».

Mangiai un altro boccone, domandandomi se fosse il caso di raccontargli l'episodio del corridoio. Decisi che era l'unica persona a cui volevo dirlo.

«Potrei aver visto un fantasma la notte scorsa», dissi. Lo guardai da sopra il bordo della tazza. «O almeno credo. Non sono sicura».

«Di nuovo la signora della numero 5?»

«No. Stavo tornando in camera mia dopo che avevamo messo a letto Alice. Ho visto un uomo nel corridoio…»

«Quale uomo?» LuAnn spuntò da dietro l'angolo, con leggings viola, una casacca nera e i capelli trattenuti da un foulard degli stessi colori. «Scusa se mi intrometto, ma ti ho sentito dire che ieri sera hai visto un uomo al piano di sopra».

Io e Gary ci guardammo. «Sì, esatto».

LuAnn si sedette sullo sgabello accanto al mio. «Che ore erano?»

«Le tre e mezza circa».

Parve scettica. «Tesoro, sei sicura di non aver sognato?»

«Ipotesi molto probabile nel mio caso, ma questa volta no. Avevo appena lasciato la suite di Jason e Gil e stavo tornando in camera mia».

«Be', se c'era un uomo, non avrebbe dovuto esserci». Fece un'espressione preoccupata. «Questa settimana non abbiamo ospiti di passaggio».

Fui percorsa da un brivido. Ecco la conferma, dunque.

«Penso che fosse un fantasma». Feci una smorfia. «È uscito da una camera e mi ha chiesto dove fosse la toilette».

LuAnn proruppe in una risata. «Non c'è nessuna toilette nel corridoio al piano di sopra. Ce n'erano tre, ma ora non più. Li ho adibiti a stanzini per le docce e la vasca quando ho comprato la casa, anni fa».

«Me ne sono resa conto dopo essere tornata in camera mia. Mi ha fatto accapponare la pelle, a essere sincera».

Ridacchiarono entrambi.

Li fissai. «Non riesco a capirvi. Gestite con la massima tranquillità questi incontri con i fantasmi, o qualunque cosa siano. Non vi spaventano minimamente. Avete un approccio molto pratico».

LuAnn agitò la mano. «Quando ti succede più volte, cominci a capire che la maggior parte non ha cattive intenzioni».

«La maggior parte?»

Si spazzolò via una lanugine invisibile dalla spalla. «Nel corso degli anni abbiamo avuto alcuni spiriti poco amichevoli e abbiamo dovuto cacciarli via. Ma il più delle volte sono innocui».

«Anche la signora della camera 5?»

Rifletté. «Ho la sensazione che abbia un legame con te».

«Con me? Perché mai?»

«Tesoro, sei tu che continui a vederla. Sta cercando di mettersi in contatto con te. La spiegazione potrebbe essere semplice: la donna è morta nella numero 5 e il suo spirito fluttua ancora da queste parti. Tu sei l'unica persona qui presente in questo momento con cui riesce a stabilire una connessione. A volte succede».

«Una connessione casuale?»

«Più o meno. È come se fossi a una festa piena di sconosciuti. Vedi una faccia amica dall'altra parte della sala e vai a parlare con lei».

Annuii. Non faceva una grinza.

LuAnn agitò l'indice. «Ma può anche darsi che voglia dirti qualcosa. O chiederti di fare qualcosa per lei. Di tanto in tanto succede anche questo».

Sentii un nodo allo stomaco al solo pensiero. Ricordai che la donna mi aveva regalato *L'Uomo illustrato* ed ebbi la sensazione che LuAnn avesse indovinato. Non era una connessione casuale.

«Come faccio a sapere cosa vuole?», chiesi.

Fece una risatina. «Per l'amor del cielo, tesoro! La prossima volta che la vedi, chiediglielo!»

Gary la imitò. «Ora sei ufficialmente una di noi, Brynn. Hai avuto un incontro con uno spirito di passaggio».

Lo guardai con aria interrogativa. «Uno spirito di passaggio?»

Bevve un altro sorso di caffè, mentre la donna si alzava e se ne versava una tazza. «Come ti ho detto qualche giorno fa, passano di qui. Persone che sono già state in questo posto. Pensionanti. Dipendenti. Questo posto attira le persone in qualche modo. Per qualche motivo».

LuAnn rise, circondandogli la vita con il braccio. «Gary, quando verrà il nostro momento, io e te infesteremo questa casa, lo sai, vero?»

Lui le diede un bacio sulla guancia. «Non vorrei andare da nessun'altra parte».

Li osservai per un attimo ed ebbi un'illuminazione improvvisa. Stavano insieme. Erano una coppia. Ero così presa dai miei drammi da non essermene accorta.

Sorrisi.

LuAnn si incuriosì. «Cosa c'è?»

«Voi due state insieme?»

«Dodici meravigliosi anni con questo zoticone», confermò lei. «È venuto a lavorare per me qualche anno dopo la morte di sua moglie. Mio marito era morto l'anno prima».

«Ci ha messo un po' per accorgersi del mio fascino irresistibile», intervenne lui. «Solo una quindicina d'anni. Cominciavo a pensare che non avesse occhi per vedere». Scoppiò in una delle sue risate rauche.

Gli diede un colpetto al braccio. «È stato il giorno migliore della tua vita quando ho detto sì».

Gary fece un'espressione grave. I suoi occhi si riempirono di ammirazione quando guardò LuAnn e poi di nuovo me.

«Scherziamo molto», disse. «È questo il bello. Ma c'è anche un altro lato».

Lei annuì, intuendo cosa stava per dire.

«Entrambi siamo stati sposati in passato. Io per trentaquattro anni, lei per… quanti?»

«Ventinove», rispose LuAnn con sguardo assente. «Trenta meno due mesi».

«Sei già fortunato se riesci a trovare l'amore una volta nella vita», riprese Gary. «A noi è capitato due volte».

«Esatto», disse lei. «È proprio così. Pensavo che non mi sarei mai più sposata. Che non avrei mai trovato nessuno. Che sarei invecchiata da sola. E poi è arrivato questo vecchio brontolone e mi ha rubato il cuore».

«Non sono molte le persone che possono dire di aver avuto due grandi amori nella vita», osservò Gary. «Sappiamo entrambi quanto sia raro. Quanto siamo fortunati».

Bevvi un altro sorso di caffè e sorrisi, nonostante le lacrime che mi pungevano gli occhi. Quella coppia aveva trovato l'amore per la seconda volta, un amore felice e giocoso. Ripensai ai miei genitori, al grande amore che li aveva uniti per sessantatré anni. Kate e Nick. Simon e Jonathan. Jason e Gil. Tutti loro avevano il tipo di amore che a me era sfuggito.

Avevo raggiunto quella fase della vita senza incontrarlo. Questa riflessione mi spinse a chiedermi cosa stessi sbagliando. Se in qualche modo fossi *io* a essere sbagliata.

Sì, non c'erano dubbi, io e Dominic eravamo nel bel mezzo di una storia d'amore che stava sbocciando. Ma era lui il mio vero amore? Non ne avevo idea. La nostra relazione era troppo recente per ragionare in quei termini. Aveva ancora tutto il tempo per sfasciarsi.

Come se mi avesse letto nel pensiero, LuAnn allungò il braccio e mi prese la mano. «L'amore arriva quando meno te lo aspetti, ma anche quando ne hai più bisogno. Certe volte, se sei fortunato, le persone giuste entrano nella tua vita al momento giusto. Alcuni mi chiedevano se credessi nel destino. No, rispondevo. Ma ora? Non sono più così sicura».

«Nel destino?»

«Gary è entrato nella mia vita quando soffrivo per la perdita di mio marito. Temevo di perdere anche questo posto. Non pensavo di riuscire a gestirlo da sola».

«Ci saresti riuscita eccome», la contraddisse il suo compagno.

«Non allora, non ero in grado. Ed ecco che è arrivato lui. È intervenuto, gestendo la cucina e occupandosi della manutenzione e di tutto il resto. Mi ha aiutato con la ristrutturazione. All'inizio gli ero soltanto grata per la sua amicizia, la compagnia e la collaborazione».

«Poi finalmente ha aperto gli occhi», rise Gary. «Ma la signora non ha tutti i torti quando parla della persona giusta al momento giusto. Quando sono arrivato al LuAnn's, avevo perso mia moglie da qualche anno. In quel caso ero io a essermi smarrito».

Appoggiai il gomito sul bancone, posando il mento sul palmo della mano. «In che senso?»

Gary si versò un altro caffè. «Avevo lavorato nella Guardia Costiera».

«Un lupo di mare», scherzò LuAnn.

«Mari interni, se non ti dispiace. Ho prestato servizio sui Grandi Laghi. Soprattutto sul lago Superiore».

«Wow», commentai. «Scommetto che hai vissuto molte avventure durante le burrasche annuali di novembre».

Emise un lungo fischio sommesso. «Potrei raccontarti un sacco di storie. Comunque, ero in pensione da qualche anno prima che mia moglie morisse. Cancro».

Al solo sentire quella parola mi bruciarono le orecchie.

«Mi sono preso cura di lei nei suoi ultimi anni», aggiunse.

Le lacrime mi punsero gli occhi e, senza volerlo, sfiorai la catenina che avevo al collo. «So quanto sia difficile».

Agitò la mano. «È stata dura, ma è stato un privilegio».

Sapevo esattamente cosa intendeva. Speravo, un giorno, di maturare anch'io quella consapevolezza, quando il dolore si fosse attenuato.

«Ma quando se n'è andata, non avevo idea di cosa fare», proseguì. «Mi rimbambivo davanti alla tv. Mi scolavo una bottiglia di whiskey dopo l'altra. Ho perso di vista gli amici. Non ho mai frequentato la chiesa, perciò non ho trovato conforto nella religione. Ero un vecchio marinaio alla deriva. Riesci a immaginarlo? Alcuni giorni non mi importava di vivere o di morire. Cominciavo a pensare che la morte sarebbe stata una benedizione. Poi sono arrivato a Wharton, sono passato davanti al LuAnn's e ho visto il cartello CERCASI PERSONALE sulla finestra».

«E il resto è storia». La donna sorrise.

«Ho ritrovato uno scopo nella vita», continuò Gary. «LuAnn aveva bisogno di aiuto, e anch'io. All'improvviso avevo una ragione per alzarmi la mattina. Così, forse io sono arrivato quando lei aveva bisogno di me, ma lei è arrivata quando io avevo bisogno di lei».

«Due persone che attraversano la vita, faticando a respirare, morendo lentamente perché avevamo un disperato bisogno di quello che l'altro poteva offrire», aggiunse LuAnn. «E in qualche modo, abbiamo trovato l'uno la strada fino all'altra».

«Quanto è assurdo?», commentò l'uomo. «Quante probabilità ci sono?»

«Ecco perché credo che ci siano delle forze all'opera là fuori», disse LuAnn, ammiccando. «Forze strane e mistiche. Non ho fatto nulla per attirare Gary verso di me, se non esporre il cartello CERCASI PERSONALE. Lui non ha fatto nulla per trovarmi, se non passare davanti a casa mia durante un weekend a Wharton. È stato tutto casuale, dunque. Eppure quei piccoli eventi casuali hanno aperto un nuovo capitolo delle nostre vite».

«Il destino mi ha portato qui perché ti conoscessi», disse Gary.

«Allora ringraziamo il destino». Lei gli diede un bacio sulla guancia.

Sorseggiai il caffè, chiedendomi se, come nel caso di Gary, fosse stato il destino – o qualcos'altro – a condurmi a Wharton.

33

Dopo colazione presi il libro giallo che stavo leggendo e mi sedetti al sole sulla terrazza. Quando ero tornata al piano di sopra, avevo notato che la porta della suite era chiusa. Avrei voluto controllare come stessero Alice e gli altri, ma non volevo disturbarli in caso dormissero ancora. Li avrei capiti benissimo se fossero rimasti a letto per quasi tutto il giorno.

Fu rilassante leggere da sola per un paio d'ore. Non avevo avuto molto tempo per me stessa da quando ero arrivata – non che ne avessi bisogno – e fu piacevole restare in compagnia dei miei pensieri, immergendomi in un mistero che non c'entrasse nulla con i fantasmi del LouAnn's, con la signora della numero 5 o con Alice. Potevo godermi una tregua, e stavo bene.

Ero a metà di un capitolo quando squillò il telefono. Controllai le ore: erano già quasi le due.

«Ciao!», cinguettò Kate. «Come va la tua giornata?»

«Molto tranquilla», sospirai. «Grazie al cielo. Mi sono limitata a consumare una delle famose colazioni di Gary e a leggere sulla terrazza».

«Dopo la notte scorsa, ti meriti un giorno di riposo».

Mi stupii. «Hai saputo cos'è successo?»

«Siamo a Wharton, e sono sposata con il capo della polizia». Poi la sua voce diventò seria. «Alice sta bene? E tu?»

«Immagino di sì. L'avrei saputo se fosse peggiorata. Oggi non ho visto nessuno. Saranno esausti».

«Ho sentito che il tuo uomo è stato l'eroe della nottata. Ne parla tutta la città».

«Le notizie corrono veloci. E sì, è tutto vero. Si è tuffato in acqua e ha tirato fuori Alice».

«Mi racconti tutto quando vieni a cena stasera. Sei libera? So che è un invito all'ultimo minuto, ma Simon non mi dà pace».

«Fammi controllare la mia agenda sempre piena». Risi. «Molto volentieri. A che ora vuoi che arrivi?»

«Qui c'è la tradizione di cenare presto la domenica. È più che altro un pranzo posticipato», scherzò.

«Un pranzo posticipato. Mi piace».

«Andrebbe bene alle quattro? Per cominciare ci saranno drink e stuzzichini. Lo chef sta arrostendo un paio di polli, e stasera abbiamo anche una pasta light che ti farà venire l'acquolina in bocca».

«Non vedo l'ora. Posso portare qualcosa?»

«Cosa ne dici dell'Uomo illustrato? Il suo nome è sulla bocca di tutti in questi giorni, e mi piacerebbe conoscerlo».

«Glielo chiedo», promisi, ma il mio stomaco fece una capriola al solo pensiero. Ci stava invitando come coppia. «Non usciamo insieme, sai».

«Piantala», rise. «Tutta la città sa che in qualche modo è riuscito a catturare l'attenzione della single più incredibile di Wharton. Un uomo fortunato».

Che bel complimento. Arrossii, ma anche il mio cuore si riscaldò.

Dopo aver riattaccato, mi alzai dalla sdraio. Rientrai e bussai piano alla porta di Dominic. Non così forte da disturbarlo se stava dormendo, ma abbastanza per farmi sentire nel caso in cui fosse stato sveglio. Aspettai un momento. Niente. Provai da Jason e Gil. Ancora niente.

Tornai al ristorante, dove lo trovai seduto al bancone, con una birra schiumosa in un bicchiere alto davanti a sé. Quando mi vide, sorrise.

«Eccola», disse.

«Ho appena bussato alla tua porta». Scivolai sullo sgabello accanto a lui. «Com'è andata la notte scorsa? Con Alice, intendo».

Bevve un sorso. «Tutto tranquillo. È stato molto rilassante, a dire il vero, restare seduto davanti al fuoco mentre gli altri dormivano. Ho avuto molto tempo per riflettere. Gil si è svegliato verso le sette e mi ha dato il cambio».

«Poi hai dormito un po'?»

«Ho riposato qualche ora. Sto bene».

«Prima ho parlato con Kate. Ci ha invitato a cena a Harrison's House. Te la senti? Posso dire no se sei troppo stanco».

«Sembra divertente. È da un po' che voglio vedere l'interno dell'albergo. Ci sarà anche il capo della polizia?» Mi lanciò un'occhiata obliqua.

«Non fare niente di equivoco, e dovresti essere a posto» dissi, ma avrei voluto rimangiarmi subito le parole. Non ci avevo pensato, ma date le sue esperienze infantili, probabilmente Dominic non aveva avuto molte interazioni positive con i poliziotti. E Kate mi aveva detto che Nick aveva indagato su di lui nell'ambito di un'inchiesta su una morte sospetta nelle Twin Cities. Forse non era una buona idea, dopotutto. «Non volevo...»

«Cercherò di nascondere i miei lati equivoci. Ma non si sa mai. Tendo a metterli in risalto. Se lo faccio, devi intervenire per trattenermi», mi interruppe.

«Ci vogliono lì alle quattro».

La sua espressione mi fece ridere. Era un misto di repulsione e stupore.

«Alle quattro? Il primo arrivato vince la specialità della casa? Cosa siamo, vecchietti?»

«Non c'è niente di male nell'essere vecchietti, amico», lo rimbeccò Gary dalla cucina. «Alcuni di noi sono piuttosto sexy».

«Alcuni più di altri», precisò LuAnn.

Noi due ci sbellicammo dalle risate.

«Hanno l'abitudine di cenare presto la domenica», spiegai. «Una specie di pranzo posticipato».

Sorrise. «Un pranzo posticipato. Prima il fish boil e ora questo. Cos'altro avete in serbo voi abitanti dei Grandi Laghi?»

«Aspetta e vedrai».

«Ci vediamo qui alle quattro meno un quarto». Si alzò dallo sgabello. «Vado a farmi una doccia e a darmi una ripulita per il bene dell'umanità in generale, ma soprattutto per te e per chi ci ha invitato».

«Affare fatto».

Mi accarezzò i capelli e si chinò per darmi un bacetto sulla guancia. «Ci vediamo dopo».

Lo guardai sparire lungo le scale e LuAnn uscì dalla cucina con un Martini in mano e un'espressione stupita.

«Bene, bene, bene. Non ti ho mai visto così felice da quando sei arrivata. Cosa dicevamo questa mattina a proposito delle persone che entrano nella tua vita al posto giusto e al momento giusto?»

Arrossii. «Ci stiamo solo conoscendo», tentai.

LuAnn ridacchiò. «Solo conoscendo un bel corno. Per come la vedo io, sembra che vi conosciate da sempre. Smetti di opporre resistenza, ragazza. Qual è la cosa peggiore che potrebbe accadere? Avrai una divertente avventura estiva e poi lo scaricherai quando arriverà il prossimo dio greco. Ma credo che sia molto più di un'avventura». Si fermò e mi guardò negli occhi. «E lo pensate anche voi due».

Indossai un vestito di cotone nero lungo fino alle caviglie e un paio di ballerine in tinta. Scelsi una collana di perline blu e argento e i miei orecchini preferiti, anch'essi d'argento con gocce di vetro blu.

Tirai fuori la trousse dal cassetto della toeletta e provai a fare una piccola magia con il make-up. Crema idratante, un velo di terra abbronzante, correttore sotto gli occhi e una spennellata di blush sulle guance. Matita per gli occhi e mascara.

Presi il giubbotto di jeans dall'armadio e la infilai prima di darmi un'ultima occhiata allo specchio. *Niente male,* pensai, mentre recuperavo la borsetta e uscivo dalla porta, ricordando di chiuderla a chiave.

Quando varcai la soglia del ristorante, Dominic era già là. Appoggiato alla parete, aveva un paio di jeans e una T-shirt nera attillata sotto un blazer casual dello stesso colore, con stivali neri ai piedi. Orecchini di diamanti gli ornavano i lobi delle orecchie e due spesse catene d'oro gli giravano intorno al collo, una con un crocifisso tempestato di gemme, l'altra con una lavorazione elaborata.

Quando entrai, il suo sorriso mi tolse il respiro.

«Ma guardati», disse in tono ammirato. «Sei uno splendore».

Avvampai. «Anche tu non sei male».

Mentre uscivamo, mi lanciai un'occhiata da sopra la spalla e vidi LuAnn e Gary dietro il bancone, ciascuno con un Martini in mano. Alzarono i bicchieri verso di me con uno sguardo complice.

Fuori, Dominic prese le chiavi dalla tasca. «Potremmo andare a piedi, ma...»

«No, meglio l'auto», dissi. «Sono rimasta seduta sulla terrazza tutto il giorno e ho bruciato zero calorie. Perché rovinare ogni cosa? Se beviamo un paio di drink e vogliamo tornare a piedi...»

«Il capo della polizia terrà d'occhio il nostro consumo d'alcol», scherzò.

«Esatto. E da lì in poi le cose non possono far altro che peggiorare».

Ci spostammo dietro la casa, salimmo in auto e attraversammo lentamente la città. Erano quasi le quattro, ma il traffico sembrava già in via di diminuzione. Superando la libreria, vedemmo Beth fuori dal negozio, impegnata a esaminare la lavagnetta pubblicitaria sul marciapiede. Abbassai il finestrino e la salutai.

«Ciao!», urlò. «Passa domani!»

«Promesso!»

Voltandomi verso Dominic, notai che sorrideva mentre salivamo la collina.

«Cosa c'è?», domandai.

«Sei qui da meno tempo di me, eppure sembra che in città tutti ti conoscano. LuAnn e Gary ti adorano, per non parlare di Jason e Gil. Hai questi amici a Harrison's House e ora anche Beth della libreria».

Mi strinsi nelle spalle. «Credo di sì».

«È perché emani vibrazioni positive. Fai sentire al sicuro le persone. Me compreso. È un dono, quello che hai. Un candore che invita le persone a entrare nel tuo mondo».

Era così? Mi lusingava sapere che era quella la sua opinione di me.

Si fermò nel parcheggio di Harrison's House e solo allora mi resi conto di quanto l'edificio fosse imponente. Era un'enorme casa in stile vittoriano color crema e viola scuro, situata sulla collina più alta della città e affacciata sul porto. Aveva una torretta al terzo piano e una veranda che abbracciava tutta la facciata. Dal soffitto pendevano cesti di fiori colorati, mentre poltrone e divani erano raggruppati qua e là.

Un uomo e una donna, probabilmente due ospiti, erano seduti su un divano in fondo, con una bottiglia di vino in un secchiello per il ghiaccio sul tavolino là davanti. Entrambi leggevano un libro, accoccolati l'uno contro l'altra. Mi ricordarono il pomeriggio sulla spiaggia con Dominic.

Lui mi guardò e sorrise, facendomi capire che stava pensando la stessa cosa.

Mentre salivamo i gradini verso la porta d'ingresso, Kate la aprì e uscì a salutarci, seguita da Simon e Jonathan, che portavano vassoi di antipasti. Nick arrivò per ultimo e si fermò sulla soglia, con le braccia incrociate, appoggiato allo stipite.

«Benvenuta!» Kate mi abbracciò. «Sono contenta di vederti!»

«Anch'io». Le diedi un bacio sulla guancia. Mi girai verso il mio accompagnatore. «Ragazzi, questo è Dominic».

La mia amica fece un passo avanti e lo abbracciò rapidamente. «È un piacere conoscerti! Io sono Kate».

«Grazie per l'invito». Il mio uomo sfoderò il suo sorriso da star del cinema. «Non sono abituato a cenare in posti così raffinati. Spero di non sbagliare forchetta e di non rovinare la serata».

«Sciocchezze». Kate gli strinse il braccio.

«Tesoro, non rovineresti la serata nemmeno se mangiassi con le mani», intervenne suo cugino. «Io sono Simon. Questo è mio marito Jonathan». Indicò Nick. «E questo è il marito di Kate, Nick. Ha la tendenza a guardare tutti in cagnesco. Non farci caso».

Gli sorrisi, ma non incontrai il suo sguardo. I suoi occhi, puntati su Dominic, mi diedero un brivido.

«Chi vuole bere?», chiese il padrone di casa. «Sono stato nominato barista».

E il pranzo posticipato ebbe inizio.

34

Gustammo i drink e gli antipasti – un piatto di formaggi gourmet e cracker, fichi ripieni di crema di formaggio, frutta secca, bocconcini di asparagi grigliati avvolti nel prosciutto – sulla veranda, ammirando la vista spettacolare e sconfinata del porto e della città. Le barche a vela galleggiavano pigre tra le isole; i cabinati ballonzolavano accanto ai pontili. I traghetti puntavano verso l'Ile de Colette e i turisti passeggiavano per la città. I fiori fiancheggiavano i vialetti del parco sul lago. E noi guardavamo ogni cosa dall'alto. Era davvero il punto più panoramico di Wharton.

Notai un gruppo di kayakisti che si dirigevano verso l'isola, e solo allora mi resi conto che non avevo ancora pagaiato.

«Questa settimana voglio fare un po' di kayak». Sorseggiai il vino.

Jonathan guardò Simon e scoppiò in una risata.

Spostai lo sguardo dall'uno all'altro. «Cosa c'è da ridere?»

Simon alzò gli occhi al cielo. «Preferisco girare al largo dai kayak. Non fanno per me».

«Quando ci siamo trasferiti qui, abbiamo preso lezioni». Suo marito si asciugò gli occhi. «Diciamo che non è andata a finire bene».

Kate rise. «Dille della muta».

Ora anche suo cugino si stava spanciando. «D'accordo, d'accordo». Poi, a me: «Casey's è un'azienda di noleggio kayak, ma non te li noleggia se non hai la certificazione. E per aiutarti a ottenerla, ti portano fuori e ti insegnano a pagaiare, ti spiegano cosa fare se ti capovolgi, come affrontare le onde eccetera».

«Sono prudenti», commentai.

«È il lago Superiore», intervenne Jonathan. «Non possono mandare là fuori persone che non sanno il fatto loro».

«Ma cosa c'entra la muta?»

«Se fai kayak, devi indossarla, perché il lago è molto freddo», spiegò. «Diciamo che la mia era un po'... aderente».

Jonathan sbuffò.

«Ogni grammo di ciccia sotto gli occhi di tutti!», si lamentò Simon. «È stato umiliante. Sembravo una salsiccia. Comunque, ci sono passato sopra e siamo usciti in acqua. La prima cosa che ti insegnano è ribaltare il kayak e sgusciare fuori quando sei a testa in giù».

Rabbrividii. Non ero più così sicura di voler provare.

«Sono andato per primo». Simon bevve un sorso del suo drink. «Il ribaltamento è andato bene. Ho sganciato il paraspruzzi e sono uscito senza problemi. Ho pensato: "Sono un professionista! Sono bravissimo! Scommetto che l'istruttore non ha mai visto nessun principiante con questa capacità innata!"».

Jonathan si prese il viso tra le mani. Kate era in lacrime e persino Nick rideva.

«Poi devi tornare nel kayak. Al largo. Devi buttarti sul canotto a pancia in giù e, in qualche modo, rinfilarti in quel *piccolo buco* per poterti risedere. I kayak tendono a inclinarsi! Non sono affatto stabili. E sei costretto a fare delle acrobazie come se all'improvviso facessi parte del Cirque du Soleil del lago Superiore».

«Chiunque abbia inventato una cosa simile è un vero barbaro», aggiunse Jonathan. «Con la muta, sembravo un tricheco che cercava di saltare su un banco di ghiaccio», proseguì Simon. «Ed era il mio compleanno! Un'umiliazione totale nel giorno del mio compleanno».

«Ora invece festeggiamo bevendo champagne e giocando a croquet», disse suo marito.

Dominic si asciugò gli occhi. Io ridevo così forte da avere mal di stomaco.

Poi Jonathan ci deliziò con aneddoti sui loro recenti viaggi a caccia di oggetti d'antiquariato, e Simon ci fece spanciare di nuovo, lamentandosi dell'ultima sposa isterica.

«Chi ha avuto l'idea di usare la sala da ballo per i matrimoni dovrebbe essere impalato con una bottoniera avvelenata», dichiarò Simon.

«Sei stato tu, caro», disse Jonathan.

Dominic mi guardò, sussurrando: «Sala da ballo?»

Annuii. «Simon ha ereditato la casa di sua nonna, che è cresciuta qui». Poi chiesi a lui: «È così, vero?»

«Sì, ho vissuto qui con la nonna Hadley e mi sono preso cura di lei negli ultimi anni della sua vita».

Mi venne da piangere anche se cercai di controllarmi. Ultimamente avevo le lacrime in tasca. Dominic doveva essersene accorto, perché fece un paio di passi verso di me dal punto in cui era appoggiato alla ringhiera e mi mise la mano sulla spalla. Nick lo osservò con un'attenzione irritante.

«Brynn ne sa qualcosa», disse a Simon con voce carica di tatto e comprensione. «Hai fatto una buona cosa, occupandoti di tua nonna».

«Non mi è pesato minimamente. Era una dolce vecchietta», disse l'uomo. «E anche simpatica. Vero, Kate?»

Lei ridacchiò. «Barava sempre a carte».

Simon si unì alla sua risata. «L'avevo dimenticato!»

Sorrisi, meravigliandomi della gioia che leniva il loro dolore per la perdita di una parte così importante della loro vita. Mi domandai quando, o se, sarei mai arrivata a quel punto. La mano di Dominic era ancora sulla mia spalla. Posai le mie dita sulle sue e lo guardai. Ero certa che sapesse esattamente cosa mi passava per la testa. Con la coda dell'occhio vidi Nick che ci osservava. Ancora una volta.

Lui e Kate si scambiarono un'occhiata guardinga. Chissà cosa significava.

Ruppi il silenzio.

«È stato dopo la morte di tua nonna che hai deciso di trasformare la casa in albergo?», chiesi.

«Oh, molto prima», rispose Simon. «Io, lei e Kate ne parlavamo da un po'».

«Non ero molto coinvolta in quella fase, subito dopo la morte della nonna», ammise Kate. «Ero presa dai miei... drammi».

«Il divorzio da Hellboy», disse il cugino con sussurro teatrale, strappando a Nick un'altra delle sue rare risate.

«Hai detto di aver ultimato i lavori di ristrutturazione solo di recente, mi pare».

Simon annuì, bevendo un sorso di vino. «Abbiamo rifatto tutta la casa, piano dopo piano. Sono stati necessari interventi capillari, dall'impianto idraulico a quello elettrico, all'arredamento. È stata tutta una creazione di Jonathan».

«La sala da ballo è stata l'ultimo progetto», intervenne Jonathan. «Abbiamo pensato che, una volta pronta, sarebbe stata uno splendido biglietto da visita per matrimoni ed eventi di altro tipo. Che ingenui. Grazie al cielo, ora Kate segue quasi da sola quella parte dell'attività, permettendoci di occuparci degli altri ospiti».

Nick era impegnato a riempire i bicchieri di tutti. Incrociò il mio sguardo e sorrise. Non riuscivo a inquadrarlo.

Lo guardai, ricordando il commento di Simon sulla sua somiglianza con Ih-Oh. Il paragone non reggeva. Consideravo Nick amichevole e cordiale, ma molto diffidente. E quella sera lo era fin troppo. Ma ne aveva tutto il diritto, pensai, dato tutto quello che aveva visto facendo il poliziotto. Tuttavia notai che continuava a guardare Dominic. Cosa significava? Cominciavo ad avere un brutto presentimento.

«Siamo rimasti tutti sconvolti quando abbiamo sentito cos'è successo con Alice la notte scorsa». Simon si sporse verso di me. «Sta bene? E tu?»

«Sta benissimo». Strinsi il braccio di Dominic. «Grazie a questo eroe».

Nick aveva forse alzato gli occhi al cielo? O l'avevo solo immaginato? Una vampata di irritazione esplose dentro di me e, dopo quello che avevamo passato la notte precedente, ebbe la meglio. Ero davvero stanca della presunta ostilità di quel tipo nei suoi confronti.

«È scomparsa nel lago, Nick, in caso tu non abbia ricevuto un resoconto completo dai tuoi uomini», dissi in tono stizzito. «È andata sotto. Fuori era buio pesto. Dominic si è precipitato nell'acqua scura per aiutarla senza pensarci due volte. Si è tuffato più volte prima di trovarla e portarla fuori. Le ha salvato la vita».

«Senti, senti. Ottimo lavoro, amico». La sua espressione, però, non corrispondeva alle sue parole. Quello che vedevo non mi piaceva.

Lo fissai, sbigottita. «La tua pattuglia è arrivata con diversi minuti di ritardo. Stavamo già tornando al LuAnn's. Dominic portava Alice in braccio. Se avessimo aspettato i tuoi uomini, sarebbe annegata. Fortunatamente per lei e per la sua famiglia, era lì».

«Così ci hanno riferito», si intromise Simon. Voleva forse allentare la tensione? Alzando le sopracciglia, si rivolse a Dominic. «Gil mi ha detto che, dopo che avete messo Alice a letto, hai passato la notte nella loro suite perché lui e Jason potessero dormire un po'».

«Non è stato un problema».

«Li avevamo invitati questa sera, ma Gil ha detto che sarebbe stato meglio rimandare», aggiunse Simon. «Immagino che oggi Alice sia ancora piuttosto scossa. Impaurita. A quanto pare, ha dormito molto».

L'immagine dei disegni mi attraversò la mente, procurandomi un brivido. Era come se Alice avesse previsto cosa sarebbe successo, dove sarebbe finita quella notte e chi l'avrebbe salvata, tutto molto prima che accadesse. Pensai di toccare l'argomento, avviando un'altra discussione sulla teoria del velo suggerita da Dominic. Che Simon avesse vissuto lo stesso tipo di esperienza quando sua nonna era moribonda? Ma poi decisi di tenerlo per me. Ne avevo già parlato con lui e Kate. Non era necessario che gli altri lo sapessero.

«Vogliono installare un cancelletto dotato di allarme in cima alle scale della suite per evitare che capiti di nuovo», dissi invece.

«L'abbiamo installato oggi», mi corresse Dominic. Per me era una novità. «E sì, la signora non era in condizioni di fare una visita di cortesia. Mi chiedo...» Sospirò e lasciò la frase a metà.

«Se è saggio prendersi cura di lei qui?», sussurrai. «Odio anche solo dar voce a questo pensiero».

«Gil si sta chiedendo la stessa cosa». Simon guardò Jonathan. «Ma Jason non vuole nemmeno prendere in considerazione altre possibilità».

In quel momento, un uomo che doveva essere lo chef aprì la porta e spinse fuori la testa. «Siamo pronti», annunciò.

«Eccellente, Charles!» Simon, aiutato da Jonathan, iniziò a impilare vassoi e tovagliolini. «Portate con voi i vostri drink!»

35

Quando entrammo, trasalii. Io e Dominic volevamo vedere l'interno dell'edificio, e non restammo delusi.

Le pareti erano rivestite di pannelli di legno scuro; c'erano alti soffitti con travi a vista e un fuoco che ardeva nel camino; morbidi divani, poltrone e pouf erano disposti a gruppetti; tappeti orientali antichi erano stesi sui pavimenti di parquet lucido. Massicci tavoli d'antiquariato, che ospitavano lampade stile Tiffany e fotografie incorniciate in bianco e nero, fiancheggiavano le pareti.

L'effetto complessivo era caldo, accogliente e familiare, ma allo stesso tempo opulento.

«È stupendo», dissi a Kate e Simon.

Lui strinse la mano di Jonathan. «Vorrei prendermi tutto il merito, naturalmente, ma è stato l'occhio di Jonathan a mettere insieme tutto questo. Se non fosse entrato nella mia vita, vivrei da solo in questa casa polverosa, vagando per le stanze come un matto».

«Tu e una famiglia di procioni», suggerì Jonathan. «Avrebbe potuto essere bello, a modo suo».

Simon gli appoggiò la testa sulla spalla, ridendo. *La persona giusta al momento giusto*, pensai.

«Poi io sarei venuta qui dopo il divorzio, avrei messo in fuga i procioni ed entrambi saremmo impazziti in silenzio mentre la casa si sgretolava intorno a noi, come in una versione tutta nostra di *Sepolti in casa*», aggiunse Kate.

«Siamo ancora in tempo», disse Simon.

Mi piacevano quelle persone. Moltissime risate, moltissime punzecchiature bonarie. Avevo l'impressione che sarebbero andati in capo al mondo l'uno per l'altro. Che bella cosa da avere nella vita.

Ci dirigemmo verso la sala da pranzo, che aveva finestre su tre lati. In fondo alla stanza, un tavolo rotondo era apparecchiato per sei persone. Vidi che il «pranzo posticipato» era già in tavola, servito in stile familiare. Due polli, arrostiti con rosmarino e limone; pasta con basilico fresco, pomodori, limone, parmigiano e pinoli; un'insalata mista; un cestino di pane caldo.

C'erano bottiglie di vino bianco e rosso già stappate e bicchieri di cristallo accanto a ciascun piatto. Guardando meglio, vidi che i piatti erano di porcellana, con un delicato motivo di rose e foglie verdi su un fondo color crema.

«Sono bellissime», dissi a Kate. «Le porcellane».

«Te ne sei accorta». Sorriso. «È il servizio nuziale dei nostri nonni. Lo usiamo in occasioni speciali con persone speciali».

Le presi la mano. Conservavo il servizio nuziale dei miei genitori in alcuni scatoloni chiusi in un magazzino. In attesa del giorno in cui avrei deciso dove vivere e cosa fare della mia vita. Di punto in bianco, avrei voluto aver già preso quelle decisioni. Avrei voluto sapere dove sarei stata di lì a un anno. E con chi. E a fare cosa. Ero stanca di tutta quell'incertezza. Per la prima volta dopo la diagnosi di mia madre, volevo chiarezza sulla mia situazione.

E tutto per colpa delle porcellane? Ma certe volte le cose più piccole possono stimolare le più grandi rivelazioni.

Prendemmo posto. Jonathan trinciò e servì il pollo, e ci passammo i contorni mentre un cameriere ci versava il vino.

«Allora, Brynn», esordì Nick. «A parte il salvataggio di Alice la notte scorsa, cosa te ne pare di Wharton?»

Finii di masticare il boccone, ripensando alla visita nel suo ufficio. Era stato molto disponibile, molto cordiale. Al contrario di quella sera. Decisi di lasciar stare. Ognuno ha i suoi sbalzi d'umore, i suoi lati negativi. Il suo Ih-Oh interiore.

«La adoro», risposi. «Passare l'estate qui è proprio quello di cui avevo bisogno dopo alcuni anni stressanti».

«Mi dispiace per tua madre».

Senza darmi il tempo di ringraziarlo, si rivolse a Dominic. «E tu? Perché hai deciso di trascorrere l'estate a Wharton?»

Simon e Jonathan parvero trattenere il respiro. Simon guardò il capo della polizia in cagnesco.

«Nick», mormorò Kate. «Godiamoci la cena».

La tensione diventò tangibile. Perché quella domanda avrebbe dovuto impedirci di goderci la cena? I residenti estivi se la sentivano fare continuamente.

D'un tratto i miei sensi entrarono in stato di massima allerta. Vidi gli occhi di Nick puntati su Dominic. Intensi. Concentrati. Cosa stava succedendo? La rabbia cominciò a ribollirmi nella bocca dello stomaco.

«Ho pensato che potesse essere divertente», rispose lui, noncurante. «Perché?»

«Per nessuna ragione particolare». Nick addentò il pollo, con un sorriso bonario sulle labbra. «Siamo sempre curiosi quando le persone si fermano qui per qualche tempo. Conosci gli abitanti di Wharton. Siamo dei ficcanaso».

«L'ho sentito dire», ridacchiò Dominic. «L'happy hour è la sagra del pettegolezzo».

Incontrai il suo sguardo e sorrisi. Volevo sapesse che ero dalla sua parte.

Ma poi Nick disse qualcosa che mi cancellò il sorriso dalla faccia.

«È solo che qui non arrivano molti visitatori come te. Le persone si fanno delle domande sul tuo conto».

«Quali persone?», chiese Kate a voce un po' troppo alta.

Simon strinse gli occhi. «Vuoi scherzare?», disse a Nick. «"Qui non arrivano molti visitatori come te?" Cos'è, *Un tranquillo weekend di paura*?»

«Stavo solo dicendo...»

«Dicendo cosa?», lo incalzò lui.

«La mia è pura curiosità».

Sapevo che Nick era sospettoso perché teneva d'occhio Dominic da quando era arrivato in città. Ma mi sembrava che ora stesse oltrepassando il limite. Perché ci avevano invitato? Per interrogarlo?

Kate pareva sbigottita.

Ma Dominic rise, guardando gli altri.

«Non mi dispiace, davvero. Nick è solo curioso riguardo al nuovo arrivato».

Sorrise al poliziotto, che tuttavia non ricambiò.

«Nick», lo redarguì sua moglie con un sussurro aspro. «Basta così. Dico sul serio».

L'ostilità aleggiava nell'aria. L'unico suono era il raschiare delle posate sui piatti.

«Che lavoro fai, Dominic? Hai un'attività in proprio?», insistette Nick. «Un sito web o roba del genere?»

«No». Dominic si mise in bocca con calma una forchettata di pollo. «Lavoro perlopiù grazie al passaparola».

«L'avevo intuito. Ho fatto una ricerca in Internet su di te e non ho trovato niente».

«Oh, hai cercato informazioni sul mio conto?»

«Faccio il poliziotto. È il nostro lavoro».

«Fate ricerche su tutti quelli che arrivano a Wharton? Immagino che tu debba tenere occupati i tuoi uomini».

Era un battibecco astioso, e non mi piaceva per niente. Ci avrei dato un taglio.

«Cosa ti ha portato a Wharton, Nick?», interloquii, rompendo il silenzio.

Evidentemente l'avevo strappato dalle sue riflessioni. Girò la testa di scatto e mi guardò, sorpreso. «Prego?»

«Chiedi a tutti cosa li ha portati a Wharton e fai loro il terzo grado. Sono curiosa di conoscere la tua storia. Come sei finito qui. E precisamente il perché». Feci un gran sorriso. «Non tralasciare nessun dettaglio, per quanto piccolo. Ho tutta la serata».

Simon appoggiò un gomito sul tavolo, posando il mento sul palmo della mano e alzando le sopracciglia. «Racconta, Nick».

«È stata Kate a portarmi qui», rispose lui.

«Davvero?» Evitai deliberatamente di guardare la mia amica. «Non è proprio così».

«Come sarebbe a dire?»

«Conosco tutta la storia. Eri un poliziotto promettente nelle Twin Cities. Non conoscevi Kate prima di venire qui. Il suo è stato il primo caso su cui hai indagato a Wharton, e ti hanno mandato qui per questo. Non è stata lei a portarti in città. Anche se forse ti torna comodo dirlo».

Simon soffocò una risata e versò un altro bicchiere di vino per sé e per Jonathan.

«Credo di non essere l'unico a fare ricerche in Internet», disse Nick.

Sostenne il mio sguardo per un lungo momento. «Mi hanno trasferito».

Bevvi un sorso di vino. «Perché trasferirti in questa cittadina sonnacchiosa?»

Mi fissò rabbiosamente. «Cosa stai insinuando?»

«Non sto insinuando niente» risposi senza arrendermi. «Ma vedo che preferisci non scendere nel dettaglio».

Avevo tutti gli occhi puntati su di me.

Mi voltai verso Dominic. «Pronto per andare?»

Si alzò. «Quando vuoi».

Guardai Kate per un lungo istante. «Mi dispiace».

Kate alzò la mano. «Sono io a doverti delle scuse».

Scoccò un'occhiataccia a suo marito, che spinse indietro la sedia e uscì.

La padrona di casa si girò verso Dominic. «Non ti avevo invitato qui per questo. Non ho idea di cosa gli sia preso e francamente sono mortificata. Ti prego di accettare le mie scuse più sincere».

Dominic la buttò sul ridere. «Non vorrei essere al suo posto questa sera. Dovrà comprare un gigantesco mazzo di rose per farsi perdonare».

Quelle parole allentarono la tensione.

«Siete sicuri di voler andare?», chiese Simon. «Potremmo bere il bicchiere della staffa e spettegolare».

Scambiai un'occhiata con Dominic. «Mi piacerebbe, ma credo sia meglio rimandare», risposi, spostando la sedia e alzandomi.

Kate si alzò e allargò le braccia. «Sono mortificata». Mi strinse. «Non ho idea di cosa gli sia preso. Non è da lui».

«Mi dispiace essermi messa sulla difensiva, ma non volevo che parlasse così a Dominic. Qualunque cosa pensi Nick, è davvero un brav'uomo».

Kate, Jonathan e Simon ci accompagnarono alla porta. Dominic mi prese per mano e uscimmo, scendendo i gradini che portavano al parcheggio.

Gli altri tre rimasero sulla veranda. «Promettetemi che tornerete», urlò Simon. «Metterò personalmente a sedere Ih-Oh e gli darò una presentazione di PowerPoint su come trattare un ospite a cena. Meglio ancora, eviterò di invitarlo».

Kate scosse la testa. «Non so cosa dire».

Mentre io e Dominic andavamo verso l'auto, mano nella mano, sentii la rabbia scorrere nelle sue vene e nelle mie. In macchina, guardò dritto davanti a sé per un momento.

Mi allungai e gli presi la mano.

«Perché si è comportato così?», domandò. «Perché ha il dente così avvelenato?»

«Non lo so».

Fece un sorriso malizioso. «Teste infilzate sui paletti».

Sentii dissolversi la rabbia. «Non mi è piaciuto il suo tono».

«Mi hai difeso come una leonessa». Mi prese la mano. «Non ho avuto molti difensori in vita mia. Grazie».

Il telefono mi squillò prima che uscissimo dal parcheggio. Lo tirai fuori dalla borsetta e vidi che era un messaggio di Kate.

«Sono mortificata. Per favore, dimmi che non mi odi».

«Certo che no. Mi dispiace di essermela presa con Nick in quel modo. Non ho idea di quale problema abbia con Dominic, ma qualunque cosa sia, è sbagliato», scrissi.

Misi via il cellulare, chiedendomi perché Nick fosse stato così ostile. Tutta quell'insistenza sul motivo per cui Dominic fosse a Wharton. Cosa gliene importava? Non erano affari suoi.

Studiai il profilo di Dominic mentre tornavamo al LuAnn's. Mio malgrado, il mio stomaco fece una capriola quando mi resi conto che neppure io sapevo perché fosse a Wharton.

36

Quando arrivammo, il LuAnn's era immerso nell'oscurità. Attraversammo il ristorante e salimmo fino alla camera di Dominic senza far rumore. Non fu necessario nessun invito; semplicemente entrammo insieme.

Chiusi la porta e lui mi spinse contro il battente, baciandomi con un'urgenza che mi portò a perdermi nel suo tocco. Senza una parola, ci lasciammo cadere sul letto, con le braccia e le gambe intrecciate.

In seguito, dopo una sfilza di sogni strani, aprii gli occhi. La luce della luna filtrava dalla finestra, cadendo sul suo petto. Distesa al suo fianco, tracciai delicatamente con le dita i contorni dei tatuaggi. C'era sempre qualcosa di nuovo da scoprire. Un viso che prima non c'era. O una nuova posizione per un'illustrazione che avevo visto, o che credevo di aver visto.

Chi era quell'uomo? Il mistero gli vorticava intorno, avviluppando anche me. Volevo sapere, ma allo stesso tempo non volevo. Qualcosa nel profondo del cuore mi diceva di lasciare le cose come stavano.

Mentre scivolavo nel sonno, udii una voce dolce e fioca nell'orecchio. «Assapora ogni momento con lui», sussurrò una donna. Mi accoccolai più vicino a Dominic e ben presto iniziammo a inspirare ed espirare lentamente a ritmo, con i cuori che battevano all'unisono. *È proprio questo il mio posto*, pensai prima di essere sopraffatta dal sonno.

Il mattino seguente, dopo essermi fatta la doccia, raggiunsi Dominic al piano di sotto per fare colazione. Chiacchierammo un po' con Gary. Nessuno dei due aveva voglia di parlare dello sgradevole confronto della sera prima con Nick. Mentre finivamo le omelette, Dominic controllò l'orologio.

«Questa mattina devo occuparmi di alcune faccende, ma torno nel pomeriggio». Spinse indietro la sedia. «Vengo a cercarti». Si chinò a darmi un bacio sulla fronte e si allontanò.

Non gli chiesi dove stesse andando. Lo faceva spesso, scomparendo per sbrigare misteriose commissioni. Pensai alla sera prima e mi ripromisi di metterci una pietra sopra. L'ennesima grande incognita. Stavano diventando la costante di quell'estate.

Quando tornai di sopra, notai che la porta di Jason e Gil era aperta. Infilai dentro la testa e bussai allo stipite.

«Toc, toc», dissi.

Gil era seduto al tavolo, concentrato su alcuni documenti, ma alzò lo sguardo quando mi sentì.

«Buongiorno!», mi accolse. «Entra pure».

Scivolai dentro e avanzai di qualche passo. «Non voglio disturbarvi, ma volevo sapere come sta Alice».

Scrollò leggermente il capo e lanciò un'occhiata verso il secondo piano. Notai il cancelletto in cima alle scale.

«Non molto bene, temo», mormorò. «Ieri è stata a letto tutto il giorno. Ora Jason è di sopra con lei. Non l'ha mai lasciata».

Presi una sedia e mi accomodai accanto a lui. «Dipende dalla stanchezza?»

«Non sono sicuro. Sì e no. È come se la malattia fosse progredita di diversi stadi in una sola notte. Qualunque cosa l'abbia spinta a immergersi nel lago, le ha prosciugato le energie».

«Avete chiamato il medico?»

«È stato qui ieri». Mi guardò.

«E?»

«Ha detto che è meglio lasciarla riposare. I parametri sono buoni. Il cuore è forte. Ha solo bisogno di recuperare le forze e, in questa fase, potrebbe volerci un po' di tempo. O almeno questo è il suo parere».

Ridussi la voce quasi a un sussurro. «Hai parlato a Jason dei disegni?»

Fece no con la testa. «Anche lui è molto agitato. Ieri ha chiamato le ragazze, Bec e Jane, per informarle dell'accaduto. Stanno venendo qui con le loro famiglie».

Riflettei per un momento.

«Mi scuso in anticipo per l'assalto di bambini».

Gli presi la mano. «Scommetto che Alice sarà felice di vederli. Le figlie, i nipoti. Dove alloggeranno?»

«LuAnn ha trovato loro una casa a un paio di isolati da qui. Staremo quasi sempre lì con loro. Si fermano in città solo per qualche giorno, ma abbiamo pensato che fosse meglio sistemarli in una casa anziché lasciare che i bambini corressero nei corridoi dell'albergo per tutto il tempo».

«Nessuno avrebbe avuto niente da ridire», lo rassicurai. «Ma vi capisco. Sarà più comodo per i bambini avere una casa e un giardino. Quando arrivano?»

Guardò l'orologio. «Oggi. Prima di cena, credo. Bec mi chiama, e io li raggiungo con le chiavi».

Jason uscì dalla camera di Alice chiudendo silenziosamente la porta. Quando mi vide, fece un sorriso esausto e scese le scale dopo aver chiuso a chiave il cancelletto.

Lo stress aveva lasciato il segno sul suo aspetto normalmente impeccabile. Notai che non si era ancora rasato e che i capelli arruffati avevano bisogno di un taglio e uno shampoo. E anche i suoi occhi erano gonfi e circondati da cerchi scuri. In più, mi si strinse il cuore quando notai che aveva la T-shirt al contrario.

Spinsi indietro la sedia e mi alzai per abbracciarlo. Rimanemmo così per molto tempo.

«Cosa posso fare per aiutarti?», chiesi.

Sospirò. Mi spremetti le meningi, poi mi venne un'idea fantastica.

«Siete entrambi esausti e avete bisogno di rilassarvi». Li guardai. «Perché non vi prendete un paio d'ore per andare alla spa di Harrison's House? Io resto qui con Alice e chiedo a Dominic di farmi compagnia. Potreste rimettervi a nuovo per l'arrivo delle ragazze».

Jason scosse la testa. «È fuori questione».

Ma suo marito gli prese la mano. «Perché? La trovo un'idea magnifica. Ne hai bisogno».

Tirai fuori il cellulare dalla borsetta. «Chiamo subito Simon e prendo accordi, se mi dai l'okay».

Entrambi guardammo Jason. «Sei un angelo», disse.

Feci il numero di Simon, che rispose al primo squillo.

«Hai chiamato per dire che ci odi?» esordì, chiaramente dispiaciuto.

«Sì, e anche per prendere un appuntamento alla spa per Jason e Gil».

«Oh! Si dà il caso che non abbiamo prenotazioni per oggi. Cos'è preso agli ospiti? Le nostre estetiste se ne stanno sedute a mangiare caramelle. Comunque, quando vogliono venire?»

Guardai entrambi. «Subito?» Annuirono. Gil si affrettò a prendere le chiavi e il portafoglio.

Simon fece un lungo respiro. «Scherzi a parte, tesoro, non so cosa sia successo a Wyatt Earp ieri sera, ma Kate è quasi morta di vergogna. E anch'io».

«Va tutto bene».

«No, per niente, ma io e Jonathan stiamo ancora ridendo di come l'hai battuto al suo stesso gioco».

Risi. «Se te la prendi con la persona del mio cuore, ecco cosa ottieni».

«Ohhh», disse strascicando la parola. «Dunque adesso è "la persona del tuo cuore"?»

«Lo spero».

«In questo caso, è un uomo fortunato. Mandami pure Jason e Gil. Li aspetto con due Mimosa».

Riattaccai e solo allora mi accorsi che gli altri due mi stavano fissando.

«Cos'è successo ieri sera?», domandò Jason. «Cosa ci siamo persi?»

Raccontai dell'interrogatorio, di come Nick non avesse dato tregua a Dominic.

«A dire il vero, ha detto qualcosa come: "Qui non arrivano molti visitatori come te"».

«Vuoi scherzare?» Gil sgranò gli occhi. «Un commento assolutamente inopportuno».

Jason strinse le labbra. «Ormai Dominic è uno di famiglia, per quanto mi riguarda. È arrabbiato?»

«No. Un po' confuso, forse, ma l'ha presa con filosofia. Ho avuto l'impressione che non fosse la prima volta che veniva... Non voglio dire *torchiato*, ma è questa la sensazione che ho avuto».

«Se lo incontro oggi, gli faccio un bel discorsetto. Cosa diavolo gli è saltato in mente? È scandaloso», commentò Jason.

«A proposito di Dominic, corro a cercarlo prima che usciate», dissi. «So che doveva sbrigare delle commissioni, ma forse è già tornato. Vado a vedere se è in camera sua».

Mi affrettai a uscire e a percorrere il corridoio. Bussai un paio di volte, ma non ricevetti risposta. Tornai nella suite.

«Non ho avuto fortuna», annunciai.

«Ho provato a chiamarlo sul cellulare, ma è partita subito la segreteria telefonica». Jason guardò Gil. «Potremmo disdire».

«Non essere sciocco. Posso benissimo restare sola con Alice», protestai.

«Non si è alzata dal letto né ieri né oggi», disse Jason. «Dorme profondamente. Non credo che si sveglierà presto».

«Non importa», dissi. «Non è un problema se succede».

Jason mi guardò per un lungo momento. «Tengo il telefono acceso. Se capita qualcosa, chiamami. Arrivo entro cinque minuti».

«Con i capelli avvolti nei fogli di alluminio e tutto il resto», aggiunse Gil.

L'uomo gli diede un pizzicotto sul braccio, facendo un sorrisetto beffardo. «Solo il mio parrucchiere può vedermi così». Poi si girò verso di me. «Ovviamente prendi pure tutto quello che vuoi dal frigorifero. Uscendo, diciamo a Gary e LuAnn che sei qui con Alice e li preghiamo di mandare su Dominic, se torna mentre siamo via».

Mentre chiudevano la porta, lanciai un'occhiata alla camera della donna.

Stavo curiosando nella libreria in cerca di qualcosa di interessante da leggere quando mi vibrò il telefono. Era Kate.

«Possiamo vederci alla caffetteria?», domandò. «Ho parlato con Nick di ieri sera».

«Non posso. Jason e Gil stanno andando a Harrison's House per un massaggio. Devo restare con Alice».

Tacque per un minuto. «Posso raggiungerti lì? Voglio parlarti di una cosa e credo sia meglio farlo di persona».

Le diedi il numero della camera e riagganciammo. Salii le scale e aprii la porta per controllare Alice. Dormiva serena come un angelo. I capelli biondi si allargavano a ventaglio sul cuscino, incorniciandole il viso. Aveva un leggero sorriso sulle labbra. Qualunque cosa stesse sognando, la lasciai in pace, richiudendo la porta il più silenziosamente possibile.

Circa un quarto d'ora dopo, udii un leggero bussare. Aprendo, trovai Kate, che fece una smorfia e mi abbracciò.

«Non è così che vanno le nostre cene di solito», esordì.

«Entra», dissi. «Alice sta dormendo di sopra. Vuoi un po' di tè?»

Facendo no con la testa, prese una sedia e vi si lasciò cadere. «Grazie, ma non mi fermo a lungo».

Fui assalita da un terrore crescente. «Cosa succede?»

Sospirò. «Non c'è un modo semplice per dirlo. Fino a che punto conosci Dominic?»

37

Il tempo parve fermarsi. Tanto da rendermi conto degli atomi che vibravano di vita intorno a me. Era come se stessi vivendo il momento e se allo stesso tempo osservassi me stessa mentre lo vivevo.

Kate, la mia cara amica, mi guardava con occhi pieni di amorevole preoccupazione.

«Cosa intendi?»

«Insomma, quante cose sai di lui?»

«Molte, a dire il vero». Anche mentre pronunciavo quelle parole, tuttavia, capii che erano infondate.

Dovevo ammettere di non sapere un granché. Sapevo com'era il suo viso e cosa mi sussurrava all'orecchio quando era in preda alla passione. Sapevo che mi faceva ridere facilmente. Sapevo del legame senza tempo che sembrava unirci. Sapevo che aveva avuto un'infanzia difficile e che ora cercava di aiutare gli altri. O almeno così mi aveva detto.

Non sapevo perché fosse a Wharton. Non sapevo dove fosse in quel momento. C'erano molte cose che non sapevo.

«Allora parlami di lui».

Sentii ribollire la rabbia, mista a timore e paura. «No, non credo di averne voglia. Dove vuoi andare a parare?»

Tacque per un attimo, sostenendo il mio sguardo. «Nick ha molti sospetti su di lui. Dopo la morte della donna in albergo, era una coincidenza troppo strana. Prima la signora in ospedale a Minneapolis, poi quella al LuAnn's e ora a Harrison's House. Il denominatore comune è Dominic».

Mi misi sulla difensiva. «Ma non era al LuAnn's quando quella donna è morta».

«È comparso poco dopo. Chissà quando è arrivato davvero a Wharton».

Un brivido mi percorse.

«Ma sono morte tutte di cause naturali, giusto?»

«Nick ha deciso di fare un controllo. Come ha accennato ieri sera, non riesce a trovare informazioni su di lui. Niente di niente. Nessun post sui social. Neanche un tweet».

«E con questo?», dissi a voce un po' più alta di quanto avrei voluto. «Da quando in qua è un crimine non postare niente sui social?»

«Nick ha rilevato le sue impronte stamattina».

«Le sue impronte? Vuoi scherzare. Mi stai dicendo che tuo marito ha preso le sue impronte da un bicchiere che ha toccato ieri sera?»

Fece una smorfia. «Temo di no. All'happy hour».

«È per questo che ci avete invitato a cena? Per affrontarlo?»

«No!», si affrettò a precisare. «Non avevo idea dei suoi sospetti fino a questa mattina».

Il mondo sembrò rimpicciolire, contraendosi intorno a me. Era come se non ci fosse nient'altro, a parte noi due sedute a quel tavolo.

«È stato in carcere, Brynn. Ha una fedina penale lunga due chilometri. Aggressione, furto aggravato. Delinquenza giovanile».

Ebbi l'impulso improvviso di scuoterla. Una rabbia violenta mi ribolliva dentro.

«Come osate violare la sua privacy in questo modo?», sibilai. «E la mia! Chi si crede di essere Nick?»

Kate scoppiò in una risata strozzata. «Il capo della polizia».

«Per tua informazione, Dominic ha avuto un'infanzia difficile. Non mi sorprende che si sia messo nei guai con la legge quando era ragazzo. Se proprio vuoi saperlo, è a questo che dedica la sua vita ora: aiuta le persone a trasformare la propria vita, a cambiare il proprio destino».

«È quello che ti ha detto. Ma se non fosse vero? Che prove hai? E se Nick avesse ragione? E se lui fosse il comune denominatore di quelle morti?»

Scese il silenzio. «Stai dicendo che, secondo tuo marito, Dominic è un serial killer?»

Mi prese la mano. La ritirai.

«Non sto dicendo questo», riprese con voce dolce e implorante. «Ma Nick lo tiene d'occhio. Sta' attenta, Brynn. Per favore».

«È meglio che tu te ne vada», dissi.

Mi guardò per un lungo momento. «Mi dispiace. Dovevo informarti».

Dopo che fu uscita, rimasi seduta in silenzio, con la testa tra le mani, versando lacrime di rabbia e frustrazione.

Sentii una piccola mano sulla spalla. Alzando lo sguardo, vidi Alice, una donna esile con una camicia da notte a fiori e i capelli arruffati. Ma i suoi occhi erano confortanti.

«Alice!», esclamai. Che razza di badante. Non l'avevo nemmeno sentita scendere le scale. Il cancelletto non doveva avere un allarme?

«Non è un serial killer», disse con voce lontana e sottile. «Che sciocchezza. Non crederci nemmeno per un minuto».

Aprii gli occhi di scatto. Mi guardai freneticamente intorno. Di Alice neanche l'ombra. Cos'era successo? Non potevo essermi addormentata, vero?

Mi alzai e salii le scale di corsa, aprendo il cancelletto e avvicinandomi alla sua porta. La socchiusi e lei dormiva ancora profondamente.

Cosa diavolo è stato?

Tornai di sotto, confusa. Mi versai un bicchiere d'acqua e mi resi conto che tremavo da capo a piedi. Lo vuotai d'un fiato e lo riempii di nuovo, appoggiandomi il vetro fresco sulla fronte pulsante.

Attraversai la stanza e mi buttai sul divano, guardando fuori dalla finestra senza pensare a niente, finché Jason e Gil non rientrarono, freschi come rose.

«Come sta Alice?», chiese Jason.

«Nessun cambiamento», risposi. «L'ho controllata un paio di volte. Dorme tranquilla. Credo che non si sia nemmeno mossa».

Non accennai alla mia strana visione, o qualunque cosa fosse. E sicuramente non avrei parlato della visita di Kate.

Si guardarono. «Pensi che dovremmo richiamare il medico?», domandò Gil.

Jason annuì. «Lo stavo pensando anch'io. Sta dormendo moltissimo. Non so come interpretarlo». Guardò verso la camera. «Vado a vedere come sta. Ti dispiace chiamare il dottore?»

Mentre Gil tirava fuori il telefono dalla tasca, Jason salì le scale e aprì il cancelletto. Una sensazione di terrore si impadronì di me, e non capii il perché. Avrei voluto che non entrasse. *Ti prego, non farlo, Jason.*

Un attimo dopo sentimmo l'urlo.

38

Gil e io ci precipitammo lungo le scale e facemmo irruzione nella camera, dove trovammo Jason che cullava il corpo senza vita di Alice.

Se n'era andata.

Le ore successive furono un turbinio di sirene e di soccorritori che andavano e venivano, con il medico legale che arrivò, fece la sua valutazione e uscì. LuAnn e Gary ci raggiunsero immediatamente, offrendo conforto e sostegno. La loro presenza mi fu d'aiuto. Desideravo le spalle larghe di Dominic, speravo che si sbrigasse a tornare.

Portarono via il corpo. Cause naturali, sospettava il medico legale, soprattutto dopo l'episodio del lago.

«Certe volte una cosa simile è sufficiente per spingere oltre il limite una persona già fragile, già vicina alla fine», spiegò.

Gil stava abbracciando Jason, che piangeva accasciato sul divano, quando entrarono Kate, Nick, Simon e Jonathan.

Simon e Jonathan corsero da Jason e Simon lo prese tra le braccia. Singhiozzarono insieme.

«Le ragazze stanno arrivando», disse Jason. «Volevamo passare qualche giorno insieme. Pensavamo che i nipoti avrebbero...»

Kate e Nick erano in cucina, affranti. Non avrei fatto una scenata, non ora.

Poi comparve Dominic e io volai tra le sue braccia, piangendo sulla sua spalla. Mi sussurrò all'orecchio, accarezzandomi la schiena.

«Coraggio, tesoro. Adesso calmati». Le parole erano prive di significato, ma il suono della sua voce mi consolò. Mi aggrappai a lui con tutte le mie forze.

Due sere dopo ci riunimmo nel ristorante per un happy hour privato: io e Dominic, Jason e Gil, Rebecca, Jane e le loro famiglie, LuAnn e Gary, Simon e Jonathan e anche Kate e Nick. Alla luce di quanto era successo, mi ero ammorbidita nei suoi confronti. Dominic non provava il minimo risentimento. Se lui non serbava rancore, non l'avrei fatto nemmeno io.

Quella sera mangiammo, bevemmo e ci raccontammo storie su Alice. Ci furono molte lacrime, ma anche molte risate. Scoprii molte cose di lei che non conoscevo. Storie sulla sua infanzia in una piccola città, altre della sua giovinezza con Jason. Storie divertenti sull'infanzia delle ragazze. Nonostante la delusione amorosa, Alice aveva avuto una vita felice. Ma troppo breve. Terribilmente breve.

Quando la serata finì e Bec e Jane riportarono a casa i bambini, mi ritrovai da sola con Dominic, Gil e Jason.

«Avete già organizzato la funzione?», domandai.

«Ci sono moltissime cose da fare dopo la morte di qualcuno che ami», disse Jason. «Penso che serva solo a tenerti occupato, a costringerti a mettere un piede davanti all'altro».

Lo capivo benissimo. La funzione si sarebbe tenuta due settimane dopo, nella chiesa in cui Alice e Jason si erano sposati e dove avevano battezzato le figlie e i nipoti.

«Non ce lo perderemmo per nulla al mondo». Gli misi la mano sulla spalla.

Nel giorno prestabilito, io, Dominic, Gary e LuAnn raggiungemmo la chiesa in macchina. La funzione fu bellissima e sentita, piena di tributi affettuosi, musica, risate e lacrime. Una cerimonia adatta a una donna adorabile che aveva toccato moltissime vite, compresa la mia.

«Erano in molti a volerle bene». Dominic abbracciò Jason sui gradini della chiesa. «Sono stato onorato di averla conosciuta».

«Anch'io», singhiozzò Jason. «Grazie per quello che hai fatto per lei. Per noi».

Strinsi Gil in un lungo abbraccio.

«Non tornerete a Wharton per il resto dell'estate», dissi. Non era una domanda. In qualche modo lo sapevo.

«Pensiamo sia meglio restare qui con la famiglia di Jason», rispose.

Mi domandai se mai sarebbero tornati al LuAnn's, con il ricordo di Alice che infestava i corridoi dell'albergo. Chissà se anche lei sarebbe diventata uno spirito di passaggio.

Jason mi prese tra le braccia. «Non perdiamoci di vista. Dopo l'estate tornerai nelle Twin Cities, e voglio sapere tutto sui tuoi studenti rompiscatole».

«Affare fatto».

Dopo il funerale, qualcosa cambiò tra me e Dominic. Anche se ci conoscevamo da poco, avevamo la sensazione di aver sempre vissuto insieme e smettemmo semplicemente di fingere il contrario. La vita era troppo breve per mentire a se stessi.

Quando tornammo al LuAnn's, mi trasferii in camera sua, liberando la Yellow Lady, e ci dedicammo al compito di vivere e amare, assaporando ogni momento insieme.

Il resto dell'estate trascorse dolcemente, tranquillamente. Facemmo kayak tra le isole, con il buffo racconto di Simon che ci echeggiava ancora nelle orecchie.

«È successo il giorno del suo compleanno!», urlò Dominic mentre pagaiavamo, ridendo. «Oltre al danno, anche la beffa!»

Partecipammo a diverse cene con Simon, Jonathan, Kate e persino Nick, i cui attriti con Dominic si erano, se non sanati, quantomeno appianati. Demmo una mano con i fish boils del venerdì e, per la gioia di Gary, Dominic diventò un maestro del boil over. Arrivammo a considerare i look perennemente eccentrici di LuAnn un piccolo regalo mattutino, un modo divertente per iniziare la giornata. Imparammo ad amare l'happy hour, sentendoci parte di questa calorosa comunità di persone meravigliose.

Ma soprattutto c'eravamo NOI. Stare insieme. Leggere sulla spiaggia, fare pigre passeggiate in città mano nella mano, vivere semplicemente dove i nostri cuori e le nostre anime avevano sempre vissuto: l'uno nell'altro.

Era come se fossimo sospesi fuori dal tempo, destinatari di un dono incredibile: un'estate da sogno, che sapevo sarebbe finita. Avremmo lasciato il LuAnn's e ce ne saremmo andati da Wharton, lasciandoci alle spalle la sua splendida pace. Io sarei tornata dai miei studenti; lui dai suoi clienti. Le nostre «vite reali», i mondi che ci eravamo creati al di fuori di Wharton, ci aspettavano. Cercavo di non pensare a quel giorno, ma sapevo che sarebbe arrivato. Speravo che avremmo potuto vivere quelle vite reali insieme.

Una notte fui svegliata da una voce che sussurrava il mio nome.

«*Brynn. Bryyynn*».

Sotto la porta, notai un chiarore caldo che entrava dal corridoio. Scesi dal letto mentre Dominic dormiva profondamente, e aprii la porta. Era Alice. Indossava l'inconfondibile twin set e le perle. Sorridendo, mi prese le mani.

«Sei più forte di quanto tu creda», disse. «L'amore non muore mai. L'amore è l'unica cosa che esiste». Poi scomparve, affievolendosi a poco a poco fino a svanire del tutto. In quell'istante capii che anche una parte di me era scomparsa.

39

Io e Dominic eravamo sul ponte del traghetto, diretti verso l'isola. Era una giornata azzurra e luminosa, e avevamo portato con noi un pranzo al sacco e una bottiglia di vino, oltre a coperte e libri.

Passammo il pomeriggio nel nostro punto preferito della spiaggia. Galleggiammo nell'acqua, con le braccia e le gambe intrecciate, e prendemmo il sole. Infine ci ritrovammo al Jimmy's e ballammo tutta la sera, come la prima volta. Sulla pista ci perdemmo l'uno negli occhi dell'altra, vedendo l'eternità in quell'unico momento.

Era perfetto. Un grande regalo.

Un regalo a cui mi sarei aggrappata per il resto della vita, anche se all'epoca non lo sapevo.

Come spesso accadeva sul lago Superiore, il tempo cambiò in un attimo. Le nuvole si addensarono, trasformando la giornata azzurra in una notte potenzialmente tempestosa.

Ci affrettammo a raggiungere il traghetto e restammo sul ponte, osservando i fulmini che squarciavano il cielo sempre più scuro mentre ci allontanavamo dal molo. Un tuono rimbombò in lontananza.

Più o meno a metà strada, un giovane che si trovava sull'altro lato del ponte iniziò a scavalcare il parapetto.

«Cosa stai facendo?», urlò qualcuno. «Scendi subito!»

Tutti si bloccarono per l'orrore. Allungai il braccio verso Dominic, ma era già corso via. Quando si avvicinò all'uomo, rallentò e alzò le mani.

«Ascolta, amico», disse con voce calma e bassa. «Non farlo. Qualunque sia il problema, possiamo risolverlo».

L'altro si voltò. Non dimenticherò mai il suo sguardo. Completamente vacuo. Come se nei suoi occhi non ci fosse alcuna scintilla, come se la sua anima se ne fosse già andata, lasciando soltanto un guscio vuoto.

«Coraggio». Dominic allungò il braccio. «Dammi la mano».

Mentre tutti trattenevano il respiro, l'uomo cadde semplicemente all'indietro, precipitando in acqua con un tonfo terrificante.

Poi accadde una cosa ancora più spaventosa. Il tempo cominciò a scorrere al rallentatore. Dominic scavalcò il parapetto. Si girò verso di me e, con un leggero cenno del capo, disse: «Ti amo» e si tuffò a sua volta.

Il cielo si spalancò e la pioggia prese a scrosciare mentre i fulmini crepitavano e i tuoni rimbombavano, come se il lago e le sfere celesti piangessero d'angoscia.

Non so cosa sia successo dopo. Ricordo solo un guazzabuglio di immagini. Fari. Navi della guardia costiera. Urla. A un certo punto avevo cercato di scavalcare il parapetto per inseguire l'uomo che amavo, ma qualcuno mi aveva tirato giù e portato al riparo dalla pioggia. In qualche modo ero finita sul molo a Wharton. Ad aspettarmi c'erano Kate e Nick. Non so ancora oggi chi li abbia chiamati.

Tentarono di convincermi a tornare al LuAnn's, ma non volevo allontanarmi dal bordo dell'acqua. La pioggia impetuosa mi pungeva il viso e gli occhi, ma non mi importava. Volevo stare con lui.

«Vieni, Brynn», mi trascinò via Kate. «O morirai congelata».

Magari.

Rimasi là a guardare le luci delle barche della guardia costiera che cercavano Dominic. Rimasi là mentre il sole sorgeva e i sommozzatori si immergevano. Era diventato il recupero di una salma. Non un salvataggio. Rimasi là finché i sommozzatori non tornarono a riva, scuotendo la testa.

Il suo corpo non fu mai ripescato. Il lago Superiore non rinuncia ai suoi morti.

Non so come, mi ritrovai al LuAnn's, dove crollai sul letto, che odorava ancora di lui. Non mi mossi per giorni.

Kate e Simon mi gironzolavano intorno. Gary e LuAnn, preoccupati, chiamarono Jason e Gil, che si precipitarono a Wharton. Beth leggeva ad alta voce mentre mi giravo e rigiravo. La forza di tutto quell'amore mi spinse ad alzarmi e mi aiutò a mettere un piede davanti all'altro.

Così ripresi la mia vecchia vita. Chiamai il preside di facoltà e presi accordi per rientrare a metà anno.

Non avevo voglia di parlare di Dominic né di organizzare una funzione. Ignorai le parole di cordoglio. Avrei vissuto il suo funerale ogni giorno per il resto della vita e non volevo condividere quel dolore con nessuno.

Il giorno in cui feci i bagagli e partii, portando con me i suoi vestiti, LuAnn e Gary mi accompagnarono all'uscita.

«Ormai questo posto fa parte di te», disse LuAnn. «Aspetterà il tuo ritorno».

«Tutti tornano», aggiunse Gary. «Ci rivedremo».

Epilogo

È passata una vita. Seduta accanto al fuoco, ricordo ogni dettaglio di quella strana estate ultraterrena del mio *Uomo illustrato*. Un'estate di amore incredibile, ammantato di lutto e dolore.

L'estate in cui ho imparato ad andare avanti dopo una sofferenza indicibile, quella in cui ho scoperto che a questo mondo c'è molto più di quanto possiamo immaginare con la mente o sperimentare con i cinque sensi (anche se, come mi insegnò la cara Alice, potrebbero anche essere di più).

L'estate in cui mi sono resa conto di avere più domande che risposte e di poter convivere con la grande incognita. Ho dovuto farlo, ho dovuto continuare a vivere per la creatura che iniziava a crescere dentro di me.

L'ho chiamato come suo padre. Dominic James junior è ormai un uomo adulto, un uomo spiritoso, dolce e intelligente, con tanto di moglie e figli. È per loro che sono rimasta in vita così a lungo. Come la donna in Cornovaglia – la vedova del Widow's Cottage, che mi è rimasta nel cuore per tutti questi anni –, ho dovuto mettere un piede davanti all'altro e andare avanti per mio figlio, pur avendo perso l'amore della mia vita.

Ma ora è arrivato il mio momento. È il mio turno. Mi viene il batticuore al solo pensiero. Sono tornata qui, alla pensione, nella camera 5. Abbiamo appuntamento. E ho tutte le intenzioni di mantenerlo. Chissà se lui se lo ricorda.

Tengo il foglio sulle ginocchia. È volato fuori dalla mia copia de *L'Uomo illustrato* quando l'ho tolta dalla valigia anni fa.

«Vediamoci nella camera 5», c'è scritto. «Capirai quando sarà il momento giusto».

Quel momento è ora. Piego il foglio e lo infilo nel libro. Sento un nodo allo stomaco all'idea di rivederlo.

Fuori cade una neve leggera. Mi alzo dalla poltrona per aggiungere un ceppo al fuoco e mi sfugge un gemito. Queste vecchie ossa. Invecchiare non è roba per femminucce.

Quando mi risiedo, mi rendo conto di essere stanca, profondamente stanca. Lo sono da giorni. La fine è vicina, ormai. Lo sento. È per questo che sono qui. Ma non ho paura. Come potrei, dopo tutto quello che ho visto?

Bevo un altro sorso di tè – si è raffreddato, ma non ho la forza di accendere il bollitore – e appoggio la testa allo schienale. Chiudo gli occhi, ascoltando il crepitio delle fiamme. Comincio a scivolare nel tempo di mezzo. È come se il mio corpo galleggiasse su un mare appena increspato.

La camera è illuminata soltanto dal fuoco, ma all'improvviso compare un fascio di luce calda che scende dal soffitto.

Una giovane donna entra nella stanza. Mi guarda, spaventata. La cosa mi diverte. Cosa crede che sia, un fantasma? E cos'è lei per me, se non questo?

Guardando meglio, la riconosco. Non è un fantasma.

Sono io.

Il tempo si è ripiegato su se stesso, per poi dispiegarsi nuovamente. Sono io la donna della numero 5.

Devo dirle di prendersi cura di lui. Di trattenerlo il più a lungo possibile. Di non salire sul traghetto quel fatidico giorno. Di non lasciarlo andare. Ci provo, ma non riesco a parlare. Non so il perché. Il libro è posato sulle mie ginocchia e lo sollevo perché lo veda.

Ecco. Lo vede. Ora sono sicura. Lo amerà. Me lo sento.

Vorrei con tutte le mie forze poter cambiare gli eventi. Influenzarla. Ma non credo che funzioni così. Inoltre ho qualcosa di più importante da fare. Qualcosa di più urgente.

Lui sta arrivando.

Dopo che lei è uscita dalla camera, lo vedo. Prima indistinto, poi nitido. Viene verso di me da... dove? Non lo so. Da fuori. Da un altro luogo.

Ma sorride. Quel sorriso che mi incanta. L'amore della mia vita.

Non è cambiato di una virgola dall'ultima volta che ho posato gli occhi su di lui. Forte, con le spalle larghe. Di una bellezza devastante, mozzafiato. Il tempo non ha lasciato il minimo segno sul suo aspetto.

Ora che è davanti a me, non riesco a parlare.

Lui è qui. Il mio unico e solo amore è qui.

Mi si ferma il cuore. Vorrei corrergli incontro, gettargli le braccia al collo e tenerlo stretto, finalmente, dopo una vita, ma non riesco a muovermi. Il mio corpo non me lo permette.

È Dominic, ma è anche qualcos'altro. Lo stomaco mi si chiude, come se fossi in pericolo.

La sua voce è una carezza. «Ti sei ricordata del nostro appuntamento. Mi chiedevo se saresti venuta».

«Mi sei mancato», mormoro.

Vederlo è insostenibile, dopo tutti questi anni in cui non ho pensato a nient'altro, a nessun altro.

Sono stata presente in ogni momento della vita di mio – nostro – figlio, e sono grata per ogni istante. Mi sono imposta di esserlo. Ma quando non ero impegnata a imboccarlo, a seguire gli allenamenti di baseball, a piangere al suo diploma o a ballare alle sue nozze, quando permettevo alla mia mente di vagare libera, quello che facevo, a chi pensavo e per chi piangevo erano affari miei.

«Anche tu mi sei mancata», dice Dominic con le lacrime agli occhi. «Più di quanto tu possa immaginare. Ma è soltanto un minuto nel tempo».

A me non è sembrato così. Mi è parsa una vita intera.

«È un bravo ragazzo», dice, leggendomi i pensieri. «Anzi, un uomo. Sei stata un'ottima madre per lui».

Si toglie la maglietta e io sussulto. Non mi sono mai abituata alla sua bellezza, a quei tatuaggi mistici. Sono scintillanti, in movimento, pieni di colore e di vita. Vedo la mia immagine sopra il suo cuore. Ecco cos'è, allora. Le immagini raffigurano le persone che lui aiuta ad andare dall'altra parte.

«Sei pronta a uscire da quell'involucro, tesoro?», chiede. «Hai vissuto a lungo lì dentro. È ora di lasciarlo andare».

So cosa mi sta domandando. Annuisco. «Posso fare a meno dei dolori e degli acciacchi. E anche dell'incontinenza. Nessuno ti avverte, eppure un giorno eccola lì».

Il suo sorriso illumina la stanza. Sento gli anni che cominciano a sgretolarsi e a dissolversi come polvere.

Vedo spuntare due ali dietro la sua schiena. Le ali dello scarabeo sacro del tatuaggio, in tutto il loro splendore elaborato e variopinto. Rimango a bocca aperta. Assomigliano a un vetro colorato stile Tiffany. Quella bellezza intensa, terribile e spietata è quasi insopportabile da guardare.

Poi capisco cos'è Dominic. Un consigliere di vita, appunto.

«Sei un angelo?», chiedo.

Sorride. «Suona un po' eccessivo quando lo dici così».

«No». Non riesco a smettere di fissarlo. «Suona magnifico. Un angelo caduto, immagino?»

«Ehi, vacci piano». Finge di rabbuiarsi. Sbatte le ali con fare stizzito e un soffio d'aria mi accarezza.

«Uno scarabeo sacro, allora? Sai che li chiamano anche scarabei stercorari, vero?»

La sua espressione sbigottita e disgustata mi fa ridere. Quanto mi è mancato quello sguardo. Ridere mi fa sentire giovane. No, non mi *sento* giovane. Lo divento. Gli anni si sciolgono. Abbasso gli occhi sulle mie mani. Non sono le mani nodose di una vecchia. Non più.

«Ora ascolta», dice. «Torna seria. Sto cercando di mostrarti la maestosità di questa cosa».

Gioisco della facilità con cui abbiamo sempre conversato. Per me è vita. Oh, quanto mi è mancato quest'uomo.

«Piantala con la nostalgia», continua come se avesse indovinato i miei pensieri, facendo un gran sorriso. «Sono qui. Proprio qui. Sono sempre stato qui. E anche tu. Hai intenzione di prendermi di nuovo le mani o cosa?»

Mi allungo, ma non gliele afferro, non ancora. «Dunque è così che funziona?»

Fa un sospiro esasperato. «Sì. Per te è un po' diverso perché, che ti piaccia o no, sei il mio amore. La mia compagna. Hai diritto a un trattamento speciale».

«Non tutti possono vedere le ali?»

«Sei impossibile, signora», dice, spazientito. Ma non può fare a meno di sorridere.

D'un tratto non ho più voglia di scherzare. La solennità di ciò che sta per accadere comincia a scendere su di me come un sudario.

«Dom starà bene?»

«Sì. Ci hai pensato tu. E io mi occuperò di lui. Come ho sempre fatto».

«Farà male?»

«Okay, ecco perché non tutti ricevono il trattamento speciale. Bando alle ciance. Prendimi le mani. Non farà male. Promesso. Ma potrei riempirti di pizzicotti quando arriverai da questa parte».

Lo guardo negli occhi e metto le mani nelle sue. Esco dal mio corpo. Un gioco da ragazzi.

«Temevo che sarebbe stato doloroso», dico.

«No. Neanche un po'».

«E ora? È un po' deludente. Insomma, pensavo che ci sarebbe stato un coro o qualcosa del genere».

Scuote la testa e fa un sorrisetto furbo. Ma poi diventa riverente, fissando la donna accasciata sulla poltrona accanto al fuoco. Si china e la prende in braccio, trasferendola sul letto. La adagia delicatamente e le unisce le mani con un gesto affettuoso, lisciandole i capelli. Le dà un bacio sulla fronte e fa il segno della croce.

«Non mi piace abbandonarle così», spiega. «Meritano un po' di dignità. Soprattutto lei».

Poi allunga il braccio e mi fa vorticare, e vedo che il sudario della vecchiaia è sparito. Sono di nuovo sana, giovane e piena di energia, come quell'estate. Mi prende tra le braccia, finalmente, dopo una vita, e io inalo il suo aroma. Posa le labbra sulle mie, e vorrei restare così per sempre.

Di punto in bianco capisco. *Resteremo* così per sempre. Mi stacco e lo guardo, vedendo ogni cosa. Vedo la connessione senza tempo delle nostre due anime.

«Cosa ne dici?», mi sussurra all'orecchio. «Vuoi ricominciare tutto da capo?»

«Sì», bisbiglio. «Assolutamente sì».

«Ci avrei scommesso. Ruota tutto intorno all'amore, tesoro, e noi ce ne intendiamo».

«Anche nostro figlio? Lo rivedremo?»

Sorride. «Hai capito come funziona. Finalmente, se posso dirlo. Sì, rivedremo Dom».

«Avevamo anche una figlia. In un'altra epoca. L'ho sognata».

«Ci sarà anche lei. Non preoccuparti».

«Ce ne sono altri? Altri figli in altre epoche?»

«Solo quelle due anime. Saranno sempre con noi. È così che funziona nel nostro caso».

«Posso essere io a scegliere il luogo questa volta?»

La sua espressione divertita mi fa ridere. «Ora vuoi addirittura scegliere il luogo. Dove?»

«La Cornovaglia. In un piccolo cottage dove siamo stati felici. È possibile?»

«Vedremo».

«Questa volta dobbiamo stare insieme più a lungo. L'ultima è stato troppo breve».

«D'accordo, tesoro. Ma adesso ci sono alcune persone che ti aspettano». Mi conduce fuori dalla camera. Percorriamo il corridoio buio fino alle scale. Sotto la porta chiusa brilla una luce. Scendiamo i gradini a braccetto e mi apre la porta, sorridendo.

La sala è affollata. Ci sono tutti coloro che mi hanno preceduto.

Sorridono, applaudendo e acclamando. Ci sono mia madre, mio padre e la nonna, sani, giovani e pieni di vita. I miei fratelli. LuAnn e Gary, che sollevano due Martini. Jason, Gil e la cara Alice, libera dalla malattia, che mi fa un gesto di saluto con la mano. Parenti, amici, studenti, tutti coloro che mi hanno amato in questa vita.

La forza dell'amore in questa stanza per poco non mi travolge. Mi rendo conto che è la cosa fondamentale. L'amore. L'unica cosa che esiste. Guardo il bellissimo viso di Dominic, i suoi occhi scintillanti, il suo sorriso malizioso.

È il momento dell'happy hour.

Ringraziamenti

Alla mia agente, Jennifer Weltz, mi sento molto fortunata ad averti nella mia vita. La tua amicizia, il sostegno, i consigli e le risate che porti nel mio mondo significano più di quanto tu possa immaginare. A te e a tutti i collaboratori della Jean V. Naggar Literary Agency va la mia infinita gratitudine per tutto quello che fate per me.

Al mio team di Lake Union, a Danielle Marshall, Faith Black Ross, Alicia Clancy, Ashley Vanicek, ai miei scrupolosissimi copy editor e a tutte le altre persone che lavorano ai miei libri, sono molto fortunata ad avervi al mio fianco. Alcuni autori temono la fase dell'editing. Io la adoro! Faith e Alicia, amo leggere i vostri commenti. Le vostre intuizioni sono azzeccate, mi fate ridere e rendete le storie più convincenti. E Ashley, sei una gioia assoluta. Tutti voi di Lake Union non siete solo professionisti eccezionali, ma rendete anche la mia vita più divertente.

Ai librai indipendenti e ai bibliotecari che promuovono i miei romanzi, grazie dal profondo del mio cuore. Ogni volta che vorrete organizzare una presentazione, sarò felice di intervenire (con il mio cane, per vostra informazione). Adoro incontrare i lettori, ascoltare i loro commenti e raccontare storie di fantasmi.

Come sa chi mi segue su Facebook o Instagram, alcune parti di questo libro si ispirano a eventi autobiografici. Vi faccio un esempio.

Qualche estate fa è successo qualcosa di insolito nella casa accanto alla mia. Una sessantenne incantevole, bellissima, aggraziata, simpatica e dolcissima, affetta da Alzheimer precoce, si è trasferita dai miei vicini, che erano l'ex marito e il suo compagno. Invece di farle trascorrere gli ultimi mesi di vita in una casa di cura, l'hanno accolta. È stato uno degli atti d'amore più commoventi che abbia mai visto.

Quell'estate ho passato molto tempo con lei. Ci sedevamo all'ombra del mio melo selvatico e parlavamo del suo passato, della sua vita, dei loro figli. È stato un privilegio conoscere quella grande donna. È morta alla fine dell'estate.

Ovviamente quelle persone hanno ispirato la storia di Alice, Jason e Gil. Ma non le cose paranormali. Quelle sono farina del mio sacco. Però lei era dolce e adorabile come Alice, e loro erano (e sono) cari, affettuosi e divertenti come Jason e Gil.

Poco prima che inviassi il manoscritto agli editor, abbiamo bevuto una bottiglia di vino insieme e parlato di quell'estate. Se lo desiderate, fate una donazione a qualche ente che si occupa di Alzheimer, in modo da sconfiggere questa malattia crudele e spietata.

Finito di stampare nel mese di maggio 2023 presso
Puntoweb Srl - Ariccia (RM)
Printed in Italy